프로의 장르 글쓰기 특강

소설·웹툰·영화·드라마, 어디에나 통하는 작법의 기술

프로의
장르 글쓰기
특강

김선민

+

김이환

+

전건우

+

정명섭

+

조영주

지음

와이즈맵

✳✳✦ K장르, 스토리의 힘을 믿다 ✦✳✳

공식적인 자리에서 여러 번 얘기했지만 대한민국 출판계는 미스터리한 측면이 있다. 출판 시장은 매년 단군 이래 최대 위기라는 말을 반복하고, 출판사들은 먹고살기 힘들다고 아우성이고, 폐업하는 서점들이 속출하고 있다. 신규 독자가 거의 유입되지 않는 건 책의 경쟁자가 유튜브와 웹소설, 웹툰 같은 강적들이기 때문이다. 우리끼리는 문학이라는 우물 안에서 순문학이니 장르문학이니 아웅다웅하고 있지만 정작 우물 밖은 몰라보게 변하고 있는 중이다.

그런데 이런 와중에 작가 지망생은 늘어나고 있다. 출판사에 투고로 들어오는 작품이 늘어나고, 각종 공모전 역시 활발하게 개최되는 중이다. 하지만 그중에서도 가장 눈에 띄는 건 고액의 책 쓰기 강좌다. 몇 주간의 수업을 들으면 책까지 내준다는 강의가 곳곳에서 열리고, 심지어 큰 인기를 끌고 있다. 책이 실종되어가는 시대에 왜 작가 지망생은 늘어나고 있는 걸까?

이들에게 기성 작가들이 어떤 도움의 손길을 내밀 수 있을지에 대한 고민과 그 결과를 이번 책에 담았다. 물론, 강좌에 몇 번 참석하거나 작법서를 읽는다고 모두 작가가 되는 것은 아니다. 나는 창작 관련 강연을 할 때도 먼저 이렇게 말한다. "이 자리에서 내 얘기를 듣는 사람들 중 극소수만이 작가가 될 수 있다"고 말이다. 그런 말을 하는 건 자신감이나 기를 꺾기 위해서가 아니라 실제로 그렇기 때문이다. 아주 길고 고통스러운 과정을 거치고서도 운이 좋은 소수의 사람에게만 작가라는 타이틀이 부여된다. 그리고 그들은 다시 길고 고통스러운 창작의 과정과 생계유지를 위한 몸부림을 겪는다.

이 책은 그런 과정으로 가기 위한 조심스러운 첫걸음이다. 무작정 잘 될 것이라는 기대와 희망은 품지 마시길. 대신 끊임없이 실력을 갈고닦아 노력한다면 언젠가는 이 순간을 돌이켜보면서 웃을 수 있을 때가 찾아올 것이다. 나를 비롯해서 이 책에 참여한 작가들 모두 그 과정을 거쳤으니 말이다.

김선민 작가는 판타지·무협 웹소설에 대한 이야기를 풀었다. 최근 급성장하고 있는 웹소설은 작가들에게는 한 번쯤 도전해보고 싶은 무대로 꼽힌다. 하지만 장르 작가들의 수익구조가 피라미드 형이라면 웹소설 작가들의 수익구조는 압정형이라는 얘기가 있다. 압정처럼 바닥에 99퍼센트가 깔려있고, 상위 1퍼센트만이 날카롭게 서있는 형태라는 뜻이다. 그 1퍼센트 중에서도 최상위의 소수만이 안정적인 수익을 올리고 있다. 이런 무시무시한 경쟁률에도 불구하고 웹소설이 계속 성장하다 보니 도전하려는 작가들이 많다. 김선민 작가의 조언은 그런 작가들에게 안전벨트 같은 역할을 해준다. 특히 웹소설을 잘 쓰기 위해서는 우선 좋은 작품들을 많이 봐야 한다는 말은 다른 장르에서도 공통적으로 얘기하는 원칙이니 마음속에 새겨놓으면 좋을 것이다.

김이환 작가는 SF에 대한 얘기를 했다. 김이환 작가는 제1회 멀티문학상을 받았고, 오랫동안 SF 작가로 활동해온 베테랑이다. 원래 이런 프로들은 남들에게 자기 경험담을 얘기해주는 걸 매우 귀찮아한다. 심지어 경쟁자가 생긴다면서 피하는 경우도 있다. 하지만 김이환 작가는 SF에 대해 매우 친절하고 자세하게 설명했고, 심지어 집필하는 법을 장편과 단편으로 나눠서 얘기해줬다. SF라는 장르는 섣불리 접근하기 어려운 측면이 있다. 하지만 진입장벽이 높은 만큼 잘 써냈을 때의 성과도 적지 않다. 그러니 독자로서든, 작가로서든 꼭 한 번 이 장을 읽어보길 권한다.

'작가를 가르치는 작가'로 정평이 난 전건우 작가는 호러를 잘 쓰는 법을 말해주고 있다. 사실 전건우 작가는 호러뿐만 아니라 코미디와 스릴러, 미스터리까지 모두 잘 써낸다. 하지만 다른 장르보다 호러를 특히 좋아하는데, 그것은 호러가 그의 커리어의 시작점이라서가 아닐까 싶다. 그의 글에는 호러에 대한 팬심과 애정이 잔뜩 발라져 있다. 특히 '무섭게 쓰려면 현실에 기반을 둬야 한다'는 그의 얘기는 무릎을 치게 만든다. 서구나 일본의 호러물이 우리나라 사람들에게 크게 와닿지 않는 건 그들이 이유 없이 사람을 죽이기 때문이다. 반면 우리나라는 예로부터 죽음의 명분과 이유를 중시했다. 장화와 홍련이 귀신이 된 이후에도 손을 잡고 사또를 찾아가 억울함을 호소한 것처럼 말이다. 그런 귀신에 익숙한 우리나라 사람에게 닥치는 대로 사람을 죽이는 연쇄살인마나 귀신은 익숙한 존재가 아니다. 전건우 작가는 현실에 기반을 두라는 지극히 현실적인 충고를 통해 한국형 호러가 나아갈 길을 들려주고 있다. 그러니 오싹한 이야기를 쓰고 싶다면 그의 이야기에 귀를 기울이는 게 좋을 것이다.

　조영주 작가는 로맨스에 도전하는 법을 들려주고 있다. 로맨스는 눈에 잘 보이지 않지만 어디에나 존재하는 장르다. 심지어 귀신이 나오는 호러나 피 튀기는 스릴러에도 로맨틱한 장면은 빠지지 않고 나오곤 한다. 조영주 작가는 늘 존재하지만 잘 알 수 없는 로맨스 장르의 기초 공사인 소재 찾는 법과 벽돌처럼 탄탄하게 쌓아올리는 이야기 구성법을 알려준다. 치유받기 위해 로맨스를 쓴다는 조영주 작가의 말은, 글을 쓰면서 늘 상처를 입고 그걸 잊기 위해 글쓰기에 매달리는 작가들의 현실을 잘 반영해주고 있다. 10년 넘게 조영주 작가를 알고 지내며 작가로서 성장하고 자리를 잡아가는 과정을 지켜봤다. 내가 보기에는 콩나물처럼 쑥쑥 성장했지만 당사자에게는 정말 길고 고통스러운 시간이었을 것이다. 나 역시 그런 길을 걸었다. 아마 당신도 그런 길을 걸어야 할 것이다.

미스터리와 팩션은 나의 몫이다. 사실 장르 글쓰기 비법에 대해 잘 쓸 수 있는 작가들을 섭외하면서 각자의 장르를 알아서 선택하게 했고, 남는 건 나의 몫이었다. 그렇다고 대충 쓴 건 절대 아니다. 미스터리와 팩션을 쓰기 위해서는 어디에서 어떤 자료를 찾아봐야 하는지와 그걸 어떻게 분석하는지, 그리고 좋은 작품을 쓰기 위해서 알아야 할 작가와 참고해야 할 책으로는 어떤 것이 있는지에 대해 꼼꼼하게 썼다. 또한 미스터리 장르의 핵심이라 할 수 있는 탐정과 범인 캐릭터를 창조하고 활용하는 방법에 대한 노하우도 공개했다. 아울러, 미스터리와 역사라는 낯선 두 장르를 결합해 팩션이라는 새로운 장르로 만들어내는 방법도 이야기했다.

물론 나나 다른 작가들의 이야기가 정답이라고 생각하지는 않는다. 각자에게 잘 맞는 방식이 있을 테고, 시대에 따라 해법이 다를 수 있기 때문이다. 하지만 신기한 건, 해야 할 걸 다 하다보면 작가가 될 수 있는 기회가 온다는 것이다. 그리고 이런 작법서들을 수백 권 읽는 것보다 습작을 하는 게 더 도움이 된다고 솔직히 고백한다. 이 책은 습작으로 가는 길을 열어주는 열쇠인 셈이다. 열쇠를 습작이라는 자물쇠에 꽂아 힘껏 돌리면 문이 열릴 것이다. 그 다음은 스스로 개척해나가야 한다. 작가의 길은 험난하지만 도전해볼 가치가 있다고 단언한다.

정명섭

차례

김선민

작가, 스토리 디자이너. 장편소설《파수꾼들》을 출간했다. 무협 소설《악역무쌍》으로 제1회 카카오페이지 밀리언 소설 공모전에서 우수상을 받고 '해경'이라는 필명으로 연재 후 완결했으며, 현재는 카카오페이지에서 무협 소설《철혈검신》과 판타지 소설을 연재 중이다. 판타지·무협 장르 웹소설 교육 강사로도 활동 중이다. 괴담·호러 레이블 '괴이학회'를 운영하며, 도시괴담 시리즈 등 다양한 작품집을 창작하고 제작하고 있다. 스토리디자인 스튜디오 '코어스토리'를 운영하고 있다.

1장

마법과 초식의 세계

판타지·무협

웹소설은 그 어떤 텍스트 콘텐츠보다 상업성이 강한 대중 콘텐츠다.

이 뜻은 지나치게 독특하거나 기존의 웹소설 문법에 맞지 않는 작품의

경우 독자들에게 외면당할 가능성이 높다는 뜻이다.

웹소설이란 무엇인가

판타지·무협 소설에 대한 설명을 하기에 앞서 우선 웹소설이란 무엇인지에 대한 정의를 먼저 짚고 넘어가고 싶다. 용어를 살펴보자면 웹소설은 종이책으로 읽는 소설이 아닌 인터넷 웹상에서 읽는 소설을 일컫는다. 하지만 요즘은 컴퓨터로 글을 읽기보다는 편하게 스마트폰으로 소설을 읽는 사람들이 더 많아지면서 통상적으로는 '모바일 디바이스를 통해 소비하게 되는 텍스트 콘텐츠의 한 종류'를 뜻하게 됐다.

주로 로맨스, 판타지, 무협 등 엔터테인먼트적 요소가 부각된 소설들이 독자에게 유통된다. 웹소설은 종이책과 달리 지하철이나 버스, 혹은 집에서 모바일로 편하게 화면을 슥슥 넘기면서 읽는 콘텐츠다. 언제 어디서든 쉽고 빠르게 볼 수 있다는 장점이 있고 몰입감이 높아 웹소설을 보는 독자층이 넓어졌다.

　웹소설 시장이 성장세를 보이면서 많은 이들이 관심을 갖게 됐지만 정작 웹소설이 무엇인지는 잘 모르는 경우가 많다. 웹소설을 말 그대로 '소설'이라고만 생각하고 종이책으로 만들어진 소설과 비교하며 생각하는 경우도 있다. 웹소설과 소설은 모두 텍스트 콘텐츠라는 범주 안에 있지만 그 특징이 매우 다르다. 음악이라는 범주 안에 클래식, 랩, 발라드, 댄스 등 다양한 음악들이 묶여있는 것과 마찬가지다. 클래식과 랩이 다르듯 웹소설과 소설 역시 전혀 다른 카테고리로 구분해서 생각해야 한다.

　웹소설에 대한 카테고리 구분이 음악과 달리 어려운 이유는 웹소설이 아직도 변화하며 성장 중인 콘텐츠이기 때문이다. 웹소설을 처음 접할 때 가장 많이 헷갈리는 것 중 하나가 바로 '전자책'과 '웹소설'의 구분이다.

　전자책은 쉽게 말하면 단행본을 스캔해서 전자파일로 만든 것이라 할 수 있다. 컴퓨터나 모바일로 읽을 수 있다는 행동 방식은 전자책이나 웹소설이나 동일하지만 전자책의 경우 구성이나 창작 방식이 종이책을 만드는 것과 동일하다. 타깃 독자 역시 종이책 단행본과 겹친다고 볼 수 있다. 하지만 웹소설은 애초에 종이책 단행본과 만드는 방식이나 타깃 독자층 자체가 다르다. 처음부터 독자들이 모바일로 텍스트를 읽을 것을 가정하고 그에 맞게 제작과 구성을 고려한다. 전자책은 종이책 단행본과 똑같이 한 권 단위로 판매하지만 웹소설은 5,500자를 기준으로 삼은 한 화를 100원에 판매한다. 전자책과는 판매하는 방식이나 타깃 독자층이 다르기 때문에 다루는 내용이나 쓰는 방식 역시 달라질 수밖에 없다.

전자책 판매 사이트인 리디북스를 보면 전자책과 웹소설이 함께 유통 중인 것을 알 수 있다. 같은 플랫폼에서 판매가 된다 해도 이를 읽는 소비자들의 성향은 전혀 다르다. 콘텐츠의 종류 자체가 다르기 때문이다. 전자책은 주로 SF, 미스터리, 추리 등의 장르가 강세를 이루고, 웹소설은 로맨스, 판타지, 무협 등의 장르에 초점이 맞춰져있다. 이런 콘텐츠의 차이점을 고민해보지 않고 무작정 웹소설을 쓴다는 것은 상당히 무모한 일이다. 이렇게 될 경우 플랫폼과 시장에서 원하지 않는 장르와 콘셉트의 소설을 쓰게 될 가능성이 높다.

웹소설이 무엇인지를 정확하게 파악하기 위해서는 이 콘텐츠가 어디서부터 시작한 것인지를 먼저 살펴보는 것이 좋다. 웹소설은 70~80년대에 유행하던 무협지, 90년대에 대여점에서 빌려보던 판타지 소설, 게임 등에서 그 뿌리를 찾아볼 수 있다. 90년대 인터넷 문화가 시작됐을 때부터 차근차근 씨앗이 뿌려졌던 서브컬처 문화가 오늘날에는 문화산업의 중심인 게임, 장르문학, 웹소설 등으로 싹을 틔운 것이다.

판타지·무협 웹소설의 변화 과정

웹소설을 써서 억대 연봉을 이룬 작가들이 속속들이 등장하면서 이 분야에 대한 관심이 날로 높아지고 있다. 《나 혼자만 레벨업》, 《전지적 독자 시점》, 《템빨》, 《달빛조각사》 등 웹소설 원작의 웹툰 제작이 가속화되며 관련 산업의 규모도 놀라울 정도로 성장했다. 그야말로 웹소설의 전성기다. 콘텐츠 산업의 한 축으로 자리매김한 웹소설은 대여점에서 빌려 보던 판타지·무협 소설에서 그 계보를 찾아 볼 수 있다.[1]

2000년대 초반에 우후죽순으로 늘어난 대여점에서는 주로 DVD와 만화 등을 빌려 볼 수 있었다. 그러다가 무협지와 함께 단행본으로 출간된 판타지 소설도 들어오기 시작했다. 이 판타지 소설들은 90년대 초부터 인터넷상에서 연재되던 팬픽 형식의 서브컬처 문화 속에서 한국식 SF, 판타지로 성장했다. 이 중 몇 작품이 책으로 출간돼 큰 인기를 끌며 출판계에 새로운 바람을 불러왔다.

[1] 여기서는 로맨스와 로맨스 판타지 장르에 대한 부분은 다루지 않는다는 점을 명시한다. 로맨스 소설은 판무 소설과는 다른 방향으로 발전을 해왔으며 독자층은 물론 창작의 방법이 다르기 때문이다.

예를 들어 이우혁 작가의 오컬트 판타지 소설인 《퇴마록》은 1993년 하이텔에 연재하던 작품을 책으로 출간한 뒤, 현재까지 누적 판매량이 천만 부가 넘어선 초대박 작품이다.

1세대 판타지 소설은 지금은 '장르문학'이라 분류되는 이영도 작가의 《드래곤 라자》, 김상현 작가의 《탐그루》, 김민영 작가의 《옥스타칼니스의 아이들》, 전민희 작가의 《세월의 돌》 등을 말한다. 장르문학의 과도기에 만들어진 작품들이라 번역서와 외국 서브컬처 작품의 영향을 많이 받았고, 실험적인 시도들이 글 안에서 이루어졌다.

김민영 작가의 《옥스타칼니스의 아이들》의 경우는 가상현실 게임을 소재로 한 미스터리 작품으로 웹소설 판타지 장르 중 하나인 게임 판타지의 원형에 가깝다고 할 수 있다. 하지만 같은 소재의 판타지라도 장르소설인 《옥스타칼니스의 아이들》과 웹소설로 연재 중인 《템빨》은 전개 방식이 전혀 다르다. 《옥스타칼니스의 아이들》이 현재의 미스터리 장르물에 가깝게 분류가 되고, 《템빨》은 게임 판타지 웹소설로 분류되는 이유는 두 소설이 전혀 다른 카테고리의 콘텐츠이기 때문이다. 같은 판타지 작품이라고 이를 하나로 묶을 수 없는 이유가 여기에 있다.

위와 같은 1세대 작품들이 인기를 끌면서 좀 더 편하게 읽을 수 있는 2세대 판타지 작품이 많이 출간되기 시작했다. 2세대 판타지의 장르는 크게 '이고깽(이계진입 고교생 깽판물)'과 '퓨전 판타지'로 분류할 수 있다. '이고깽'은 말 그대로 고등학생들이 이세계로 차원 이동을 해서 마법이나 검술을 배워 그 세계의 최강자가 되는 작품류를 뜻한다. '퓨전 판타지'는 중세를 배경으로 한 판타지 세계와 무협 세계가 결합된 작품이다. 이런 퓨전 판타지물의 시초로 불리는 것이 전동조 작가의 《묵향》이라는 작품이다. 무림고수인 묵향이 판타지 세계로 넘어가는 내용을 담고 있다. 현재의 웹소설 판타지·무협 장르는 2세대 판타지에서 큰 영향을 받았다고 할 수 있다.

2세대 퓨전 판타지, 이고깽 판타지 등이 인기를 끌면서 이런 유형의 판타지 소설들이 엄청나게 출간되기 시작했다. 이 당시 출간 작들을 3세대로 분류하는데 우리가 흔히 말하는 '양판소(양산형 판타지 소설)'가 여기에 속한다. 물론 이때도 수작들이 존재했지만 전반적으로는 비슷한 캐릭터와 콘셉트, 서사 방식을 반복해서 만들어냈고 이에 독자들이 점점 질려가면서 시장이 축소되기 시작했다. 여기에 더불어 초고속인터넷의 발달로 다양한 영상 콘텐츠를 집에서 즐길 수 있는 환경이 형성되다 보니 대여점 역시 줄어들었다. 양산형 판타지는 대여점에서 구입하는 기본 수량이 있었기에 출판사에서 손해를 보지 않고 출간이 가능한 구조였다. 하지만 대여점이 점차 사라지면서 대여점용 소설 시장도 함께 붕괴되어버렸다. 판타지·무협 작가들은 소설을 내고 싶어도 책으로 출간하는 것도, 유통하는 것도 불가능한 상황이 되어버렸다.

그렇게 활로를 모색하다가 대안으로 나온 것이 초기 전자책 시장이었다. 갈 곳을 잃은 판타지·무협 소설들이 이 전자책 시장에서 판매처를 찾고자 했다. 하지만 생각보다 전자책 시장의 성장이 더뎠고 워낙 불법으로 콘텐츠를 소비하는 문화가 성행하던 때라 유료로 콘텐츠를 소비한다는 정서가 받아들여지지 못했다. 리디북스가 전자책 플랫폼으로서 성장하고 자리를 잡기 전까지는 전자책 시장은 유의미한 유통 채널로서 기능하지 못했다. 그 과정에서 연재를 이어가던 작가와 독자가 모인 커뮤니티들이 그 명맥을 이어가고 있었는데, 지금은 웹소설 플랫폼이 된 조아라, 문피아 등이 그 중심 역할을 했다.

문피아와 조아라가 커뮤니티에서 플랫폼으로 성장을 하게 되면서 조금씩 지금의 웹소설 플랫폼 형태를 갖추게 됐다. 그러던 중 네이버에서 로맨스 분야 웹소설이 약진하며 본격적으로 '웹소설'이라는 명칭이 정립이 됐고, 눈에 보이는 부가가치가 만들어지기 시작했다. 상대적으로 분량이 짧고 영상화가 용이했던 로맨스와 달리 분량이 긴 판타지와 무협 소설은 유료 콘텐츠로서 자리를 잡기까지 상당한 시간이 걸렸다. 하지만 그 시기를 지나자 카카오페이지를 통해 폭발적인 도약을 하기 시작했다.

90년대의 초기 판타지 소설을 인터넷 통신과 컴퓨터를 통해 만들어진 '사이버 문학'으로 명명할 수 있다면, 오늘날의 웹소설은 '모바일 디바이스 콘텐츠'라고 할 수 있다. 카카오의 콘텐츠 플랫폼 자회사인 포도트리[2]는 스마트폰의 보급과 함께 사람들이 쉽고 재밌게 볼 수 있는 콘텐츠 딜리버리 서비스를 제공하고자 카카오페이지 앱을 만들고 서비스를 시작했다. 초기에는 넓은 범위의 콘텐츠를 다루는 형태였지만 나중에는 웹소설을 핵심 콘텐츠로 잡으면서 플랫폼의 방향성을 정립했다. 웹소설이 무엇인지 잘 모르던 사람들도 모바일로 쉽고 간편하게 작품을 볼 수 있다는 장점 덕분에 시장에 유입되었고, 대여점 시절과는 비교도 할 수 없을 만한 규모의 독자가 모였다.

이런 카카오페이지의 성장과정을 관통하는 작품이 바로 게임 판타지 소설인 《달빛조각사》다. 남희성 작가의 《달빛조각사》는 2007년부터 2019년까지 연재를 진행하며 58권으로 완결이 된 작품인데, 3세대 판타지의 막판에 등장한 '게임 판타지' 카테고리의 대표작품이라 할 수 있다. 한국은 온라인 게임 강국으로서 90년대 후반부터 〈바람의나라〉, 〈리니지〉 등과 같은 MMORPG 장르가 큰 인기를 끌었다. 게임 자체가 중요한 문화의 한 축으로 자리 잡으면서 온라인 게임과 판타지 소설이 결합된 게임 판타지 장르가 자연스

---

2 ——— 2018년 8월 1일 카카오페이지로 사명을 변경했다.

럽게 만들어졌다. 현재 카카오페이지 판타지 장르 부동의 1위를 지키고 있는 《템빨》이라는 작품을 비롯해 다수의 상위권 작품이 이 게임 판타지 카테고리에 속해 있다.

《달빛조각사》는 처음에는 단행본 형식으로 유통이 됐는데, 워낙 인기가 많아 대여점 시장이 사라져가는 와중에도 꾸준히 출간된 몇 안 되는 작품 중 하나였다. 아직까지 판타지 소설을 책으로 읽는 것이 더 익숙했던 과도기에, 카카오페이지에 웹소설 작품이 론칭되고 '기다리면 무료[3]'라는 상징적 프로모션이 시작되면서 웹소설 시장은 급성장의 물살을 타게 됐다. 《달빛조각사》는 카카오페이지의 성장을 이끈 킬러 콘텐츠가 되었는데, 웹툰화까지 성공을 거두며 비로소 웹소설 시장은 현재의 기반을 다질 수 있었다. 여기에 문피아의 《전지적 독자시점》, 카카오페이지의 《나 혼자만 레벨업》 등이 성공을 하면서 웹소설 시장은 폭발적인 성장세를 보였다. 웹툰 이상의 큰 부가가치를 가진 엔터테인먼트 분야의 IP 콘텐츠[4]로서 자리매김하게 된 것이다.

1990년대에서 2020년대까지 약 30년 동안 상당히 많은 변화를

3 ——— 하루를 기다리면 다음 편을 무료로 볼 수 있는 카카오페이지의 프로모션. 보통 축약해서 '기다무'라고 부른다. 이와 비슷하게 네이버 시리즈는 '매일 10시 무료(매열무)' 프로모션을 운영한다. 각 플랫폼마다 이런 프로모션을 개발해 독자들의 유입을 높이고 유료분의 결제를 유도한다.

4 ——— 지식재산권(Intellectual Property), 인간의 지적 창작물을 보호하는 무체(無體)의 재산권으로서 산업재산권과 저작권으로 분류된다.

거쳐서 지금의 형태에 이른 웹소설은 카테고리가 다채롭게 분화되며 다양한 소재와 콘셉트, 캐릭터 조형의 요소들이 만들어졌다. 판타지와 무협만 하더라도 세분화된 장르가 다르고, 그 안에서 소재에 따라 적용되는 기본적인 클리셰나 진행 방향이 따로 존재한다. 어떤 플랫폼에서 어떤 장르가, 어떤 소재로, 어떤 방식을 통해 전개시켜야 독자들의 호응을 얻을 수 있을지를 면밀하게 고민하고 분석해봐야 하는 이유가 여기에 있다.

만약 웹소설을 쓰겠다고 마음먹은 창작자가 30년 전 대여점 시절의 판타지·무협 소설만 읽은 상태에서 요즘 트렌드의 웹소설을 쓰려고 한다면 상당한 어려움을 겪게 될 것이다. 그 당시의 판타지와 무협의 소재는 오늘날 웹소설의 전개 방식과는 맞지 않는 부분이 상당히 많기 때문이다. 또한 그 당시의 판타지·무협보다 지금은 훨씬 더 많은 세부 카테고리와 그에 따른 클리셰가 존재한다. 웹소설을 쓰고자 한다면 현재의 트렌드에 맞는 창작 방식으로 준비를 해야 더 빨리 이 시장에 적응할 수가 있다.

웹소설 장르 카테고리 구분하기

웹소설에 대해 말하기 전에 먼저 짚고 넘어가야 할 부분이 있다. 바로 '웹소설'과 '장르문학'의 구분이다. 웹소설과 장르문학을 구분하지 못하거나, 애초에 같은 것이라고 생각하는 경우가 꽤 많다. 이 두 가지를 마치 칼로 자르듯 아주 명확하게 분리하기는 사실 어렵다. 오늘날 우리가 '장르문학'이라 구분하는 작품들은 앞서 설명했던 1세대 판타지 소설에서 비롯되었기 때문이다. 장르문학은 이런 1세대 판타지 소설과 범죄 소설, 공포 소설, SF 소설 등을 아우르는 단행본 기준의 출간 소설을 통칭한다고 볼 수 있다.

서두에서도 설명했듯 웹소설과 장르문학은 같은 전자책 플랫폼에서 유통된다고 하더라도 서로 다른 타깃과 창작 방식으로 제작이 되기 때문에 속성이 다르다는 사실을 반드시 기억해야 한다. 장르문학이 물성이 있는 단행본 '책'을 기준으로 만들어지는 텍스트 콘텐츠라면, 웹소설은 '모바일 디바이스'를 바탕으로 하는 텍스트 콘텐츠라고 할 수 있다.

여기서 한 가지 유의할 점은 장르문학 중에서

도 책으로 만들어지지 않고 온라인상으로만 유통되는 경우가 있다는 것이다. 그렇다고 하더라도 전자책은 제작 방식의 기준을 종이책 단행본으로 삼고 있다. 즉 전자책은 한 권 단위의 단행본을 기준으로 만들어지는 콘텐츠고, 웹소설은 5,500자를 기준으로 매일 연재가 되는 연재형 콘텐츠다. 전자책은 한 권을 기준으로 삼기 때문에 전체적인 구성을 한 권 혹은 두 권짜리 서사 구조에 맞춘 '완결성'에 집중한다. 하지만 웹소설은 한 화씩 연재되기 때문에 독자들이 떠나가지 않도록 그들을 꽉 붙잡는 '연독성'에 집중을 한다. 둘의 창작 방식은 분명 다르기 때문에 자신이 어떤 종류의 소설을 쓰고 싶은지에 따라 장르문학과 웹소설의 카테고리를 구분해 맞는 곳을 찾아야 할 필요가 있다.

만약 웹소설 작가 지망생이 《반지의 제왕》이나 《해리 포터》 같은 작품을 쓰고 싶어한다면 어떨까. 웹소설로 그런 작품을 쓰지 못하는 것은 아니지만 더 적절한 카테고리는 장르문학일 것이다. 《반지의 제왕》, 《해리 포터》도 장르를 구분한다면 판타지다. 하지만 그렇다고 해서 이 작품들이 웹소설에서 말하는 판타지와 같은 속성을 가진 콘텐츠라고 볼 수 있을까?

같은 판타지 소설이기에 용이나 마법사, 기사들이 나온다는 세계관이나 설정들은 비슷할지 모르지만 사건을 전개하는 방식이나 에피소드를 다루는 방식은 전혀 다르다. 장르문학의 경우에는 문장의 길이와 전개, 구성 등이 도서를 중심으로 이루어진다. 하지만 웹소설의 경우에는 폭이 좁은 모바일 디바이스를 기준으로 하기 때문에 문장도 최대한 단문으로 이루어져야 한다. 장르문학과 웹소설은 같은 악기의 범주에 있는 바이올린과 피아노만큼의 차이가 있는 것이다.

다시 웹소설로 돌아와서 카테고리를 살펴보자면 크게 두 가지로 나눌 수 있다. 바로 로맨스와 판무(판타지, 무협)이다. 여기서는 웹소설의 판타지·무협 카테고리를 집중적으로 다룰 예정이다. 판무 웹소설을 우선 크게 나누자면 당연히 판타지와 무협으로 나눌 수 있다. 둘 중에서는 판타지가 파생된 세부 장르들이 많은 편이기에 무협을 먼저 설명하고 넘어가는 것이 좋을 것 같다.

무협은 크게 일반무협과 선협물(기환무협)로 나눌 수 있다. 일반무협은 중원의 무림과 강호를 배경으로 한 영웅의 성장, 활약물을 뜻한다. 선협물은 무협물에 신선, 도술 등의 개념이 결합한 장르다. 한국 웹소설에서는 선협물의 소재가 흔치 않지만 중국에서는 가장 인기 있는 장르다. 한국 웹소설에서 잘 알려진 선협물은 중국, 대만에서 넘어와 번역된 작품들인데 중국 드라마의 영향으로 점차 그 인기가 높아지고 있다.

한국 웹소설에서는 대부분이 일반무협을 선호하는 편이나 그 안에서 소재는 여러 가지로 나뉜다. 가장 흔한 소재는 바로 '회귀물'

이다. 회귀물이라는 것은 주인공이 죽었다가 깨어나 보니 과거로 돌아와 인생을 새롭게 시작한다는 일종의 타임리프 설정을 뜻한다. 이 회귀라는 소재는 뒤에서도 더 자세히 소개하겠지만 2, 3세대 판타지의 '이세계 전이'와 비견될 만큼 웹소설에서는 필수적인 소재라 할 수 있다.

무림에서 가장 강한 인물이 다시 강호로 돌아오면서 생겨나는 에피소드를 다루는 귀환물(먼치킨물)이나 천재적인 주인공을 다루는 소설 등 다채로운 소재를 기존의 무협 설정과 엮어서 변주한 작품들이 오늘날의 무협 웹소설이라 할 수 있다. 주인공에게 모든 기연이 집중되어서 성장 속도가 빠르고 전개가 긴박하게 흘러간다는 특징이 있다.

이런 특징은 좌백, 진산, 용대운, 풍종호 작가로 대표되는 신무협과는 상당히 다른 전개 방식이다. 신무협은 영웅적인 면모를 지닌 주인공에게 집중하는 서사를 탈피해 주변 인물들에게 초점을 맞추고 캐릭터의 정신적 성장과 감정 변화에 주목했다. 때문에 주인공이 점소이[5], 낭인[6], 사파의 검객 등 영웅적인 캐릭터와는 동떨어진 소외된 인물인 경우가 많았다. 이럴 경우 전형적인 영웅적 주인공에서 벗어나 좀 더 입체적인 캐릭터를 조형할 수 있다는 장점이 있

5 ——— 객점이나 주루의 하급 종업원
6 ——— 무협 세계관에서 용병 역할을 하는 떠돌이 무사

지만, 필연적으로 주인공의 외적인 성장보다는 내면적 성장에 초점을 맞추게 되며 전반적인 스토리 전개가 느려지기가 쉽다.

이는 신무협의 특징이라고 볼 수 있는데 사회에서 소외된 볼품없는 캐릭터를 주인공으로 내세우며 기존의 무협에서 다루지 않던 소재와 사건을 중심으로 복잡한 인간 관계와 인간 군상을 그리는데 집중한다. 조연들도 단순한 엑스트라가 아닌 한 명, 한 명이 각자의 스토리를 가진 등장인물이 되기에 주인공의 성장에 집중하기보다는 인물별 에피소드 자체에 집중하는 구조를 띠게 된다. 먼치킨류의 주인공이 빠르게 성장하는 서사를 선호하는 현재 웹소설의 무협과는 전개 방식에서 큰 차이가 있기 때문에 신무협 소설에 익숙한 지망생들이 웹소설에 도전할 때 가장 주의해야 할 부분이다.

무협의 변화만큼 판타지 역시 웹소설로 변화하는 과정에서 다양한 카테고리로 세분화됐다. 중세판타지 장르에 가상현실 게임 소재가 결합되며 만들어진 '게임 판타지', 게임 판타지에서 파생된 '헌터물', 여기서 인터넷 스트리밍 서비스와 결합해 변형·파생된 '성좌물' 등을 그 예로 들 수가 있다. 여기에 전문가물 혹은 아이돌물이라고 하는 장르는 따로 현대판타지로 구분한다.

게임 판타지는 소설 속 가상현실 게임을 중심으로 주인공이 해당 게임의 최고가 돼서 명성과 부를 모두 얻는 성장 서사물이라고 할 수 있다. 기존의 중세판타지의 배경이 게임 속으로 옮겨가면서 현대의 배경과 게임 속 판타지 세계관이 번갈아가며 나오게 된다. 주인공은 가상현실 게임 속에서 레벨을 올리면서 캐릭터를 강화하고, 이를 통해 현실에서도 유명인이 되며 성공 가도를 달리게 된다. 게임이라는 익숙한 소재를 통해 현실적인 성공을 이루고자 하는 현대인의 욕망을 소설 속에서 나타낸 것이다.

헌터물, 또는 레이드물이라는 장르는 MMORPG 게임 중 하나인 〈WOW, 월드 오브 워크래프트〉의 영향을 받아 만들어진 게임 판타지 파생 장르라고 할 수 있다. 게임 시스템이 현실세계에 적용된 세계관을 바탕으로 새롭게 만들어진 장르를 뜻한다. 주로 평범한 일상의 어느 날 서울 하늘 한복판에 게이트가 열리고, 그 안에서 몬스터들이 나타나게 된다. 이 몬스터들은 기존의 판타지 세계관에서 익숙하게 등장하던 오크나 트롤, 고블린 등이다. 몬스터에게 침공 당해 인류가 멸망의 위기에 빠질 때 '각성자'라는 존재가 등장하는데 이때 게임 시스템의 능력치를 볼 수 있는 '상태창'이 보이게 된다. 각성자는 고유의 직업과 능력을 이용해 몬스터들을 죽이고 경험치와 아이템 등을 얻어 자신의 능력을 더욱 강화한다. 위와 같은 설정이 헌터물의 기본적인 클리셰라고 할 수 있다.

성좌물은 여기에 또 한 번 변형이 일어난 장르인데 인터넷 게임 방송을 즐겨보는 스트리밍 문화가 결합한 것이다. 성좌라 불리는 '신'들이 몬스터를 해치우는 헌터들을 마치 게임 방송을 보듯 한다는 설정이 추가된다. 각성자들은 자신을 선택한 성좌에게 후원을 받으며 다른 각성자보다 더 강해질 기회를 얻게 된다. 게임 방송에 익숙한 오늘날 소비자들의 트렌드에 맞게 만들어진 장르로 작품 안에 채팅창이나 후원창 등이 삽입되며 이를 통해 주인공을 더 돋보이게 만든다.

　판타지 웹소설을 써보고자 하는 지망생 중에서 2000년대에 대여점에서 퓨전 판타지를 읽고 그 기억에 맞춰서 판타지 소설을 창작하려는 이가 있다면, 이런 트렌드의 변화나 해당 클리셰들을 잘 파악해야 할 필요가 있다. 엄밀히 말하면 현재의 웹소설은 그 당시의 판타지·무협 소설을 계승해서 모바일 디바이스로 이식된 것은 맞지만 당시의 판타지와는 소재의 측면이나 전개 방식에서 큰 차이가 있다.

　웹소설에 익숙하지 않은 지망생의 경우에는 현재 웹소설이 유통되는 주요 플랫폼(카카오페이지, 문피아, 네이버 시리즈)에서 자신이 쓰고자 하는 장르 카테고리의 상위 작품 세 가지 정도는 꼭 읽어봐야 한다. 그래야 요즘은 어떤 방식의 전개를 독자들이 좋아하는지 가늠할 수 있고, 통용되는 소재나 콘셉트 등이 무엇인지를 알 수 있다.

카테고리에 맞는 소재 정하기

웹소설은 각 장르 카테고리가 명확하게 나뉘어있고 그 장르를 읽는 독자층 역시 명확하게 구분되어있다. 때문에 내가 쓰고자 하는 장르 카테고리에 대해 정확하게 파악하고 시작할 필요가 있다. 판타지·무협 장르는 앞에서 설명한 것처럼 판타지(중세 배경), 현대 판타지(현대 배경), 무협으로 나뉘고 더 넓게 본다면 스포츠물과 대체역사물까지 포함된다.

각 장르의 세부적인 특징을 설명하기에 앞서서 판무 웹소설에서 필수적으로 알아야할 개념인 회빙환을 먼저 설명할 필요가 있다. **회빙환**은 회귀, 빙의, 환생의 줄임말이다. 판무 웹소설에서 회빙환은 흔히 말하는 치트키와 같은 설정이다. 각 개념을 풀어서 설명하면 '회귀'는 주인공이 죽어서 다시 과거로 돌아가 깨어나는 것을 뜻하고, '빙의'는 내가 아는 게임이나 소설 속 캐릭터로 빙의하는 것, '환생'은 죽었다가 깨어나 보니 다른 누군가로 다시 태어나는 것을 뜻한다.

웹소설의 모든 장르를 통틀어서 이 회빙환을 많이 쓸 수밖에 없는 이유는 주인공의 영웅적 각성을 극단적으로 축약하기 위해 가장 쉽게 쓸 수 있는 장치이기 때문이다. 회빙환의 설정을 쓰게 되면 주인공의 목표점을 잡는 것이 굉장히 쉬워진다. 회귀는 이전 생에서 내가 후회했던 과거를 다잡고 새로운 미래를 개척하겠다는 목표, 빙의는 내가 이미 이 세계에 대한 내용을 다 알고 있으니 이를 이용해 역경을 헤쳐나가고 원래의 세계로 돌아가겠다는 목표, 환생은 전생에서 내가 못다 이룬 것을 이루겠다는 목표. 이렇게 목표가 뚜렷하게 정해지기 때문에 첫 화 안에 주인공에 대한 설정을 전달하기가 용이하다. 판무 웹소설을 쓸 때 반드시 이 회빙환의 설정을 넣어야 하는 것은 아니지만 왜 이런 설정이 많이 쓰이는지에 대해서는 고민해 볼 필요가 있다.

판무 웹소설의 큰 분류인 판타지와 현대판타지, 무협 세 가지 장르는 공통점이 있는데 바로 '영웅성장서사'를 기초로 한다는 점이다. 이 말뜻은 주인공의 활약이 소설에서 가장 비중 있게 나와야 한다는 것이다. 판무 웹소설의 소재를 정할 때 가장 중요한 것은 그 소재가 주인공을 돋보이게 하는지에 대한 판단이다. 아무리 좋은 소재라도 주인공의 성장과 활약에 크게 도움이 되지 않는 것이라면 과감하게 버리는 것이 좋다. 물론 기성작가 중 일부는 소재와 상관없이 스토리를 재미있게 이끌어나갈 수도 있겠지만 판무 웹소설에 처음으로 도전하는 작가라면 최대한 주인공이 돋보일 수 있는 소재와 스토리 콘셉트를 잡는 것이 중요하다.

이를 위해서는 주인공이 다른 이들보다 특출하게 빨리 성장해야 한다. 앞서 설명한 회빙환과 같은 장치가 붙는 이유는 이런 맥락 때문이다. 이런 치트키 설정은 주인공이 빠르게 성장하고 강해지는 것에 대한 논리적인 근거가 되기 때문에 진입장벽이 높은 작품의 서두 부분에서 독자들을 확 끌어당길 수 있다.

판무 웹소설에서 주인공만큼 주요한 것이 바로 장르 세계관의 '클리셰'를 잘 활용하는 것이다. 1세대 판타지 소설과 같은 장르문학은 창작자만의 독특한 세계관 설정을 바탕으로 사건이 전개되는 경우가 많다. 문제는 이럴 경우 서사 초반에 이 세계관에 대한 설명과 주인공의 성장서사를 함께 진행해야 한다는 것이다. 웹소설처럼 빠른 전개가 필요한 콘텐츠에서 지나치게 복잡하고 독특한 세계관을 활용할 경우 초반이 묘사나 설명으로 채워지기 때문에 독자 이탈률이 높아진다.

따라서 웹소설에서는 판타지나 현대판타지, 무협에서 자주 사용하는 기존의 세계관에 독특한 설정을 조금만 넣어 추가하거나 비트는 방식을 사용한다. 이럴 경우 이미 이 장르를 잘 알고 있는 독자들이 금방 세계관의 설정을 파악할 수 있어서 초반 전개가 빨라지고 주인공의 성장에 초점을 맞출 수 있다.

이를 위해서는 우선 각 장르의 특징을 먼저 알아야 할 필요가 있다. 적어도 판무 웹소설을 쓰기 위해서는 판타지, 현대판타지, 무협 등의 기본적인 전개 방식이나 공통적으로 쓰이는 소재, 세계관 지식 등은 알아야 한다는 뜻이다. 헌터물이 무엇인지, 헌터가 어떤 역할을 하는지도 모르는데 헌터물이나 성좌물을 쓸 수는 없을 것이다. 마찬가지로 구파일방[7]이 무엇인지도 모르면서 무협을 쓰는 것 또한 어려울 것이다.

이런 것을 익히기 위한 가장 좋은 방법은 많은 독자들이 있는 웹소설 플랫폼을 사용해 보는 것, 그리고 그 플랫폼의 상위 작품들을 읽어보는 것이다. 의외로 웹소설 작가 지망생이지만 카카오페이지나 문피아, 네이버 시리즈 앱을 한 번도 사용해보지 않은 사람들이 많다. 앱을 사용해보지 않으면 그 플랫폼의 장르 카테고리는 어떻게 구성이 되어있는지, 각 카테고리에서 어떤 소설이 인기 있는지, 요즘 트렌드는 어떻게 흘러가는지를 전혀 알 수 없다.

웹소설은 그 어떤 텍스트 콘텐츠보다 상업성이 강한 대중 콘텐츠다. 이 뜻은 지나치게 독특하거나 기존의 웹소설 문법에 맞지 않는 작품의 경우 독자들에게 외면당할 가능성이 높다는 뜻이다. 자신이 쓰고 싶은 웹소설의 장르 카테고리를 먼저 명확하게 정하고, 그 장르의 문법에 맞는 룰을 정확하게 따르는 것은 의외로 지키기 어려운 원칙이다. 무협은 무협답고, 판타지는 판타지다운 것이 가장 좋다. 부대찌개 집을 차렸는데 완전히 새로운 부대찌개를 개발했다고 햄과 소시지 대신 다른 재료가 들어간 부대찌개를 손님에

---

7 ——— 무림의 정파에 속하는 문파들 중 가장 명망이 높은 10개의 문파이자 무협물 세계관에 가장 큰 영향력을 퍼뜨리는 세력을 말한다.

게 낸다면, 소수의 손님은 좋아할 수도 있겠지만 더 많은 손님들은 그 음식을 부대찌개로 생각하지 않을 수 있다.

웹소설은 대중음식과 비슷하다. 음식을 만든 사람이 "이건 부대찌개야"라고 주장할 수는 있지만 가게에 들어온 손님들에게 그 음식을 부대찌개라고 인정받지 못한다면, 그들은 자신들이 원하는 햄과 소시지가 들어간 얼큰한 부대찌개가 나오는 가게로 갈 것이다. 기존의 형태를 갖추되 그 안에서 나만의 독특한 무엇인가를 넣어서 변화를 주는 것이 더 많은 소비자들에게 어필할 수 있는 방법이다. 이를 위해서는 기존의 상위권 작품들을 꾸준히 읽어보고 각 장르별로 어떤 소재와 설정이 쓰였는지를 부지런히 파악해야 한다.

주인공 캐릭터 만들기

캐릭터는 각 스토리에서 가장 중요한 역할을 한다. 스토리 콘텐츠를 모두 보고 나면 마지막에 남는 건 결국 캐릭터들이다. 〈어벤져스〉의 영웅들, 〈반지의 제왕〉의 프로도와 간달프, 〈스타워즈〉의 다스 베이더 같은 캐릭터들이 스토리의 중심 역할을 하기 때문이다.

캐릭터라는 것은 가상세계를 전달하는 전달자다. 작가가 아무리 이 세상과 닮아있는 세계를 창조해서 스토리를 만들었다고 해도, 그 세계는 가상세계일 수밖에 없다. 창작자는 모두 각자의 세계를 창조한다. 하지만 그 세계에 대해 아는 사람은 오직 창작자 한 사람뿐이다. 창작자가 자신이 만든 세계를 다른 사람에게 제대로 보여주기 위해서는 전달자가 필요하다. 그 전달자가 바로 캐릭터라고 할 수 있다. 전달자인 캐릭터는 여러 종류가 있다. 크게 나누면 이렇다. 주인공, 대적자, 조력자, 기타 단역들.

주인공은 창작자가 만든 가상세계를 가장 잘 전달할 수 있는 캐릭터다. 반대로 말하면 창작자는 자신의 세계를 가장 잘 전달할 수 있을 법한 캐릭터를 주인공으로 세워야 한다. 주인공은 스토리의 중심을 이끌어가는 캐릭터이며 그 세계 속 영웅이다.

판타지·무협 주인공은 비중이 가장 커야 하고 이루고자 하는 목표가 분명해야 한다. 이 세계를 지키겠다는 목적, 천하제일이 되겠다는 목적, 자신의 가문을 천하제일 세가로 만들겠다는 목적 등 영웅으로서 성장하기 위한 목적이 분명해야 창작자가 전달하고자 하는 스토리를 만들어내기가 용이하다. 이런 과정에서 주인공은 능동적으로 움직이며 성장해야 한다.

또한 주인공이 영웅으로 성장하며 자신의 목표를 이루되 그 행동에 명분과 근거가 있어야 한다. 주인공이 빠르게 강해졌다고 해서 이유 없이 다른 사람들을 학살하거나 도둑질을 하고 다닌다면 영웅적인 면모가 퇴색될 것이다. 주인공의 목표에는 독자들이 공감할 수 있는 지점이 있어야 한다. 판타지·무협 웹소설은 독자들의 판타지를 자극하고 대리만족을 주는 장르기 때문에 그들이 원하는 영웅상을 만들어야 몰입이 용이하다.

마지막으로 강조하는 것은 반드시 주인공은 한 명이어야 한다는 점이다. 앞서 설명했던 것처럼 영웅서사 구조를 지닌 판타지·무협 웹소설은 주인공의 성장과 활약이 서사의 중심이 된다. 여러 명의 인물이 각각의 서사를 나누어서 서로 다른 방식으로 스토리가 전개되면 가독성이 중요한 웹소설의 특성상 독자들의 몰입을 방해하게 된다. 웹소설의 주인공은 반드시 한 명만 존재해야 서사를 완결성 있게 끌고 나갈 수가 있다.

주인공 목표 설정하기

주인공을 어떤 캐릭터로 할지 정했다면 가장 먼저 고민해봐야 할 것은 바로 주인공의 목표다. 웹소설의 서두인 1~3화 부분은 주인공이 어떤 상황이고 무엇을 할지를 보여주는 아주 중요한 역할을 한다. 독자들은 소설의 앞부분만 보고도 주인공이 어떤 사람이고, 앞으로 뭘 하겠다 하는 게 머릿속으로 떠올라야 한다. 그래야 기대감을 가지고 무료분 이후의 유료분까지 가서 결제를 하게 된다. 만약 주인공이 뭘 할지 제대로 전달이 안 된 상태라면 독자들은 흥미를 잃고 금방 이탈하게 될 것이다.

주인공 캐릭터는 영웅이기에 그 어떤 캐릭터보다 비중이 크고 항상 목표가 뚜렷해야 한다. 소설의 서두에서는 주인공이 가져가야 할 모티베이션과 목표가 직관적으로 드러나야 한다. '누군가에게 복수를 하겠다' '천하제일이 되겠다' '대륙제일의 거상이 되겠다' 등 그 목표 설정이 분명해야 스토리 전개의 힘을 받을 수가 있다. 카카오페이지 상위권에 있는 판타지·무협 작품들의 주인공을 통해 이 목표가 어떻게 구성이 되어있는지를 살펴보자.

예1. 《검술명가 막내아들》 황제펭귄

진 룬칸델
대륙 최고의 검술명가, 룬칸델의 막내아들
룬칸델 역사상 최악의 둔재

비참하게 쫓겨나 허무한 최후를 맞이한 그에게 다시 한 번 기회가 주어졌다.

"너는 이 힘을 어떻게 사용하고 싶더냐?"
"저를 위해 사용하고 싶습니다."

전생의 기억과 압도적인 재능, 그리고 신과의 계약

최강이 될 준비는 끝났다.

예2. 《나 혼자만 레벨업》 추공

재능 없는 만년 E급의 헌터, 성진우
기이한 던전에서 죽음을 목전에 두지만
위기는 언제나 기회와 함께 찾아오는 법!

[플레이어가 되실 자격을 획득하셨습니다!]
"플레이어? 내가 레벨업을 할 수 있다고?"

전 세계 헌터 중 유일무이, 전무후무
시스템과 레벨업 능력을 각성한 진우.
세상을 향해 자유를 선포한다.

예3. 《무당기협》 은열

인생은 재천이라 했고,
나에게도 귀천의 때가 왔다.

내 앞에서 환영처럼 일렁이는 검은 옷의 저승 차사. 두 번째 호명.

[······혁련······]

하아, 그래. 가자.
더 살아서 무엇하겠는가?

"불로초입니다! 제가 드디어 불로초를 구해왔습니다! 주군!"

뭐? 불로초?
야, 누가 차사 놈 아가리부터 좀 막아라!

사패천주 혁련무강
죽음의 순간 기적처럼 찾아온 불로초로 인해 다시 한 번 무림으로 향하는데······

아아악! 왜 하필 무당인데~~~~!!!

출처_카카오페이지 작품소개

세 작품은 작품소개에서부터 주인공의 목표와 성장의 방향성이 정확하게 나와있다.

《검술명가 막내아들》의 주인공인 진 룬칸델은 회귀 이후 복수를 하려는 목표가 있다. 자신에게 저주를 건 사람을 찾아내서 복수하고, 회귀 전 이르지 못했던 경지에 도달하기 위해 검술과 마법을 배우며 성장할 것이라는 방향성이 명확하게 드러난다.

《나 혼자만 레벨업》은 E급 헌터인 성진우가 약자로서의 설움을 겪고 강자가 되고자 하는 욕망을 표현하고 있다. 혼자서만 레벨이 올라가는 시스템의 기능을 얻고 더욱 강한 헌터가 되고자 퀘스트를 깨면서 성장하게 된다.

《무당기협》의 주인공인 혁련무강은 사파의 최고수였다가 무당파의 도동으로 깨어나게 되는데 자신이 망하게 한 무당파를 되살리면서 정, 사를 아우르는 무림제일인이 되고자 성장을 거듭한다.

이처럼 주인공의 목표가 분명할수록 스토리를 전개할 방향을 잡기가 쉬워진다. 주인공이 수동적이고, 특별한 목표가 없다면 스토리를 적극적으로 전개하는 것이 어려워진다. 독자들의 초반 유입이 중요한 웹소설의 특성상 주인공이 명확한 목표를 가지고 움직여야 더 빨리 성장하도록 만들 수 있다.

반면 갑작스럽게 주인공이 큰 힘을 얻거나, 사기적인 능력을 갖거나, 혹은 애초에 세계관 절대자일 경우에는 주인공의 목적을 명확히 제시하는 게 쉽지 않다. 이럴 경우에는 필연적으로 주인공이 아닌 조연의 행동에 의해 에피소드를 만들게 되고 사건이 전개될 수밖에 없다. 문제는 이렇게 될 경우 주인공의 비중보다 보조적인 역할을 해야 할 조연의 비중이 더 커질 수 있다는 점이다. 웹소설의 독자들은 주인공에게 몰입하여 그 영웅적인 활약을 즐기려는 목적을 갖고 있다. 항상 주인공에게 초점이 맞춰져야 하기 때문에 지나치게 조연이나 조력자에게 비중을 분산시키면 몰입도가 떨어

지게 된다.

독특한 설정을 통해 독자들의 관심을 끄는 것에 신경을 쓰다가 주인공에게 초점을 맞추지 못하면 초반부는 어떻게든 끌고 갈 수 있으나 중반부에서부터 스토리 진행에 큰 어려움을 겪을 수 있으니 조심해야 한다.

주인공 각성서사 축약하기

판무 웹소설의 주인공은 비범한 캐릭터로 성장하는 영웅서사의 구조를 띠고 있기 때문에 영웅으로의 성장을 위해서는 적절한 시련이 필요하다. 이때 주의할 것이 웹소설에서는 주인공에게 시련을 준다고 해서 너무 답답하게 내용을 전개하면 독자들이 금세 피로감을 느끼고 이탈하게 된다는 점이다.

고전적인 영웅서사를 보면 주인공이 자신이 영웅이라는 사실을 자각하고 이를 운명으로 받아들인 뒤 힘을 수련해서 점차 성장해나가는 과정을 겪는다. 이때 영웅이 되기까지의 자각과 각성의 과정이 상당히 길게 잡힌다. 웹소설에서는 이 영웅으로서의 자각과 각성의 과정이 극단적으로 짧아야 하기 때문에 주인공을 조형하는 방법도 달라진다.

기존의 영웅서사물에서는 영웅이 자신의 힘에 대해 고뇌하고 이를 통해 초인적인 힘과 그에 걸맞은 마음을 갖는 것이 굉장히 중요한 지점이었다. 하지만 웹소설에서는 이런 부분이 과감하게 생략 혹은 축약되어야 한다. 가독성을 극대화해야 하는 웹소설 콘텐츠의 특징 때문이다.

웹소설의 경우에는 론칭을 하고 나서 대부분 25화까지는 무료로 원고가 풀리고, 26화부터 유료로 보게 된다. 앞부분은 일단 무료로 볼 수 있기 때문에 독자들이 접근하는 진입장벽이 낮은 편이다. 하지만 이 말은 앞부분이 조금이라도 늘어지거나 지루하다고 생각되면 독자들이 바로 이탈해서 다른 가독성이 좋고 전개가 빠른 소설로 옮겨가기가 쉽다는 말이기도 하다.

앞서 얘기한 고전적인 영웅서사의 방식대로 주인공이 영웅적 면모를 갖추기 위해 고뇌와 역경으로 힘들어하고 있으면 독자들이 그 과정을 참고 기다려주기보다는 이탈해서 더 전개가 빠른 소설을 찾게 된다. 그러다 보니 판무 웹소설에서는 주인공이 영웅으로 각성하는 과정이 극단적으로 짧아져서 보통 1화에서 관련 설정들이 모두 나오거나, 길어도 3화를 넘기지 않는다.

즉, 주인공의 초반 각성서사를 확연히 축소해야 한다는 뜻이다. 영웅의 성장과정에서 필수적이라 할 수 있는 수련을 하거나 고난을 겪는 부분을 극단적으로 줄여서 전개할 필요가 있다. 판무 웹소설 독자들이 주인공에게 바라는 것은 자신의 능력을 십분 발휘해서 손해를 보지 않고 남들보다 더 빠르게 성장해 원하는 것을 쟁취해나가는 것이다. 이 부분이 판무 웹소설의 핵심이라 할 수 있다.

대적자 캐릭터 만들기

주인공과 반대편에 서있는 존재를 '대적자'라고 부른다. 스토리에서 대적자는 주인공만큼이나 중요한 역할이다. 잘 조형된 대적자 캐릭터는 서사의 훌륭한 축이 된다. 창작자가 만든 가상세계를 가장 잘 전달할 수 있는 캐릭터가 주인공이라면 대적자는 주인공과의 갈등을 통해 사건을 만들고 서사를 진행시키는 데 있어 가장 중요한 요소가 된다. 〈배트맨〉의 조커, 〈스타워즈〉의 다스 베이더, 〈추격자〉의 하정우 같은 대적자들은 스토리에 긴장감을 주면서 독자들이 창작자의 세계 속으로 몰입할 수 있도록 만든다.

웹소설 스토리에서 가장 큰 비중을 차지하는 캐릭터는 주인공이다. 대적자는 주인공 다음으로 큰 비중을 차지한다. 그만큼 대적자의 역할이 중요하다는 뜻이다. 대적자의 의미를 다시 한 번 살펴보면 그는 주인공과 상충되는 다른 목적을 이루고자 하는 캐릭터다. 즉, 대적자는 주인공이 하고자 하는 일과 반대되는 목표를 가진 캐릭터라는 뜻이다. 이를 위해서는 대적자 역시 주인공만큼이나 이루고자 하는 목표가 명확해야 한다.

가장 중요한 것은 대적자가 지닌 그 명확한 목표가 주인공의 목표와 양립할 수 없어야 한다는 점이다. 서로의 목표가 충돌하기 때문에 주인공과 대적자는 싸울 수밖에 없다. 예를 들면 판타지에서 주인공인 용사의 목표는 이 세계를 평화롭게 지키는 것이다. 그런데 대적자인 마왕은 마계는 물론 주인공의 세상까지 자신이 지배해서 세계를 정복하는 것이 목표다. 세계를 지키겠다는 용사의 목표와 세계를 지배하겠다는 마왕의 목표가 상충된다. 그렇기 때문에 용사와 마왕은 계속 갈등을 일으키고 충돌할 수밖에 없다.

이때 대적자와 주인공이 어설프게 화해할 수 있는 사이면 목표가 부딪치지 않고 갈등이 일어나지 않는다. 두 사람의 목표가 정면에서 부딪칠수록 갈등이 더 쉽게 일어나고 서사를 진행하기가 편해진다. 한 가지 유의할 점은 항상 대적자가 주인공보다 먼저 유리한 고지를 점령하고 있어야 한다는 것이다. 영웅인 주인공이 성장하기 위해서는 대적자가 시련을 주게 되는데 이때 대적자의 세력이 더 크고 이미 그 목표에 대한 성취가 있는 편이 고난과 시련의 에피소드를 만들기 용이하다.

또 하나 주의해야 할 점은 주인공도 한 명, 대적자도 한 명이어야 한다는 것이다. 여기서 좀 헷갈릴 수가 있는데, 주인공의 성장이 필요한 초반 부분에서 최종 보스 격인 대적자가 바로 나오는 경우는 거의 없다. 앞서 말했듯 대적자 세력이 더 크기 때문에 초반에는 대적자의 수하들이 먼저 등장해서 주인공을 공격한다. 이때 나오는 대적자의 수하들은 바로 대적자의 조력자라고 볼 수 있다. 주인공에게 조력자가 있는 것처럼 대적자에게도 조력자가 있다. 그들이 바로 마왕의 중간 보스들이다.

주인공을 공격하는 많은 중간 보스가 있더라도 최종 보스인 마왕은 반드시 한 명이어야 한다. 중간 보스들은 대적자의 세계정복 목표를 따라가는 조력자일 뿐이다. 중간 보스는 많아도 상관없으니 이들을 어떻게 배치할지를 고민하면 된다. 하지만 주인공의 목적과 부딪치는 대적자는 반드시 한 명이라는 것을 명심해야 한다.

대적자가 한 명이어야 하는 가장 큰 이유는 바로 그래야 결말을 맺을 수 있기 때문이다. 주인공과 이리저리 얽혀 있는 대적자들이 여러 명일 경우에는 어느 부분에서 끝맺음을 해야 할지 작가가 길을 잃기 쉽다. 대적자가 한 명인 스토리에서는 중간 보스들을 해치우고, 보스와 최후의 결전을 치른 뒤 주인공이 자신이 이루려던 목표를 성취하면 결말이 난다.

그런데 주인공도 여러 명, 대적자도 여러 명이 나와 스토리가 이리저리 엉켜있으면 어떻게 이 이야기를 끝내야 할지 난감한 상황이 벌어지게 된다. 초반까지는 잘 쓰다가 중반부터 스토리 전개에 어려움을 느끼고 항상 결말을 제대로 못 내거나 용두사미 격으로 끝내는 작가들은 이런 식으로 스토리를 풀어나갈 가능성이 높다. 완결성 있는 스토리를 위해서는 주인공 하나, 대적자 하나를 배치하는 것이 가장 좋다.

주인공과 대적자의 관계성 설정하기

앞서 말한 것처럼 판타지·무협 웹소설 쪽에서 서사 전개를 용이하게 이끌고 가기 위해서는 주인공과 대적자의 캐릭터를 한 명씩 두고 그 관계를 명확하게 지정해주는 것이 좋다. 계속 강조하는 것이지만 주인공과 대적자는 항상 갈등관계에 있어야 한다. 두 캐릭터가 어떤 캐릭터인지에 따라 표면적인 관계는 달라질 수 있지만 그들이 원하는 목표는 양립할 수 없는 평행선상에 위치해야 한다.

주인공과 대적자의 갈등이 계속 이어지다가 마지막에 화해하는 결말도 가능하지 않냐 하면 그것도 가능은 하다. 대신 양립할 수 없는 갈등이 종식되어 화해를 시킬 경우 독자들이 납득할만한 근거와 이유를 줘야 한다. 결말을 반드시 화해로 끌고 나가겠다고 마음을 먹는 순간 창작자는 대적자에게 감정을 이입해서 화해의 복선과 근거를 앞에 배치할 수밖에 없게 된다. 이렇게 될 경우 서사의 긴장감과 극적인 갈등의 수위가 낮아질 수 있다. 결말 부분에서 긴장감이 극대화가 되어야 정확하게 끝맺음을 할 수가 있는데 어설프게 두 캐릭터를 화해시키면 결말이 애매모호하게 되어 버릴 수도 있다. 만약 결말을 화해로 끝내고 싶다면 이 부분을 감안하고 설정을 해야 한다.

다시 돌아와서 주인공과 대적자의 갈등관계를 명확하게 드러내기 위해서는 두 캐릭터를 중심으로 형성되는 그룹을 만들어야 한다. 즉, 주인공과 대적자를 돕는 조력자들을 배치해야 한다. 앞서 말했듯이 조력자는 주인공뿐만 아니라 대적자 쪽에도 존재한다. 분량이 긴 웹소설의 특징상 곧바로 대적자가 소설 초반에 등장하기 어렵기 때문에 앞부분에서는 대적자의 조력자인 중간 보스부터 나오게 된다. 때문에 대적자와 목표가 같으면서 초반에 대적자의 역할을 할 대적자의 조력자를 잘 설정하는 것이 매우 중요하다.

영웅성장서사의 구조상 주인공은 성장하면서 동료들을 모으고 그룹이 점점 강해진다. 이 과정에서 대적자는 자신의 목적을 방해하는 주인공 그룹을 주목하게 되고, 이를 저지하기 위해 더 강한 적들을 보내게 된다. 주인공 그룹은 대적자 그룹의 중간 보스들을 해치우면서 성장하고 힘을 강화하게 된다. 초반에는 기울어져있던 힘의 균형이 시간이 흐를수록 점차 대등하게 변한다.

하지만 중반 설정으로 넘어가면 대적자가 주인공 그룹을 직접 공격하게 된다. 주인공과 대적자의 갈등이 본격적으로 시작된다. 여기서부터는 긴장감 있는 대결과 사건들이 이어져야 하기 때문에 준비 과정인 초반부에서 더 심도 있는 관계성 설정이 필요하다. 각각의 인물들이 갈등을 일으키는 과정의 인과성을 제대로 설정해야 독자들이 스토리에 몰입할 수가 있다.

후반 설정으로 넘어가면 대적자 그룹과 주인공 그룹이 어느 정도 균형이 맞춰지면서 최후의 대결을 하게 된다. 이때 양측 그룹에 인물이 많아진 상황이기 때문에 각각의 조력자들을 신경 쓰다가 주인공의 비중이 줄어들어 서사의 긴장감과 가독성이 떨어지지 않게 주의해야 한다. 후반부로 넘어가도 주인공에 초점을 맞춰서 내용이 전개될 수 있도록 관계성을 설정해줄 필요가 있다.

주인공이 성장해서 자신의 그룹을 만들고, 다른 대적자 그룹과 대결해 승리하고 보상을 받으며 성장한다. 그리고 힘을 키워 마왕과 싸워 목표를 이룬다. 이렇게 정리해서 보면 굉장히 쉬워 보이지만 열 권, 스무 권이 넘어가는 웹소설의 분량을 채우기 위해서는 이 기본 서사 구조에 다양한 에피소드들을 지루하지 않게 넣어야 한다.

풍부한 에피소드를 만들기 위해서는 여러 중간 보스 캐릭터들을 창조해서 관계성 설정을 해주어야 한다. 하지만 주인공과 중간 보스 캐릭터의 관계성이 너무 복잡하면 뒤로 갈수록 꼬이고 꼬여서 나중에는 창작자가 감당할 수 없는 상황에 이를 수 있다. 지나치게 복잡한 관계성은 서사의 진행을 방해하고 가독성을 해칠 수 있으니 지양해야 한다. 웹소설에서는 되도록 관계성을 단순하고 선명하게 만드는 것이 좋다.

주인공과 대적자 사이의 갈등구조 만들기

불구대천지원수(不俱戴天之怨讐). 뜻을 풀어보면 하늘을 같이 이지 못하는 원수이다. 그만큼 원한이 깊은 사이라는 건데 주인공과 대적자의 관계는 이 정도로 서로 화해가 어려운 관계성을 지니고 있어야 한다. 주인공과 대적자 사이에 갈등이 있어야 한다는 말은 앞에서도 계속 반복해서 강조했다. 그렇다면 주인공과 대적자가 화해할 수 없는 극적 갈등구조를 만들기 위해서는 어떻게 해야 할까.

〈다크 나이트〉의 배트맨과 조커의 관계를 보면 주인공과 대적자 사이에 놓인 평행선이 어떤 느낌인지 알 수 있다. 배트맨은 고담시티의 범죄자들을 소탕하고 싶어 하고, 조커는 고담시티를 혼돈의 공간으로 만들고 싶어 한다. 두 사람의 목표는 양립하려야 양립할 수가 없다. 〈어벤져스〉에서 타노스와 아이언맨 역시 서로 다른 목표를 가지고 있다. 타노스는 인피니티 스톤을 모아 우주의 생명체를 반절로 줄이려고 한다. 반면 아이언맨은 지구를 지키고 싶어 한다. 타노스의 목표와 아이언맨의 목표 역시 화해로 끝날 수 없는 갈등이다. 둘 중 하나의 목표가 꺾여야 갈등이 해소될 수 있다.

이처럼 주인공과 대적자 사이에는 목적이 상충되는 지점이 필요하다. 계속 이 상충 지점을 강조하는 이유는 갈등이 없으면 사건이 없고, 사건이 없으면 플롯을 정할 수 없으니 서사가 진행이 안 되기 때문이다. 주인공과 대적자 사이의 상충 지점은 '자원 밸런스'의 개념을 통해 만들어 볼 수 있다.

제로섬 게임(zero-sum game)이라는 말이 있다. 네가 잃어야 내가 얻는다. 즉 한쪽이 이득을 보면 다른 쪽이 손해를 보는 상태를 뜻한다. 이런 상태가 되기 위해서는 한 가지 전제가 필요하다. 바로 '한정된 자원'이다. 현실세계에서도 사람들 사이에서 갈등이 일어나는 가장 큰 원인은 다름이 아니라 바로 부족한 자원이다. 자원이 풍요롭고 부족함이 없으면 갈등은 웬만해선 잘 일어나지 않는다. 갈등은 자원이 부족할 때 생긴다.

주인공과 대적자의 갈등의 주요 원인도 바로 공통 자원의 부족이라고 봐야 한다. 한정된 자원을 두고 대립하는 두 집단이 '양보할 수 없는 조건'을 두고 서로의 가치와 신념을 주장하며 갈등을 일으키는 것이다. 용사와 마왕의 관계도 마찬가지다. 세상을 평화롭게 지키고 싶다는 용사와, 세상을 모두 지배하고 싶다는 마왕. 용사와 마왕은 '세상'이라는 자원을 두고 서로 다른 목적을 가지고 있기 때문에 양립할 수가 없다.

다른 예시를 들어보자. 무인도가 하나 있다. 여기에 배가 난파되어 사람들이 떠내려왔다. 서른 명 정도 되는 사람들이 섬에서 깨어났다. 식량은 한정되어있고 구조대는 언제 올지 알 수 없다. 여기서 사람들은 두 그룹으로 나뉜다. 주인공은 남은 식량을 공평하게 배분해서 모든 사람들이 힘을 합쳐서 구조를 기다려야 한다는 주장을 한다. 반대편의 대적자는 식량을 차등 배분한 뒤 힘이 좋고 날랜 사람들에게 더 많이 줘서 적극적으로 섬을 탐사하고 구조대를 찾아야 한다고 주장한다. 여기서 한정된 자원은 '식량'이 된다. 주인공과 대적자는 한정된 식량을 어떻게 나눌지에 대한 양립할 수 없는 조건을 내세우기 때문에 갈등이 일어날 수밖에 없다. 서로의 주장이 다를 뿐이지 대적자의 주장이 꼭 틀리다고만 볼 수는 없다. 한정된 자원에 의한 갈등은 이런 극한 상황에서 더욱 큰 긴장감을 주게 된다. 주인공과 대적자는 이렇게 주요 자원을 사이에 두고 대척점을 이루게 된다.

대척점이 될 수 있는 주요 자원은 유물론적 자원과 정신론적 자원으로 나눌 수 있다. 유물론적 자원에는 눈에 보이는 돈을 비롯해 영토, 식량, 석유나 다이아몬드 광산 등이 있다. 유물론적 자원은 충분히 인간의 본능에 기초한 갈등 요소를 만들 수 있다. 유물론적 자원은 직관적이기 때문에 쉽게 갈등구조를 만들 수 있다는 장점이 있다.

정신론적 자원은 직관적이지는 않지만 갈등관계를 더 심화시키는 데에 유리하다. 신념과 가치관 등을 이런 정신론적 자원으로 볼 수 있다. 주인공이 영웅으로 성장하면서 힘없는 민초들을 위해 싸우겠다는 고결한 정신, 세상에 평화를 가져와 누구나 행복한 삶을 살 수 있도록 만들겠다는 의지, 혁명으로 기득권적 사회구조를 무너뜨려 새로운 세상을 만들겠다는 신념 등이 모두 정신론적 자원이다.

예를 들면 판타지 세상에서 큰 권력을 가진 가문이 있는데 그 가문이 제국을 통제하고 마음대로 기득권을 유지한다고 가정해보자. 주인공은 이 가문의 힘에 의해 제국이 썩어가고 있다고 생각해 동료들을 모아 그 가문을 해체하고 제국에 자유를 주려고 한다. 반면 그 가문의 수장은 자신이 다른 가문들을 제어함으로써 질서를 유지하고 있기에 제국이 안정적이라고 믿고 있다. 구조 변화와 구조 유지라는 두 개의 정신론적 자원이 부딪치면서 주인공과 가문의 수장은 양립할 수 없는 갈등관계로 치달을 수밖에 없다. 이건 아무리 많은 물질적 자원을 준다고 해도 합의할 수 없는 관계이기 때문에 둘 중 한 명의 의지가 꺾이고 그에 따라 구조가 결정돼야 해결될 문제라고 볼 수 있다.

이처럼 주인공과 대적자의 갈등을 만들기 위해서는 자원 밸런스를 통해 대척점을 정해야 한다. 이때 중요한 것은 주인공과 대적자의 갈등 지점을 불러올 '한정된 자원'이 무엇인지를 설정하는 것이다. 만약 '한정된 자원'이 무엇인지가 제대로 설정이 안 되면 주인공과 대적자의 갈등 지점을 정하기가 쉽지 않다. 싸울 이유가 분명치 않으면 붙여놔도 사건이 만들어지지 않고, 애초에 갈등의 근거가 약하기 때문에 서사가 진행될수록 에피소드를 짜기가 힘들어진다. 따라서 처음부터 주인공과 대적자가 싸워야 할 이유를 명확히 세울 필요가 있다.

매체에 맞는 문장 쓰기

웹소설과 일반 소설의 가장 큰 차이점은 다름 아닌 텍스트를 읽는 매체라고 할 수 있다. 보통 웹소설은 모바일 디바이스로 읽는 사람이 가장 많다. 아이패드나 태블릿 PC, 데스크톱에서 읽는 것보다 모바일 디바이스를 활용하는 비율이 훨씬 높기 때문에 이를 기준으로 삼는 것이 좋다. 반면 장르문학이나 일반 도서는 종이책이 기준이 된다. 매체의 차이는 문장 쓰기에도 큰 영향을 미치게 된다.

스마트폰을 이용해 텍스트를 읽는 것과 종이책으로 읽는 것이 문장 쓰기에 어떤 영향을 미치는지 감이 오지 않을 수 있다. 우선 직관적으로 가장 큰 차이를 보이는 것은 바로 화면의 크기다. 예시로 통상적으로 자주 쓰는 갤럭시 핸드폰과 신국판 도서의 크기를 살펴보자.

갤럭시 S20의 사이즈는 세로 길이가 15.17센티미터, 가로 길이가 6.91센티미터이다. 이와 비교하여 신국판 도서의 사이즈를 살펴보면 세로가 22.5센티미터, 가로가 15.2센티미터의 크기다.

이를 같이 놓고 보면 아래 그림 정도의 크기 차이가 난다.

모바일 화면과 도서라는 매체의 크기 차이가 분명하다. 문장이 옆으로 이어지는 너비가 거의 두 배 정도가 차이 나기 때문에 이렇게 되면 같은 문장을 쓰더라도 모바일 기기에서는 답답하게 느껴질 가능성이 높다. 같은 문장을 모바일 디바이스 크기에 맞췄을 때와 종이책 판형에 맞췄을 때를 예시로 비교해서 살펴보자.

신지론자들은 경이롭고 장엄한 우주의 순환이 있으며, 그 속에서 우리의 세계와 인류가 불완전한 사건의 일부로서 존재한다고 추정해 왔다. 또한 맹복적인 낙관주의를 버리고 피가 거꾸로 설 만큼 기이한 생물체의 존재를 인정해야 한다고도 주장한다. 그러나 그들 역시 금지된 영역, 즉 생각할 때마다 소름이 끼치고 꿈을 꿀 때마다 광기에 휩싸이게 만드는 영겁의 존재를 직접 확인하고 그런 추측을 한 것은 아니다.

나는 별개의 자료 ― 낡은 신문 기

신지론자들은 경이롭고 장엄한 우주의 순환이 있으며, 그 속에서 우리의 세계와 인류가 불완전한 사건의 일부로서 존재한다고 추정해 왔다. 또한 맹복적인 낙관주의를 버리고 피가 거꾸로 설 만큼 기이한 생물체의 존재를 인정해야 한다고 주장한다. 그러나 그들 역시 금지된 영역, 즉 생각할 때마다 소름이 끼치고 꿈을 꿀 때마다 광기에 휩싸이게 만드는 영겁의 존재를 직접 확인하고 그런 추측을 한 것은 아니다.

나는 별개의 자료 ― 낡은 신문 기사와 고인이 된 어느 교수가 남겨 놓은 노트 ― 를 우연히 종합하는 과정에서 그 영겁의 존재를 깨달았다. 자기도 모르는 새 섬뜩한 진실을 어렴풋이 감지하는 순간이라는 게 보통 그렇다. 그러나 나는 다른 사람이 내가 했던 일을 이야기하기를 원치 않기에, 내 목숨이 운 좋게 붙어 있는 한은 이 끔찍한 다면들의 실마리를 제공하지 않을 것이다. 그 교수 역시 자신이 알아낸 사실을 은폐하려고 했던 것 같지만 노트를 미처 폐기하기 전에 돌연한 죽음을 맞았다.

1926년 말에서 이듬해 겨울, 내 종조부 조지 갬멀 에인절이 세상을 떠나면서 나는 그 존재를 처음 깨달았다. 종조부는 로드아일랜드 소재 브라운 대학에서 셈 어를 가르치다 명에 퇴직했다. 고대 비문의 권위자이기도 했던 종조부는 유명 박물관에서 자문을 요청해오는 일이 많아 임종의 순간까지 바쁜 나날을 보냈다. 그래서 그가 보낸 아흔두 해의 생애를 기억하는 사람들이 적지 않았고, 그의 돌연한 죽음이 관심을 모았는지도 모른다.

앞 페이지의 본문은 H.P.러브크래프트의 〈크툴루의 부름〉 중 한 대목(출처: 《러브크래프트 전집 1》, 2009, 황금가지)을 발췌한 것이다. 같은 내용임에도 모바일 화면에 넣었을 때와 신국판 판형에 넣었을 때 보이는 방식이 전혀 다르다는 것을 알 수 있다. 모바일의 경우에는 가로 너비가 좁기 때문에 한 문장이 너무 길어질 경우 문단이 화면을 꽉 채워서 가독성이 떨어질 수 있다.

장르문학이나 순문학을 쓰던 작가들이 웹소설을 쓸 때 적응하기 어려운 이유 중 하나가 바로 이 매체의 차이로 인해 독자들에게 문장이 보이는 방식이 달라지는 것을 간과하기 때문이다. 종이책을 기준으로 길게 이어지는 문장을 구사하던 작가들은 웹소설 화면에 곧바로 적응하기 힘들기 때문이다.

웹소설은 다른 스토리 콘텐츠보다 서사의 진행 속도가 빠르기 때문에 문장 역시 가독성이 높아야 한다. 종이책 단편의 경우에는 서사의 진행보다는 문장으로 형상화되는 예술적인 표현들이 더 중요하다. 따라서 수려한 문장을 세밀화로 그려내듯 쓰는 방식이 보편적이다. 물론 웹소설에서도 그런 방식의 문장 쓰기를 활용할 수는 있다. 문제는 그렇게 될 경우 매일 5,500자의 연재 속도를 맞추기가 너무 어렵다는 점이다. 하루에 최소 5,500자 많으면 20,000자 분량을 써야 하는 웹소설의 창작 환경상 지나치게 세밀하고 촘촘한 문장은 오히려 전체의 완성도를 떨어뜨릴 수도 있다.

더불어 과연 그렇게 쓴 문장을 독자들이 원할까도 고민해봐야한다. 독자들 중에서는 웹소설에서도 그렇게 공들인 문장으로 쓰인 작품을 원하는 이들도 있을 수 있겠지만, 판타지·무협 카테고리에서는 그 수가 그렇게 많지 않다. 독자들은 간결한 문장과 시원스러운 전개, 더 빠른 진행을 원하기 때문에 오히려 지나치게 촘촘한 문장은 독자들에게 외면받을 수도 있다. 웹소설과 같은 상업성이 강한 시장에서는 창작자의 만족도도 중요하지만, 그보다 독자들이 바라는 점이 무엇인지를 명확하게 파악해 그에 맞게 쓰는 것이 더 중요하다.

웹소설 쓰기를 지망하는 사람이라면 플랫폼에서 통용되는 조판 형태에 맞춰서 문장을 쓰고, 자신이 읽었을 때 답답하지 않을 정도로 문장의 길이와 표현을 맞추는 것을 연습할 필요가 있다. 이런 사항을 모두 고려했을 때 웹소설은 수식어를 간소화한 단문 쓰기로 연습을 하는 것이 효율적이다.

웹소설이 다른 스토리 콘텐츠보다 창작의 진입장벽이 낮은 이유도 여기에서 찾아볼 수 있는데, 문장을 쓸 때 부담감을 너무 갖지 않아도 된다는 점 때문이다. 문장은 길이가 길어지고, 수식어가 많이 들어갈수록 쓰기가 어려워진다. 주어와 서술어 사이에 수식어들이 들어가게 되면 호응을 맞추기도 어려워지고, 참신한 표현을 찾거나 상황에 맞는 비유를 자유롭게 사용하기까지의 연습에 상당한 시간이 걸린다.

하지만 웹소설은 이런 복잡한 문장의 구성을 요구하는 콘텐츠가 아니다. 단문을 이용해 전개 상황을 빠르게 전달하는 것에 초점이 맞춰져있기 때문에 위와 같은 문장 표현력이 필수적이지 않다. 작가의 성향에 따라 이런 문장 연습에 따로 시간을 들여서 문장력을 강화하는 것은 얼마든지 할 수 있다. 하지만 모든 웹소설 작가에게 꼭 요구되는 필수사항이 아니니 너무 문장력 자체에 신경 쓸 필요는 없다고 생각한다. 오히려 더 중요한 것은 주어와 서술어의 호응이 정확한지, 문장이 간결하고 다른 사람이 읽었을 때 가독성이 떨어지지 않는지를 신경 쓰는 것이다.

웹소설 장면 연출하기

웹소설은 직관적인 이미지를 독자들에게 전달하는 것이 가장 중요한 콘텐츠다. 이를 위해 위에서는 단문 쓰기의 중요성을 짚어보았다. 두 번째로 주목해야 할 점은 바로 장면을 연출하는 방법이다.

여기서 말하는 장면이란 모바일 디바이스인 스마트폰 화면에 보이는 '한 페이지'를 기준으로 잡는다. 웹소설은 특성상 일반 도서처럼 문단 단위로 구분이 안 되고 거의 5~7문장으로 한 페이지가 구성된다. 이를 감안해서 문장 단위로 장면을 연출할 필요가 있다.

장면을 연출할 때 필요한 정보들은 '서술, 묘사, 대화'로 이루어진다. 여기에 맞춰서 정보를 배열해보면 다음과 같이 나타난다.

- 주인공이 시련의 장에 들어감 (서술)
- 숲에 함정들이 있음 (묘사)
- 조력자가 주인공에게 해결 방법을 물어봄 (대화)

이 세 가지 정보를 각각 다른 문장과 표현으로 풀어내야 한다.

- **서술 (주인공이 시련의 장에 들어감)**

  시련의 장이 시작된 이상 산을 빠져나갈 방법은 없었다.
  주인공은 조력자와 함께 숲 안쪽을 자세히 살폈다.

- **묘사 (숲에 함정들이 있음)**

  곳곳에 교묘하게 설치해둔 덫들이 있었다.
  날카로운 칼날이 박힌 것부터, 단단한 올가미까지 각양각색의 함정들이 숲 안에 꽉 차있었다.

- **대화 (조력자가 주인공에게 해결 방법을 물어봄)**

  "대주, 숲에 함정이 너무 많은데 어떻게 합니까."
  "잠깐만 기다려보게."
  주인공이 가방에서 뭔가를 꺼내서 조립하기 시작했다.

곧 철로 된 죽마가 만들어졌다.

"자, 타보자고."

"이…… 이걸 탄단 말입니까?"

위의 내용을 하나로 붙여보면 화면에서 이런 식으로 나타난다.

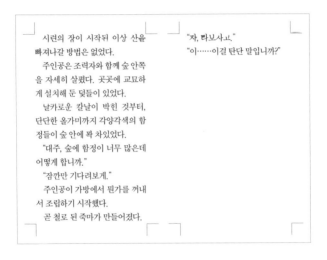

화면에 들어갈 수 있는 글자의 수가 한정되어있기 때문에 문장
이 너무 길게 이어지면 빠르게 읽기가 어렵다. 본문의 내용 중 단
단한 올가미나 철로 된 죽마에 대한 설명만 세 페이지가 넘게 이어
진다면 필연적으로 내용 전개가 느려지고 가독성 역시 떨어질 것
이다. 전달하고자 하는 상황을 나타내기 위해 서술, 묘사, 대화의
비중을 조정해서 독자들이 지루하지 않도록 화면을 구성하는 것이

바로 장면 연출이라 할 수 있다. 익숙하지 않을 때는 서술, 묘사, 대화를 하나씩 끊어서 쓰면서 자신이 어떤 부분을 어려워하는지를 알고 연습하는 것이 좋다.

장면 연출에서 가장 중요한 것은 내가 표현하고자 하는 공간을 파악하는 것이다. 등장인물이 어떤 공간에 있는지를 특정하고, 그 공간으로의 이동에 대한 '서술', 공간에 대한 '묘사', 인물들의 현재 상황을 드러내는 '대화'로 배치를 해가면서 서사를 진행시켜야 한다.

내가 쓰고자 하는 장면의 무대를 꾸미는 셈인데, 그 장면에 어울리는 공간이 카페일지, 산속일지, 동굴일지, 던전일지 등등 되도록 다양한 공간들을 파악하고 머릿속에 이미지화 해놓는 것이 좋다. 작가 지망생들 중에서는 문장력 강화를 위해 필사를 하는 경우도 종종 있는데, 이런 공간적 구성을 묘사해놓은 문장을 따라 쓰며 그 표현력을 익힐 수도 있다. 혹은 내가 표현하고자 하는 공간의 이미지를 띄워놓고 이에 대한 묘사를 하는 식으로 표현력을 키우는 연습을 하면 장면 연출에 필요한 공간적 이미지를 형상화하는 데 도움이 된다.

이렇게 장면을 만들어가다 보면 웹소설의 한 화 분량인 5,000자에서 5,500자를 채워서 구성하게 된다. 하지만 처음부터 이 분량을 완벽하게 딱 맞추기는 쉽지 않다. 내용을 전개하다가 적당히 끊고 다음 화로 넘어가게 되는데 이때 에피소드를 끊고 장면을 다음으로 넘기는 것이 굉장히 중요하다.

드라마 역시 가장 궁금할 때 끊고 다음 주를 기다리도록 하는 것처럼 웹소설도 궁금할 때 끊어야 다음 화로 넘어가서 결제를 유도할 수 있다. 초안을 쓸 때는 이런 부분을 감안하지 않고 우선 내용을 쭉 쓴 뒤에 전체 글자 수를 보고 끊는 지점을 판단하면 된다.

전체 분량이 5,500자보다 조금 모자라는 것은 문제가 되지 않지만 때로는 6,000자나 7,000자가 넘어가기도 한다. 내용 전개상 어쩔 수 없이 분량이 5,500자를 넘어간다면 상관이 없지만 분량이 많다고 무조건 좋은 것은 아니다. 한 화의 분량이 너무 많아지면 내용 전개가 느려지고 가독성이 떨어질 수 있다. 그렇기에 너무 늘어지는 부분은 과감하게 삭제하고 빠른 전개의 장면을 구성하는 것이 독자의 이탈률을 줄이는 방법이다. 독자들이 원하는 건 흥미로운 전개를 담은 장면이지 길기만 한 분량이 아니다. 그만큼 웹소설에서 장면을 편집하고 연출하는 능력은 굉장히 중요하다.

웹소설 플랫폼 알아보기

판타지·무협 웹소설 작가가 되어 연재를 하기 위해 가장 먼저 할 일은 웹소설을 쓰고자 하는 목적을 정하는 것이다. 취미 삼아서 웹소설에 한번 도전한다고 하면 사실 크게 신경 쓸 것은 없다. 스스로의 만족을 위해서 쓰는 것이기 때문에 자신의 머릿속에 있는 환상적인 세계를 풀어내는 것이 중요하다.

하지만 취미가 아니라 프로로서 웹소설을 써서 판매고를 올리고 수익을 얻기 위한 목적이 있다면 고민해보아야 한다. 말 그대로 내가 만든 상품을 독자라는 소비자에게 팔기 위해 글을 써야 하기 때문이다. 이는 즉, '잘 팔릴 만한 웹소설'을 쓰기 위해 노력해야 한다는 뜻이다.

'잘 팔릴 만한 웹소설'을 쓰기 위해서는 어떻게 해야 할까. 우선 웹소설이 판매가 되는 곳을 꼼꼼히 살펴보고 어떤 작품들이 팔리는지를 분석해봐야 한다. 적어도 내가 웹소설을 써서 올리고 싶은 판매처인 플랫폼이 어떤 특징을 가지고 있고, 어떤 상품이 많이 팔리는지를 알아야 내가 쓰고자 하는 웹소설의 집필 방향을 정할 수 있다. 몇 달 동안 열심히 썼는데 정작 내가 쓴 웹소설이 플랫폼에서 전혀 인기가 없는 장르이거나, 상위권에 있는 작품과 방향성이 너무 다르다면 그 작품으로는 수익성을 기대하기 어려울 것이다. 웹소설 플랫폼에 대해 철저한 분석이 필요한 이유다.

이런 측면에서 웹소설이 주요하게 판매되는 플랫폼에 대해 알아보자. 우선 주요한 웹소설 플랫폼은 크게 세 가지라고 보면 된다. 카카오페이지, 문피아, 네이버 시리즈. 카카오페이지와 네이버 시리즈는 형태가 비슷하기 때문에 카카오페이지와 문피아를 바탕으로 플랫폼의 특성을 비교해보자.

우선 카카오페이지와 문피아의 가장 큰 차이는 마켓의 형태다. 카카오페이지는 오픈마켓으로서 일종의 방송국 역할을 한다. 카카오페이지에서는 직접 웹소설을 제작하거나 작가들과 직계약을 하지 않고 외부 출판사(보통 매니지먼트 혹은 CP라고 부름)와 계약을 해서 그 출판사가 작가의 작품을 플랫폼에 업로드한다. 구조를 따져보면 연예계와 비슷하다. 카카오페이지가 방송국, 출판사가 매니지먼트, 작가가 연예인으로 대응이 된다. 이럴 경우 판매 수익을 카카오페이지와 출판사, 작가가 계약 비율로 나누어서 정산을 받게 된다.

문피아는 카카오페이지와 구조가 다르다. 문피아의 가장 큰 특징은 다른 출판사를 끼지 않고 작가가 직접 플랫폼에 무료 연재를 할 수 있다는 점이다. 본인이 무료 연재를 진행하다가 유료화 전환 조건을 채우면 언제든 올린 작품을 유료로 전환해 문피아 플랫폼에서 판매가 가능하다. 출판사를 끼고 투고 및 심사를 통과해야 플랫폼에 올릴 수 있는 카카오페이지와는 진입 방식이 다르다고 볼 수 있다.

카카오페이지와 문피아는 상위권 작품의 장르나 내용 전개, 설정에서도 많은 차이를 보인다. 플랫폼의 상위권 작품들을 보고 나와 더 맞는 플랫폼이 어디인지를 정해야 한다.

플랫폼에 올라오는 작품들의 성격을 구분해보자면 카카오페이지가 문피아보다 좀 더 넓은 범위의 대중을 대상으로 한 웹소설을 선호한다. 판무 카테고리인 판타지, 현대판타지, 무협을 기준으로 볼 때 연령대도 카카오페이지 쪽이 좀 더 낮은 편이다. 독자층이 넓은 만큼 상위권 작품으로 올라갈 경우 얻을 수 있는 수익도 다른 웹소설 플랫폼보다 높다고 할 수 있다.

문피아의 경우는 코어 독자층이 튼튼한 편이다. 작가가 마이너한 소재를 가지고 쓴다고 하더라도 그 장르를 좋아할 만한 독자층이 존재하고, 연재를 잘 유지만 한다면 충분히 수익을 낼 수 있는 토대가 마련되어있다. 문피아의 상위권에 있는 작품들을 보면 역시 소재 자체는 마이너하지만 웹소설의 형태로 흥미롭게 풀어냈다는 것을 알 수 있다.

쓰고자 하는 웹소설의 특성에 따라 플랫폼을 정하는 것이 중요한 이유는 플랫폼에서 선호하는 콘텐츠가 다르기 때문이다. 문피아에서 인기가 없다고 카카오페이지에서도 인기가 없을 거라고 속단하기는 어렵다. 실제로 문피아에서는 인기가 없었는데 카카오페이지에서 큰 인기를 끌어 상위권으로 간 작품들도 더러 있다. 반대로 카카오페이지에서는 인기를 끌기 어려운 마이너 소재인데 문피아에서는 타깃 독자층과 잘 맞아서 순위권에 오르는 경우도 있다. 플랫폼의 성격을 잘 이해하고 내가 어떤 작품을 쓸지를 제대로 파악한다면 연재할 플랫폼을 좀 더 쉽게 정할 수 있을 것이다.

이런 준비 없이 그냥 무작정 쓴다면 그 플랫폼에서 바라는 바를 제대로 인지하지 못하고 헛발질을 하게 될 가능성이 높다. 작가에게 가장 중요한 자원은 다름 아닌 시간이다. 적은 시간을 들여 효율적인 결과를 내기 위해서는 이런 전략들이 꼭 필요하다.

웹소설 프로모션과 연재

웹소설이 일반 단행본 판매와 가장 다른 점 중 하나가 바로 '프로모션'이다. 웹소설은 이 프로모션으로 시작해서 프로모션으로 끝난다고 해도 과언이 아니다. 하루에도 수백 개의 새로운 웹소설이 새롭게 플랫폼에 업로드된다. 이미 만들어진 작품들은 물론 신작들까지 콘텐츠가 너무 많기 때문에 소비자 입장에서는 어떤 작품을 봐야 할지 고르기가 어렵다.

이때 독자들이 선택을 하게 되는 가장 중요한 요소가 바로 접근성이다. 플랫폼 앱에 작품이 어떻게 배치되느냐에 따라 그 소설을 보기 위해 들어오는 독자 유입량의 차이가 엄청나게 크기 때문이다.

웹소설 플랫폼인 카카오페이지, 네이버 시리즈, 문피아, 조아라, 리디북스, 밀리의 서재 등 유통 플랫폼은 각각의 프로모션을 마련해 독자들의 유입과 구입을 유도한다. 이때 중요한 것이 바로 노출이다. 내 작품이 앱의 가장 상단에 있는 큰 배너에 걸려있다면 당연히 눈에 띄기 때문에 독자들이 배너를 누르고 내 작품을 보게 된다. 반면 배너는커녕 앱 화면 그 어디에도 작품이 걸려있지 않다면 독자들은 내 작품의 존재 자체도 알 수 없기 때문에 들어와서 보고 결제까지 할 수가 없다.

때문에 웹소설 작가들은 플랫폼에서 이런 프로모션을 받기 위해 심사과정을 거치게 되고 자신의 작품이 상품성이 있다는 것을 증명해야 한다. 프로모션 심사를 통과해서 론칭 일자를 받게 되면 그 일자에 맞춰서 플랫폼에서 정해놓은 분량을 써서 업로드해야 한다. 카카오페이지의 '기다리면 무료' 프로모션의 경우에는 120화 분량을 한 번에 업로드해야 한다. 25화가 한 권 분량이라고 했을 때 120화면 단행본 5권 정도의 분량이라고 생각하면 된다. 내 작품을 플랫폼상에서 제대로 론칭하고자 한다면 기본으로 5권, 비축 분량을 생각한다면 적어도 6~7권 정도의 분량을 채우고 연재를 준비해야 한다는 뜻이다.

카카오페이지는 '기다리면 무료', 네이버 시리즈는 '매일 10시 무료'를 대표 프로모션으로 두고 있고 이 프로모션 심사를 통해 독점 작품을 선정해 론칭하고 작품의 노출도를 높이는 방식으로 서비스를 진행하고 있다. 여기에 '오리지널' '타임딜' '10편 보면 100캐쉬' '선물함' '캐쉬 뽑기' 등 다양한 프로모션과 추가 프로모션들이 붙으면서 독자들의 유입을 이끈다.

카카오페이지와 네이버 시리즈의 경우에는 이 프로모션 심사를 통과하면 론칭 일자를 받고 해당 분량을 쓰는 이른바 '벽보고 쓰기' 단계에 돌입하게 된다. 작가들마다 차이는 있지만 독자들의 반응을 보지 못하고 연재 분량을 쌓는 것은 상당히 힘든 일이다. 이와는 다른 방식으로 연재가 가능한 플랫폼이 바로 문피아와 조아라다.

문피아와 조아라에서는 내가 쓴 작품을 무료 연재로 올려서 독자들의 반응을 볼 수가 있다. 카카오페이지와 네이버 시리즈는 출판사를 끼지 않고 작가 개인이 자신의 작품을 업로드할 수가 없다. 하지만 문피아와 조아라는 개인이 얼마든지 작품을 업로드할 수 있기 때문에 신인 작가들이 도전하기 용이한 플랫폼이라 할 수 있다.

문피아는 신인 작가들의 작품도 순위에 따라 플랫폼상에서 노출

될 수 있도록 구성을 해두었기 때문에 처음 작품을 쓰는 사람이라도 인기가 많으면 따로 프로모션을 받지 않더라도 독자들에게 더 많은 노출이 가능하다. 이렇게 무료로 연재하다가 조건을 달성하면 유료로 전환해서 직접 작품을 판매하고 정산을 받을 수 있다.

문피아와 조아라는 카카오나 네이버 시리즈와는 달리 작가 스스로 작품을 올리고 수정하고 유료화까지 진행할 수 있기 때문에 벽을 보고 쓰지 않고도 연재를 진행하며 독자들의 반응에 따라 실시간으로 연재 방향을 조정할 수 있다는 장점이 있다.

120화를 한 번에 써서 론칭을 했는데 전혀 생각지도 않았던 지점에서 독자들이 불만을 터뜨리거나, 작품을 외면하는 경우도 있기 때문에 신인 작가들에게는 반응 연재를 할 수 있는 문피아나 조아라가 유리한 측면이 있다. 하지만 이런 반응 연재를 하다보면 지나치게 독자들의 댓글에 신경 쓰고, 늘지 않는 조회수나 선작수(선호작품수) 때문에 스스로 무너지는 경우도 꽤 많다. 내가 어떤 방식으로 연재를 하는 것이 더 유리할지를 찾아서 그에 맞는 플랫폼으로 준비를 하는 것이 제일 좋다.

대부분의 신인 작가들은 문피아나 조아라에서 처음 연재를 시도하고 출판사와 계약을 맺게 되지만 각 플랫폼에서 시행하는 공모전을 통해 데뷔하는 경우도 있다. 공모전의 경우에는 상금을 탈 수 있는 것은 물론 프로모션 심사를 프리패스하거나 웹툰화까지 진행하는 등 다양한 혜택들이 있으니 참가해보는 것을 추천한다.

웹소설에 왜 도전해야 하는가

웹소설은 일반 종이책과 달리 플랫폼도 다양하고 계약 방식이나 프로모션의 종류도 워낙 다양해 처음 접하는 작가 지망생의 경우에는 복잡하게 느껴질 수 있다. 하지만 가장 중요한 것은 결국 작품을 꾸준하게 쓰고 이를 완결까지 끌고 가는 것이다. 웹소설은 상당한 독자층이 모여있는 시장이 형성되어 있기 때문에 종이책 출간보다는 확실히 수익화가 쉽다는 장점이 있다. 작품을 유료화하거나 론칭을 한 뒤 완결을 내기만 하면 어떻게든 수익이 된다는 뜻이다.

물론 처음부터 자신이 원하는 만큼의 수익이 나오지는 않을 수도 있지만 그다음 작품은 더 수월하게 쓸 수 있는 경험이 쌓였기에 결코 손해 보는 일은 없다. 웹소설은 최소의 자본을 투자해 노력하는 만큼 수익을 낼 수 있는 몇 안 되는 콘텐츠 시장이라 할 수 있다. 처음부터 억대 연봉에 가까운 수익을 얻으면 좋겠지만 그렇지 못하더라도 꾸준하게 쓴다면 분명 이전보다 더 좋은 결과를 낼 수 있을 것이다.

김이환

레이 브래드버리의 《화성 연대기》를 읽고 감명을 받아 작가가 되고 싶다고 생각, 《절망의 구》, 《행운을 빕니다》 등 14편의 장편소설과 단편집 《이불 밖은 위험해》를 출간했고, 《팬데믹: 여섯 개의 세계》, 《오늘의 SF #1》 등 19편의 단편집에 참여했다. 2009년 멀티문학상, 2011년 젊은작가상 우수상, 2017년 SF 어워드 장편소설 부문 우수상을 수상했다. 단편 〈너의 변신〉이 프랑스, 독일, 베트남에서 출간되었고, 《절망의 구》는 일본에서 만화로 출간되었으며 국내에서 드라마로 제작 중이다. 독립영화를 좋아해 〈씨네 21〉, 〈계간 독립영화〉 등 다양한 지면에 독립영화 리뷰를 싣기도 했다.

2장

과학으로 상상하는 미래

SF

66

그러니 당신이 SF를 쓰려면 세상을 과학의 논리로 바라보고 재조합해

새로운 세상을 독자에게 보여줘야 한다.

99

2021년, 한국 SF의 전성기

10년, 아니 5년 전만 해도 SF를 읽는 사람도 쓰는 사람도 많지 않았다. 장르문학을 다루는 출판사도 많지 않아 글을 쓰더라도 출간이 어려웠다. 창작뿐 아니라 번역도 마찬가지여서, 한 해에 번역되는 SF가 손에 꼽을 정도였다. 힘들게 SF를 출간하더라도 출판 시장에서 독자를 만날 때면 다시 어려움이 기다리고 있었다. 장르소설을 읽는 독자는 적고, 문단문학에서는 장르에 주목하지 않았다. 2차적 저작권 판매 시장도 마찬가지로, 한국에서 SF로 드라마나 영화 판권을 팔기 쉽지 않았다. SF 소설을 영상화하려면 제작비가 많이 들어가는데, 당시에는 한국 관객은 한국 기술로 만든 컴퓨터 그래픽 특수효과가 들어간 한국 영화에 별 관심이 없었다. 힘든 상황이었지만 당시 나를 포함한 SF 작가들은 언젠가 독자들도 낯설

어하거나 편견을 갖지 않고 SF를 받아들일 거라는 믿음을 가지고 계속 글을 썼던 것 같다.

이제는 독자들이 SF를 받아들이고 있다. 출간되는 국내 창작 SF도 많고 번역물은 너무 많이 나와서 모두 찾아 읽기가 불가능할 정도다. SF가 베스트셀러가 되는 요즘의 상황이 상당히 놀랍다. 이전에는 SF 소설을 쓸 때 베스트셀러 순위에 오르고 문학상을 타리라는 기대를 하기 힘들었다. 공모전 역시, 이전에는 공모전에서는 문단문학만 뽑기 때문에 장르소설을 공모전에 낸다는 생각을 못 했는데, 이제는 SF를 투고하는 작가가 늘었고 공모전에서도 더 적극적으로 장르를 다루고 있다. 나도 공모전에서 심사를 몇 번 했는데, 개인적으로 느끼기에도 응모작의 평균 수준이 계속 높아진다는 인상을 받았다. 출간뿐 아니라 웹툰이나 드라마, 영화 같은 미디어로의 확장도 늘어나고 있다. 한국 SF 소설의 드라마와 영화 판권 계약 소식이 들리고 외국에 번역 출간되는 일들이 정말 놀랍다. 어떤 때는 모든 일이 너무 근사해서 믿어지지 않을 때도 있다.

잠깐 공모전 이야기를 하자면, 최근 몇 년 동안 공모전에서 심사위원으로 활동하면서 좋은 작품도 많이 만났지만 정말 못 쓴 작품도 아주 많이 만났다. 물론 작가가 심사위원을 괴롭히겠다는 악의가 있어서 일부러 글을 못 쓴 건 아닐 테고, 좋은 작품을 쓰기 위해 노력 중이지만 아직 목표에 도달하지 못했을 뿐일 것이다. 글을 쓰긴 쉽지만 좋은 글을 쓰긴 쉽지 않은 일이다. 장르소설이라면 장르에 대해 일정 기준 이상의 지식이 있어야 하며, 좋은 SF를 쓰려면 기존의 SF에 대해서도 잘 알아야 한다. 이 점이 쉽지 않다.

SF라는 장르는 과거의 수많은 작품이 쌓이면서 장르 규칙을 만들었기 때문에, 과거 작품에 대한 지식 없이 SF에 도전하면 자기만의 착각에 사로잡힌 SF를 쓸 가능성이 크다. 이를테면, 이미 많이 사용해서 진부해진 아이디어인줄 모르고 자기 글에 쓰는 것이다. 혹은 더 좋은 아이디어를 찾으려 시도하지 않고, 남들이 많이 쓰고 있으니까 비슷한 소재를 골라 쓰기도 한다. 아니면 SF 장르 자체에 편견을 갖고 있어서, 일부러 어려운 소재를 골라서 어렵게 쓰기도 한다. 때로는 더 슬프게도, 어려운 소재를 골라서 제대로 다루지 못해 피상적인 글을 만들기도 한다. 아니면 SF보다는 SF에 근접한 장르의 영향을 더 많이 받은 글들도 있다. 예를 들면 영화나 게임, 애니메이션의 영향을 더 많이 받은 글이다. 영향이야 받아서 나쁠 건 없지만, 좋은 글이 되는 아이디어와 좋은 게임이 되는 아이디어는 다르다. 다른 곳에서 발견한 좋은 소재를 보고 기쁜 마음에 자신의 글로 함부로 가져와서는 안 된다. 그 결과가 항상 좋진 않다는 걸 나도 여러 번 실수하고 나서야 알았다.

나는 환상문학 웹진 〈거울〉에서 독자 단편 심사를 했고, '교보문고 스토리공모전'에서 장편과 단편 예심위원을 몇 번 맡았다. 웹진

〈거울〉에는 누구나 자유롭게 단편소설을 올릴 수 있는 게시판이 있는데, 이곳에 올라온 작품을 한 달에 한 번씩 심사해서 우수작을 뽑는다. 모든 작품을 심사하고 전부 리뷰를 쓰기 때문에 감상을 쓰는 나도, 감상을 받는 독자도 상당한 긴장감이 있다. 인터넷에 올린 단편소설의 감상평을 받는 경우는 상당히 드물기 때문이다. 심사를 받는 독자도 도움이 되겠지만, 심사하는 나도 도움이 된다. 다른 사람의 글을 평가하고 나면 내 글 역시 평가하는 심정으로 객관적으로 다시 보게 되고 안 보이던 단점이 보이곤 한다. '교보문고 스토리공모전'에서 예선 심사를 했을 때 모든 작품에 짤막한 평을 남기고 좋은 작품을 추려 본심으로 올려보내는 일을 했다. 응모작을 읽을 때마다 작가들이 흔히 저지르는 실수를 보면서 안타깝고 답답했다. 작가들에게 어떤 조언을 해야 좋을지를 혼자 고민하기도 했다.

사실 훌륭한 글을 쓰는 필살기 같은 건 없다. 많은 작법서가 같은 말을 한다. 나도 많은 글을 썼지만 여전히 어렵고 쓸수록 더 어렵다. 다만 어려움을 겪을 때 벗어날 만한 팁을 알려줄 수는 있다. 내가 여러 시행착오를 겪으면서 얻은 몇 가지 방법을 설명하려고 한다. 이 글이 좋은 SF를 쓰려고 노력하는 작가들에게 도움이 됐으면 좋겠다.

SF란 무엇인가

SF란 무엇인가? 질문은 지루해 보이지만 대답은 흥미롭다. '명확히 잘라 말하기 어렵다'는 사실을 전제해야 하기 때문이다. SF뿐만이 아니라 장르문학은 경계가 모호하다. 그렇다고 경계가 없는 건 아니다. 명확하지 않다는 점에 집중해야지 아무렇게나 정의해도 된다는 뜻으로 받아들여선 안 된다. 흔히 일어나는 착각인데, 이를 제대로 이해하지 못한 사람들이 SF가 아닌 글을 쓰고 SF라고 하거나, SF를 두고 SF가 아니라고 주장하기도 한다. 이 상황을 해결하려면 잠시 비평에 대해 언급해야 한다. 작법서에서 비평을 설명한다고 지루해하지 않길 바란다. 비평과 작법은 결국 같은 결론에서 만날 것이다.

SF를 다른 장르와 구별하는 가장 큰 기준은 '과학적인 사고방식'이다. 글의 시작도 과학적인 아이디어에서 출발하고, 아이디어를 이야기로 확장할 때 과학의 논리를 사용한다. 과학의 논리가 글을 세우고, 채우고, 이끌어가면서 글 안에 하나의 세계를 만든다. 글은 작가가 알고 있는 세계의 재조합일 수밖에 없다. 작가는 기존의 지식, 상상,

거짓말들을 섞어 글 안에서 뭉뚱그려 하나의 세계로 만들기 때문이다. 세계는 꼭 배경만을 말하는 것이 아니라, 소재기도 하고 인물이기도 하며, 중심 주제이기도 하고 사소한 것들이기도 하다. 그러니 당신이 SF를 쓰려면 세상을 과학의 논리로 바라보고 재조합해 새로운 세상을 독자에게 보여줘야 한다.

이런 SF의 특성을 먼저 인정하고 시작해야 좋은 SF를 쓸 수 있다. 한때 과학이나 상상을 중심에 두는 장르소설은 문학적인 가치가 떨어진다고 사람들이 믿던 때가 있었다. 아마도 한국문학의 긴 전통인 리얼리즘 때문에 그런 것 같다. 문단문학의 리얼리즘이 나쁘다는 것이 아니다. 독자들이 현실을 깊이 파고드는 소설에 더 공감하는 이유가 하루아침에 생기지 않았을 것이다. 수많은 좋은 문단문학 작품이 독자의 공감을 얻고, 많이 팔렸고, 출판계 전체에 영향을 줘서 문단문학의 토대를 만들었다. 이걸 전부 부정할 마음은 없다. 하지만 그렇다고 리얼리즘이 문학의 필수조건인 건 아니다. '어떤 글이 좋은 글인가'라는 질문은 답이 정해져있는 시험 문제가 아니다.

당신이 여전히 과학을 다룬 SF가 문단문학보다 문학적으로 떨어진다고 믿는다면, 누가 당신에게 그런 말을 했는지 되짚어보라. 누가 그랬나? 그리고 당신은 왜 그 말을 진리라고 믿었나? 히치콕의 〈현기증〉은 영화 역사상 최고의 작품 중 하나다. 어느 평론가가 〈현기증〉은 예술영화가 아닌 스릴러 장르의 상업영화니까 다른 예술영화보다 떨어진다고 한다면, 누구나 황당한 비평이라고 할 것이다. SF도 마찬가지다. 이제는 좋은 한국 SF가 독자와 출판계 전체에 영향을 주고 있다. 그렇다면 그것을 다뤄야 한다. 마찬가지로 작가 역시 SF를 쓰려면 SF의 가치관을 배우고 이해해야 한다.

나는 가끔 과학적 논리가 소설의 핵심이 된다는 아이디어는 누가 치음 떠올렸을지를 생각한다. 사실 이깃도 지루한 질문이다. '최초의 SF란 뭘까'라는 질문과 같은 질문이니까. 하지만 앞서와 마찬가지로 대답은 흥미롭다. 나는 SF의 시작이 메리 셸리의 《프랑켄슈타인》이라고 보는 쪽이다. 메리 셸리는 갈바니 실험에서 얻은 아이디어를 과학적인 논리로 발전시켜 죽은 사람을 되살린다는 소설을 썼고, 소설 안에서 종교, 철학, 의학 등 많은 분야에 걸쳐 흥미로운 질문을 던졌다. 질문을 둘러싼 논의는 지금도 진지하게 이어지고 있다. 《프랑켄슈타인》을 쓸 당시 작가 메리 셸리는 고작 스무 살이었다. 메리 셸리라는 훌륭한 예술가가 내가 들어갈 수 있는 세계의 문을 열어줬다는 점에 늘 감사한다.

아이디어를 로그라인으로, 그리고 다시 시놉시스로

좋은 SF는 어떻게 써야 할까? 소설을 시작할 때부터 짚어보자. 글은 아이디어에서 출발한다. 글로 쓰면 재밌을 것 같은 이미지, 장면, 인물의 개성, 쓰고 싶은 감정 등의 소재가 작가의 머리에 떠오른다. 곧 생각이 꼬리를 물고 이어지고, 재밌는 이야기가 되리라는 흥분, 사람들이 정말 좋아할 거라는 기대, 이걸 어떻게 해야 돈으로 바꿀 수 있는가 하는 계산 등이 동시에 떠오른다. 이렇게 상상을 거듭할 때가 가장 신나는 순간이다. 모든 게 다 잘될 것 같고 행복한 일만 있을 것 같다.

아이디어가 떠오르면 일단 적어두는 편이 좋다. 혹시 적어놓는 버릇이 없는 사람은 버릇을 들이자. 나 역시 그런 습관이 없었다. 이전에는 잊어버리는 아이디어는 재미없는 아이디어라서 잊는다고 생각하고 신경 쓰지 않았다. 하지만 나이가 들면서 점점 아이디어를 떠올렸다가 잊는 경우가 늘기 시작했다. 재미있을 법한 아이디어를 떠올렸다가 잊어버리고 나중에 기억나지 않아서 답답해하는 일이 많았다. 그러니까 정확히 적어두는 편이 좋다. 아이디어는 처음엔 다 좋아 보이지만,

시간이 지나면 마음에 들지 않을 때도 있다. 그런데 다시 시간이 지나고 보니 좋은 아이디어일 때도 있다. 혹은 단편용으로 생각한 아이디어가 좋은 장편 아이디어가 될 때도 있고 그 반대의 경우도 있다. 모아 놓은 아이디어를 그때그때 융통성 있게 가져다 쓰면 된다. 그러니 아이디어를 적어두면 편하다.

아이디어가 떠올랐을 때, 너무 흔한 아이디어는 새롭게 풀어낼 방법이 없다면 되도록 피하자. 이전에 SF에서 많이 쓴 아이디어라면 분명 누군가가 기가 막히게 좋은 글로 풀어냈을 것이기 때문이다. 그래도 쓰고 싶다면야 말릴 순 없겠지만, 이를테면 공모전에 낸다고 생각해보라. 공모전 심사위원이었을 때, 비슷한 아이디어의 작품이 여럿 접수되는 광경을 종종 봤다. 만약 당신이 사람과 인공지능이 바둑 대결을 하는 내용의 아이디어를 떠올렸다면, 비슷한 작품이 이미 공모전에서 기다리고 있다고 생각하면 된다. 속상하겠지만 어쩔 수가 없다. 꼭 공모전 때문이 아니더라도, 흔한 아이디어를 따라가기보다는 아이디어를 이리저리 비틀어 새롭게 만들 생각을 해야 글이 발전한다.

아이디어가 마음에 들고 글로 만들고 싶다는 욕망이 꺼지지 않으면 이제 로그라인을 쓸 차례다. 아주 간단하다. 아이디어를 몇 개의 문장으로 적어본다. 할리우드 시나리오의 법칙 중에, 작품의 플롯을 '만약에 ~한다면(WHAT IF)'이라는 한 개의 문장으로 설명할 수 있어야 좋은 플롯이라는 말이 있다. 많은 할리우드 영화가 이 법칙을 따른다. '만약 지구 환경이 열악해져서 다른 알맞은 행성을 찾아 가족을 남겨두고 떠나야 한다면' '만약 당신이 화성에 혼자 남았고 사람들이 구하러 올 때까지 살아남아야 한다면' '만약 한강에서 괴물이 튀어나와서 딸을 잡아갔다면' 같은 아이디어는 흥미롭다. 꼭 이 형식에 맞춰서 한 줄로 쓰지 않더라도 좋으니, 아이디어를 로그라인으로 정리해보자.

로그라인 작성이 끝났으면 조금 더 길게 이야기를 풀어서 시놉시스를 쓰자. 너무 길게 쓰면 출판사에서 안 읽는다고 하니 일단 한두 페이지 분량으로 쓰면 된다. 어떻게 써야 할지 막막하면, 다른 사람을 설득한다고 상상하면서 쓰면 더 쉽다. 실제로 로그라인이나 시놉시스는 작가가 자신의 아이디어를 출판사에게 설명하는 과정에서 사용하니까. 이렇게 쓰다 보면 머릿속에 있을 때는 재밌는 이야기라고 생각했는데 막상 시놉시스로 쓰니 말이 안 되는 이야기일 때가 더러 있다. 생각을 문장으로 풀어놓으면, 이야기에서 말도 안 되는 엉터리였던 부분이 그제야 제대로 눈에 들어오기 때문이다. 그러므로 시놉시스를 쓰면 글이 뭐가 문제인지 미리 파악해 대비할 수 있고 실수도 줄일 수 있다.

나도 이전에는 구상을 잘 하지 않고 일단 쓰기부터 하는 편이었다. 하지만 글이 잘 풀리지 않거나 갑자기 막히는 등의 시행착오를 겪고 나서, 이제는 시놉시스를 상세히 쓴다. 물론 벼락같이 떠오른 아이디어가 바로 글로 죽 써질 때도 있다. 하지만 글은 항상 그렇게 잘 써지진 않는다. 그리고 단편은 시놉시스 없이도 쓸 수 있지만, 장편은 거의 불가능하다. 무턱대고 쓰기 시작했다가 글이 중간에 막힌다거나, 분량 조절이 안 될 때는 정말 난감하다. 게다가 마감이 다가오는 상황이라고 상상해보라. 장편소설을 빨리 끝내야 하는데 밑도 끝도 없이 늘어질 때의 당혹감은 정말 겪어보지 않은 사람에게 설명하기 어렵다. 시놉시스가 있으면 정해진 목표를 놓고 차근차근 일할 수 있다.

구체적으로 설명하기 위해 내 소설을 예로 들려고 한다. 2020년에 나는 《팬데믹, 여섯 개의 세계》라는 앤솔러지에 〈그 상자〉라는 단편을 실었다. 이 작품을 어떻게 썼는지 간단히 이야기하면서 작법을 같이 설명하겠다.

《팬데믹, 여섯 개의 세계》는 문학과지성사에서 청탁을 받아서 썼다. 코로나 바이러스로 인한 팬데믹 상황을 반영하는 앤솔러지를 낼 계획인데 참여할 수 있겠냐는 전화를 받은 것이다. 이런 경우가 흔하진 않다. 보통 글을 쓴 다음에 투고하거나, 청탁을 받더라도 소재는 자유롭게 정할 때가 더 많지만, 이렇게 소재를 맞춰야 할 때도 있다. 일단 하겠다고 대답하고 바로 아이디어를 짜내기 시작했다. 당시 아포칼립스 소설에 관심이 많았기 때문에, 단편을 아포칼립스 장르로 풀어나가자는 막연한 생각만 있었을 뿐 구체적인 아이디어는 없었다.

이럴 때는 자신에게 계속해서 질문해야 한다. 팬데믹에 대해 내가 할 말이 뭐가 있을까? 나는 팬데믹에 대해 뭘 알고 있나? 어떤 결론을 내릴 수 있을까? 그때 나는 지인과 팬데믹에 대해 했던 대화를 떠올렸다. 지인에게 팬데믹이 길어질 것 같고 원래의 생활로 돌아가려면 최소 2년은 기다려야 할 것이란 말을 듣고 충격을 받았던 터였다. 어떻게 살아야 하나 덜컥 겁을 먹었다. 팬데믹 때문에 경제가 침체되면 출판 쪽도 큰 타격을 받을 것이다. 돈을 어떻게 벌지? 미국처럼 사재기가 일어나고 집밖으로 아예 못 나가면 어떻게 살아야 할까? 하지만 어떻게든 버텨야 했다. 죽긴 싫으니까. 나 말고 다른 어려운 사람들도 같이 끝까지 버텼으면 하는 마음이 들었다. 그래서 바이러스 때문에 집에 갇혀있던 사람이 우연히 밖으로 나왔다가 주변의 도움을 받고 계속 살아가는 내용을 쓰자고 생각했다.

그런데 집에 숨어있던 주인공을 밖으로 나가게 할 계기로는 뭐가 좋을까? 바이러스 감염의 위험을 무릅쓰고 밖으로 나간다면, 꼭 나가서 받을 수밖에 없는 물건이 있다면 어떨까? 나는 유골함을 떠올렸다. 주인공의 부모가 바이러스에 걸려서 병원에 입원했고, 어느 날 부모가 사망해 화장한 유해가 담긴 유골함이 집에 온다는 연락을 받은 것이다. 반드시 밖으로 나가야 하는 상황으로는 설득력 있다고 판단했다.

> **장면 1**
> 팬데믹 이후 바이러스 감염이 두려워 집에만 있던 주인공. 집 밖으로 유골함을 받으러 나간다. 그런데 유골함이 비어있다.

그런데 어떤 바이러스일까? 코로나 바이러스를 그대로 쓰고 싶진 않았다. 현실이 아닌 SF이기 때문에, 그대로 반영하기보다는 다른 설정으로 세계를 구상하고 싶었다. 문득 사람들이 잠들어서 일어나지 않는 병을 떠올렸다. '수면병'이 익숙하기도 하고, 팬데믹 때문에 사람들이 움직일 수 없어 정지된 도시를 은유적으로 표현하기에도 좋을 것 같았다. 하지만 그냥 수면병이라고만 설명하면, 이미 존재하는 병을 상징으로 성의 없이 가져다 쓴 피상적인 글로 보인다. 장르소설에서는 은유가 사건을 앞서가면 글이 피상적으로 된다. 그래서 병에 여러 상세한 설정을 추가해서 넣었다.

발전시킨 설정은, 바이러스 감염 환자가 늘어나자 병원이 부족해지고, 정부가 그중 일부는 안락사하는 법안을 만든다는 거였다. 주인공의 부모님도 안락사되어 유골함이 집으로 왔고, 소설은 주인공이 유골함을 받는 상황에서 시작하기로 했다. 하지만 이상하게도 유골함이 비어있다. 당황한 주인공은 병원에 연락하고, 아직 부모님이 안락사되지 않았으며 병원의 실수로 유골함만 갔다는 대답을 듣는다.

> 장면 2
> 밖으로 나간 주인공은 두 번째 인물을 만나고, 두 번째 인물은 주인공과 친해지려고 애쓴다.

주인공이 집에 숨어지내던 소심한 인물이라면, 주인공을 상대하는 두 번째 인물은 활발한 성격으로 설정했다. 반대되는 성격의 인물이 대비를 이루면 사건이 쉽게 일어난다. 소설이나 영화, 드라마에서 흔한 화법이고 독자들에게도 친숙하다. 두 인물의 갈등을 통해서 이야기의 기승전결을 만들어내기도 쉽다.

두 번째 인물은 어떻게 설정하면 좋을까? 바이러스 때문에 사람들이 밖에 나오지 못하니 누군가 생필품을 가져다줘야 한다. 지금도 코로나 바이러스에 감염된 사람들을 돕는 의료진이 있듯이 말이다. 두 번째 인물도 그런 일을 하는 자원봉사자라서 주인공을 집밖으로 끌어내는 일을 하면 좋겠다고 생각했다. 그는 바이러스에 감염됐다가 회복했고 항체가 있어서 아직 감염되지 않은 사람들을 돕는다는 설정을 넣었다.

주인공을 돕는 캐릭터로 두 인공지능도 추가했다. 소설의 배경을 지금과 비슷하지만 약간 더 과학이 발전한 근미래로 설정하고 싶었다. 인공지능을 만들 정도로 과학기술은 발전했지만, 바이러스 치료제는 아직 만들지 못한 미래를 설정하면 독자가 이해하기 쉬우면서 호기심도 가질 만한 세계가 되리라 믿었다. 수다스럽고 능청맞기도 한 인공지능을 둘 만들었고, 각각 장웨이와 존이라 이름을 붙였다.

장면 3
주인공과 두 번째 인물이 친해지고, 두 사람이 그동안 각자 겪은 일을 말한다. 두 사람의 삶이 대비된다.

장면3을 쓸 때까지도 주인공과 두 번째 인물의 이름을 정하지 못했었다. 나는 캐릭터 만들기에 약해서 이름과 세부적인 디테일을 정하기 어려워한다. 특히 이름을 정할 때 고민이 많다. 내가 나이가 들면서 나에게 익숙한 이름이 젊은 독자들에게는 너무 옛날 스타일의 어색한 이름으로 들린다는 지적을 출판사에서 몇 번 받았다. 그래서 2000년 이후 출생한 사람들 사이에서 흔한 이름을 인터넷으로 검색해 사용하고 있다. 주인공에게는 '민준'을, 두 번째 인물에겐 '석현'이라는 이름을 붙이고, 나이나 신체조건 같은 배경도 설정했다.

이제 인물과 배경을 만들었으니 본격적인 사건이 일어나야 한다. 나는 민준이 바이러스에 걸리는 전개가 적당하다고 판단했다.

장면 4
민준은 바이러스에 걸렸다가 혼수상태에 빠지지 않고 무사히 회복한다. 이제 항체를 가진 사람이 되어 자유롭게 다닐 수 있다. 민준은 부모가 입원한 병원을 방문한다.

팬데믹은 바이러스에 관한 이야기니까 소재를 정면으로 돌파해야 한다. 분명 소재가 바이러스 감염에 의한 팬데믹이고 배경은 지금과 비슷한 근미래인데, 바이러스와 상관없는 이야기만 하면 독자들이 이상하다고 생각할 것이다. 나는 민준이 바이러스에 감염됐다가, 잠들지 않고 무사히 회복되어 항체를 갖는 전개를 선택했다.

밖으로 자유롭게 나올 수 있는 민준은 바이러스에 감염된 부모님을 면회하러 병원에 간다. 그가 병원에 가야 바이러스에 감염된 세계의 실제 모습이 어떤지 독자에게 선명하게 보여줄 수 있다. 이렇게 세계가 확장될 때 독자가 느낄 감정을 작품에서 중요한 포인트 중 하나로 잡았다. 하지만 나중에 다시 읽으니, 이야기가 한참 진행된 다음에야 세계의 모습이 제대로 보이는 구조가 다소 불친절하게도 보였다. 나는 세계를 천천히 보여주는 방식을 좋아하지만, 이런 방법이 독자에게 어려운 것 또한 사실이기 때문에 요즘은 다른 방법을 고민하고 있다.

> **장면 5**
> 민준은 석현과 같이 자원봉사 활동을 한다. 둘은 점점 가까워지고, 석현이 민준에게 자신의 집에서 같이 살자고 제안한다.

민준과 석현 두 인물은 남성이다. 왜 남성이 다른 남성에게 동거를 제안하는지 둘의 관계에 의문을 가질 수 있는데, 이를 명확히 설명하지는 않았다. 그리고 두 사람의 생활 사이로 인공지능과 홀로그램, 나노로봇 기술에 대한 언급을 넣었는데, 기술이 발전한 근미래면서 아포칼립스가 도래한 세상에서 살아가는 사람의 일상을 확실히 떠올릴 수 있도록 넣은 장치였다.

이제 이야기가 절정과 결말을 향해간다. 민준이 어떤 일을 겪게 할지 결정하기가 어려웠다. 그의 삶이 변화하는 계기여야 하며, 계기가 작품의 주제와 맞닿아야 한다. 민준이 무엇을 깨닫고 어떻게 변화했느냐를 보여주는 사건이어야 해서 까다로웠다.

> **장면 6**
> 민준과 석현이 돌보던 사람 중 한 명이 바이러스에 걸려 일어나지 못한다. 민준은 바이러스에 걸린 환자를 목격하고 자신의 삶을 돌아본다.

어떻게 이야기를 끌고 갈지 모르겠을 때는 글의 처음으로 되돌아가 다시 읽으면 좋다. 그러면 쓰려다가 잊었던 소재나 장면이 기억나기도 하고, 원래 쓰려고 했던 목표가 뭐였는지도 돌아보게 된다. 글이 막힐 때는 다시 읽어보는 것만큼 좋은 방법이 없다. 〈그 상자〉도 마찬가지였다. 처음에 민준이 왜 집을 나가서 사람을 만나야 하는지 그 대답을 찾는 것이 목표였다. 그러니 민준이 왜 자신을 집에 가뒀는지 돌아보고 집을 떠날 결심을 할 기회를 줘야 했다. 나는 소설에서 지나가듯이 언급된 인물을 골라 이야기를 추가하기로 했다. 민준처럼 바이러스 때문에 집에서 나오지 못하는 사람 중 한 명이 바이러스에 걸려 혼수상태에 빠지는 것이다. 일어나지 못하는 사람을 목격한 민준은 자신의 삶을 다시 돌아보고 더는 이렇게 살지 말자고 결심한다.

> **장면 7**
> 민준은 집을 떠나고, 집에는 텅 빈 유골함만 남는다.

민준은 석현의 집으로 이사한다. 텅 빈 민준의 집에는 처음에 받았던 빈 유골함만 남는다. 텅 빈 집 한가운데에 놓인 유골함의 이미지가 마음에 들었고 글의 마지막을 장식하는 장면으로 삼았다. 그렇게 단편을 마무리 지었고 출판사에서도 좋아해서 무사히 출간됐다.

〈그 상자〉는 원고지 90매 분량이었다. 이전에는 단편소설이라면 70~80매를 원했는데 요즘은 100매 이상을 더 많이 원하는 것 같다. 개인적으로는 짧은 단편소설을 선호하기 때문에 이런 변화가 좀 버거운 편이다. 원고지 100매의 단편은 8개에서 10개의 장면이면 대충 길이가 맞는다. 70매라면 장면을 줄여야 하고 150매라면 사건을 더 넣어야 할 것이다. 단편이 밑도 끝도 없이 중편이나 장편으로 늘어나는 경우가 간혹 있으니 시놉시스 단계에서 주의하는 편이 좋다. 그래야 마감 일정에 맞출 수 있다. 특히 이번 《팬데믹, 여섯 개의 세계》처럼 여러 작가가 동시에 참여하는 앤솔러지를 쓸 때는 되도록 마감을 맞추려고 한다. 마감에 늦어서 다른 작가에게 폐 끼치기는 정말 싫으니까.

장편소설은 훨씬 더 어렵다

장편은 단편보다 어렵다. 일단 시간이 오래 걸린다. 짧으면 한두 달, 길면 한두 해 동안 글을 쓰는 건 체력적으로도 감정적으로도 어렵고 그만한 시간을 내기도 힘들다. 긴 시간을 투자할만한 좋은 아이디어를 찾아 모으는 일도 만만치 않고, 설정을 짜는 데에도 오래 걸리며 구성도 더 복잡해야 한다.

나도 그랬다. 그래서 나는 처음 장편을 쓸 때, 어떻게 구성을 짜는지 몰라서 고민하다 같은 설정의 단편을 여러 편 써서 하나로 묶는 옴니버스 형식의 장편을 썼다. 그렇게 했더니 그럭저럭 잘 써져서, 이후로도 옴니버스 형식을 몇 번 더 썼다. SF는 단편을 장편으로 늘리거나 여러 개의 중단편을 묶어서 연작 형식으로 만드는 경우가 많다. 단편을 장편으로 늘린 아서 C. 클라크의 《2001 스페이스 오디세이》나 (정확히는 단편소설을 영화 시나리오로 만든 다음 시나리오를 장편소설로 다시 썼다) 발표한 중편소설에 두 편의 새로운 중편을 추가해 하나로 엮은 시어도어 스터전의 《인간을 넘어서》, 20여 편의 짧은 단편을 묶은 레이 브래드버리의 《화성 연대기》 등이 그런 예다. 다른 장르에서는 보기 드문 특이한 일인데, 아마도 미국에서 처음 SF가 인기를 얻기 시작할 때 잡지에 실리는 단편이 중심이었던 역사 때문에 그런 듯하다.

최근 출판업계에서 경장편을 선호하면서 원고지 600매나 700매 길이의 장편을 원하는 경우가 많아졌다. 10년 전에는 장편소설이라면 1,200매 정도여야 했던 것에 비하면 정말 길이가 줄었다. 짧게 쓰면 시간도 체력도 더 적게 들어 편하고 좋다. 내 경험상으로는 단편은 너무 힘들어서 더는 못 쓸 것 같을 때쯤 글이 끝나고, 장편은 정말 너무 힘들어서 다 그만두고 싶다는 생각을 다섯 번쯤 하면 끝나는 것 같다.

장편의 구조를 어떻게 짜야 할지는 작법서마다 의견이 비슷한 것 같으면서도 또 다르다. 제임스 스콧 벨의《소설쓰기의 모든 것》에서는 시작, 중반, 결말의 3막 구조를 제안한다. 래리 브룩스의 《스토리를 만드는 물리학》에서는 4막 형식으로 구성을 짜라고 조언한다. 1막에서는 주인공이 사건을 만나고, 2막은 주인공이 허둥대면서 도망치고, 3막에서는 주인공이 방법을 찾지만 실패한다. 4막에서 주인공이 갈등을 해결하고 이야기를 완성한다.
《소설 쓰기의 모든 것》과《스토리를 만드는 물리학》을 읽고 이전에 내가 쓴 작품을 살펴보니, 그때는 3막 구조나 4막 구조가 뭔지 몰랐는데도 비슷한 구조로 썼다는 걸 깨달았다. 이 구조들이 흔하고 편한 방법이긴 한 모양이다. 구조가 있으면 기승전결을 만들 때 방향을 잡을 수 있다. 어느 한 부분이 길어지거나 지루해지는 문제를, 이를테면 도입부가 너무 길어서 지루하거나 결말이 너무 짧아서 아쉽다거나 하는 상황을 막을 수 있는 것이다. 하지만 꼭 3막이나 4막에 맞출 필요는 없다. 실제로 맞지 않는 소설도 얼마든지 있고, 책에서도 그 점을 언급한다. 나는 더 상세하게 10개 정도의 챕터를 나누고, 각 챕터를 70매 안팎으로 써서 700매를 만든 적도 있다. 이 방법도 편하긴 하지만, 비슷한 길이의 챕터가 나열되면서 별 굴곡 없이 글이 밋밋해질 위험도 있다.

　구성을 잘 짜는 편이 좋긴 하지만 너무 꽉 맞출 필요는 없다. 이를테면 얀 마텔의 《파이 이야기》는 도입부가 굉장히 긴 편이다. 흔히 '태평양 한가운데에서 호랑이와 함께 표류한 이야기'로 알려져 있는데, 막상 읽어보면 전체 400여 페이지 중 120페이지가 지나서야 주인공이 배를 탄다. 정세랑 작가의 소설 같은 경우, 이야기가 중간 혹은 절정 부분에서 갑자기 다른 방향으로 틀어지며 분위기가 확 바뀌기도 한다. 장편 《덧니가 보고 싶어》, 《이만큼 가까이》가 그렇고, 단편 〈옥상에서 만나요〉도 중간에 전혀 다른 이야기로 바뀐다(그리고 끝까지 읽어보면 다시 그렇지 않은 이야기라는 걸 깨닫는다). 구성을 잘 맞춰도 좋지만, 글을 구성한 다음 뭔가 이상한 점이 없는지 3막 혹은 4막 구조에 맞춰보고 점검하는 방법을 써도 괜찮을 것 같다.

　그리고 장편에서 주의했으면 하는 점이 있는데, 바로 서술하는 방법이다. 단편에서도 주의해야 하지만 장편에서 더 어려운 문제라서 언급하려 한다. 소설에서는 깊고 자세하게 설명할 부분과 짧고 간단히 설명할 부분이 따로 있다. 내가 쓴 단편 〈이불 밖은 위험해〉의 도입부를 예로 들어보면 이렇다.

예1

　어느 날 아침에 일어났더니 이불이 수민에게 말을 걸었다. 이불 밖은 위험하니까 나가지 말라는 것이었다. 이불이 말을 하다니? 수민은 당황했다. 하지만 이불뿐 아니라 의자와 거울과 컵까지 집의 물건이 말을 걸기 시작했고, 당황한 수민은 직장에 출근하지 않고 병원으로 향했다.

예2

　"이불 밖은 위험하니까 나가지 마."

　아침에 눈을 떴을 때 겨울 이불이 말했다. 두꺼운 회색 이불은 수민이 무척이나 좋아하는 이불이었다. 그렇다고 해서 물건이 말을 걸다니, 이상한 일이었다. 아직 잠에서 덜 깼나 보다, 수민은 대수

롭지 않게 생각하려고 했다.

"아니, 수민은 좀 외출을 해야 해. 걷기도 해야지. 요즘 살이 많이 졌어."

이번에는 의자가 말했기 때문에 수민은 정신이 번쩍 들었다. 이어서 어젯밤 팔걸이에 대충 걸어놓은 옷이 의자의 말에 동의했다. 수민은 일어나 잠시 멍하니 앉아 있다가, 세수하라는 파자마의 말에 화장실에 가서 거울을 들여다보았다. 늘 보던 얼굴이 있었다.

미친 사람의 얼굴로는 보이지 않았다.

"치약을 흘리지 말고 양치해야지."

거울이 말했다. 그가 천천히 세수하는 동안 컵은 오늘 날씨를 말해주고 아침을 먹을 거냐고 물었다. 그는 자신을 입어달라며 아우성치는 옷들 사이에서 편한 옷을 골랐다. 문은 수민이 닫기 전 외출 잘 다녀오라며 집은 자신이 잘 지키겠다고 인사했다(그건 좋았다). 그리고 그가 탄 엘리베이터도 말을 걸었을 때, 그는 고민 끝에 목적지를 회사에서 병원으로 바꿨다.

예1은 주인공 수민이 아침에 일어나서 이불이 말을 거는 상황에 놀라 병원에 가기까지를 간단히 서술하고 있다. **예2**는 대사가 들어가고 상황도 더 자세히 길게 서술된다. 오슨 스콧 카드의《캐릭터 공작소》에서는 예1을 극적 전개, 예2를 서술적 전개라고 설명한다. 보통 '극적 전개'는 중요하지 않은 사건을 지루하지 않게 단순히 하거나, 혹은 긴 시간 벌어지는 일을 압축해서 표현할 때 쓴다. '서술적 전개'는 중요한 상황을 밀도 높게 서술할 때, 아니면 대사가 많고 대사 사이로 인물의 감정을 묘사해야 할 때 사용한다.

나는 서술적 전개를 많이 쓰는 편인데, 극적 전개를 많이 사용하는 한국문학에서는 좀 드문 작가에 속한다. 한국문학이 극적 서술을 많이 쓰는 이유는 사건보다는 인물의 내면을 중요하게 생각하는 경향 때문에 그러는 것 같다. 물론 극적 전개를 주로 사용해도 상관없다. 극적 전개만으로는 글이 답답한 느낌을 주니까 서술적 전개도 사용해서 완급을 조절하는 편이 좋다고 생각하지만, 그렇다고 꼭 재밌는 글이 되는 건 아니니 각자 알아서 판단할 일이다.

문제는 극적 전개로 넘어가선 안 될 부분이 넘어가는 경우다. 이를테면 아동 학대, 성폭행, 왕따, 자살 같은 소재를 가져오는데 간단히 서술하고 넘어가는 경우는 위험하다. 자극적인 소재를 넣었지만 깊이 고민하지 않고 서술해 사건의 표면만 언급하고 넘어가는 것이다. 아까도 말했듯이 은유가 사건을 앞서면 글이 피상적으로 변한다. 게다가 어두운 소재를 다룰 때 피상적으로 서술하면 소재를 선정적으로 가져다 쓴 것처럼 보인다.

물론 어둡고 무거운 소재를 반드시 꼼꼼하게 서술하라는 말은 아니다. 아동 학대나 성폭행 같은 잔혹한 사건을 길게 서술하기 어려울 수 있다. 그리고 그런 사건을 지나치게 밀도 높게 서술해서 독자를 괴롭히는 건 더 끔찍한 일이다(이런 글도 공모전에서 간혹 만난다). 중요한 건 책임지지 못할 소재를 사용하면서 간단히 서술하고 넘어간 다음, 상징이니 이해해달라고 변명하면 안 된다는 것이다. 요즘 독자는 그런 소설을 읽지 않는다.

구성을 더 언급하기 전에 잠시 문장을 짚고 넘어갔으면 한다. 장르소설은 문장이 나쁘다는 편견이 있다. 물론 문단문학에 비해 문장이 밀도가 낮고 덜 수려할 수는 있지만 이를 나쁜 문장이라고 하긴 어렵다. 글의 목표에 따라 문장도 달라지기 때문이다. 만약 누가 《칼의 노래》의 문체로 《해리 포터》를 썼다고 해보자. 굳이 왜 그랬을까 싶을 것이다. 《칼의 노래》와 《해리 포터》의 지향점은 다르므로 문장도 달라야 한다. 장르문학의 문장이 다르다고 해서 그걸 전체적으로 나쁘다고 판단하지 않았으면 한다. 장르소설을 쓰면서도 수려한 문장을 쓰는 작가도 있다. SF 작가 중 문장력이 뛰어나다고 손꼽히는 어슐러 르 귄이나 로저 젤라즈니를 예로 들 수 있을 것이다. 하지만 모든 작가가 밀도 높은 문장으로 글을 써내야 하는 것도 아니다.

그럼에도 최근에 장르소설을 읽으면서 아쉬운 문장과 자주 만났다. 이를테면 이런 식이다.

주인공은 그만 얼음판에서 미끄러져 엉덩방아를 찧었다.

우당탕탕!

"푸하하!!!!!"

우스꽝스러운 광경을 보고 사람들은 웃음을 터트렸다. 정말 포복절도할 만큼 웃긴 일이었다. 주인공은 자신을 보고 웃는 사람들을 보고 경악을 금치 못하게 된다.

이런 문장이 아쉬운 이유는 첫째로, 소리를 묘사할 때 의성어를 직접 넣는 경향 때문이다. '쿠콰쾅', '부우웅' 같은 의성어로 큰 소리를 표현하는 것이다. 작가가 생각한 이미지를 바로 전달하는 쉬운 방법이긴 하다. 그러나 지나치게 직접적인 방법이기도 하다. 나는 이런 방법을 쓰지 않는데, 내가 좋아하는 작가들은 쓰지 않기 때문이다. 나는 로저 젤라즈니, 로버트 하인라인 등 내가 좋아하는 작가의 작품을 보면서 장점을 배우려고 노력했고, 남들이 흔히 쓰는 방법이라고 해도 내가 좋아하는 작가들이 그렇게 하지 않으면 나도 하지 않았다. 그래서 다수의 작가가 위와 같은 방법을 사용하는 지금의 유행이 다소 당황스럽다. 더 당황했을 때는 내 글을 저렇게 교정하는 편집자를 만났을 때였다. 이전에는 출판사에서 원하지 않는 방법이었는데, 이제는 출판사에서 권하는 방법이 되었다. 이 방법이 좋지 않다고 생각하는 이유는, 너무 많이 사용하면 소리를 넣지 않고 표현하는 다른 방법을 잊게 되기 때문이다. 그리고 표현할 때 여러 방법을 고민하지 않고 그냥 정해진 기호를 사용하면 글이 피상적이고 단조로워진다.

둘째로, '푸하하!!!!!'처럼 물음표나 느낌표를 여럿 사용하는 것도 그렇다. 더 큰 감정을 표현하려 물음표나 느낌표를 더 많이 넣는 이유는 알겠으나, 강렬한 감정을 표현할 다른 많은 방법이 있다. 문장부호가 여럿 필요할 때도 분명 있겠지만, 느낌표를 여러 개 넣어서 소리친다고 인물의 목소리가 더 커진다고 믿지는 않았으면 한다.

셋째로, '포복절도' 같은 사자성어의 남용도 피하는 편이 좋다. 사자성어나 상투적인 표현을 연결해서 쓰면 문장이 딱딱해진다. 언뜻 보기에는 '크게 웃었다'고 쓰는 편이 '포복절도' 보다 더 딱딱할 것 같지만, 사자성어가 너무 많이 나오면 오히려 더 딱딱해진다. 그냥 '웃었다'고 하는 편이 더 좋다. '경악을 금치 못했다'의 경우도 '경악' 뒤에 흔히 따라오는 '금치 못했다'는 표현을 붙이면 글이 건조해지니 피하는 편이 좋다. 한두 개를 사용할 때는 괜찮지만 너무 많으면 글 전체가 서툴러 보인다.

넷째도 요즘 많이 보는 유형인데, 소설보다는 시놉시스에서 흔한 표현이긴 하나, '하게 된다'는 말이다. 예를 들면 '그들은 싸운다'가 아니라 '그들은 싸움을 하게 된다', '주인공이 밥을 먹는다'가 아니라 '주인공이 밥을 먹게 된다' 같은 표현을 쓴다. 그게 더 부드럽다고 느끼는 것 같다. 하지만 의식하고 읽어보면 '하게 된다'는 그냥 군더더기일 뿐이다. 그냥 '한다', '된다'라고 쓰면 된다. 모든 일을 '하게 되지'는 않았으면 한다.

'왜 저렇게 하면 안 되나?'라고 생각하는 작가도 분명 있을 것이다. 의성어를 쓰고 느낌표를 많이 쓰면 독자가 이해하기 쉬운데, 쉽게 쓸 수 있고 독자도 바로 이해한다면 그게 더 좋은 표현이 아닌가 싶은 작가도 있을 것이다. 그렇게 생각하면 그렇게 써도 좋다. 내가 말하고 싶은 건, 남들이 그렇게 쓰기 때문에 따라서 쓰지 말고 직접 고민해서 선택한 표현이었으면 한다는 것이다. 고민 없이 다른 삶을 따라서 만든 상투적인 문장만 쓰면 작가의 고유한 개성이 평범한 문장 속에서 사라지고 만다. 상투적인 표현을 쓰더라도 의식적으로 고민해서 배치하면 다른 상투적인 문장들과는 다른 문장이 나오고, 여기서 개성이 만들어진다.

또 다른 이유는, 조각할 때 다양한 연장이 있으면 조각이 더 쉽듯이, 여러 가지 표현 방법을 사용하고 익히면 글을 쓸 때도 더 좋은 글을 더 수월하게 쓸 수 있어서다. 내가 가진 연장의 수와 종류를 늘리는 작업이라고 생각해주길 바란다.

공모전에서 심사하다 보면 이야기는 좋은데 문장이 나빠 독자를 효과적으로 설득하지 못하는 작품을 정말 많이 접한다. 좋은 문장은 다른 소설과 경쟁할 때 강력한 무기가 된다. 요즘 이 점이 간과되어서 아쉽다.

문장력을 늘리려면 좋은 문장을 많이 읽어야 한다. 나쁜 문장은 피하는 편이 좋다. 나쁜 문장을 많이 읽어서 물들면 빼내기가 정말 어렵다. 좋은 글을 주기적으로 찾아 읽고, 좋은 문장을 구사하는 작가의 글을 필사하는 방법도 좋다. 필사가 별로 도움이 안 된다고 말하는 작가도 많은데, 나는 괜찮은 방법이라고 생각한다. 문장이란 눈에 보이는 것보다 복잡하다. 눈으로 그냥 읽을 때는 보이지 않다가 직접 손으로 베껴 쓰면 문장의 구조가 보기보다 복잡하다는 사실을 깨닫기 때문에 필사를 해봤으면 한다.

공모전에서 본 많은 글이 이상하게도 구성이 거의 없다 싶을 정도로 허술했다. 물론 구성을 잘 짜기는 상당히 어렵다. 하지만 꽤 많은 글이 좋은 구성을 만들겠다는 지향점 자체가 없는 것 같았다.

어째서 이런 일이 일어나는지 당혹스러웠다. 분명히 학교에서는 글에 기승전결이 있어야 한다고 배운다. 독자일 때 우리는 좋은 구성의 글을 좋아한다. 소설뿐 아니라 영화나 애니메이션이나 만화도 마찬가지다. 인기 있는 작가나 드라마 작가, 영화감독은 정교한 구성의 창작물을 내놓는 사람들이다. 작품이 이상하면 우리는 보통 구성을 지적한다. 이야기 진행이 앞뒤가 맞지 않는다거나, 결말이 되도록 복선을 회수하지 않았다는 식으로 구성이 틀렸다고 말한다. 하지만 막상 그들이 창작자가 돼서 글을 쓰면 대부분은 구성이 엉터리다.

단편소설의 경우 구성 없이도 좋은 글이 되기도 한다. 하지만 적어도 내가 공모전에서 읽은 대부분의 단편은 구성을 정교하게 세웠으면 훨씬 좋아졌을 글들이었다. 장편이라면 더 그렇다. 구성을 잘 짜지 않고 좋은 장편을 쓰기도 어렵고, 구

성이 없는 장편소설이 심사위원이나 편집자의 눈에 들어올 가능성
도 적다.

공모전에서 만난 구성 없는 글은 보통 이런 식이다. 인물1이 있
다. 소설은 인물1이 어떤 사람인지 길게 설명한다. 누구였고 어떻
게 살았고 뭘 하고 싶었는지를 계속 이어간다. 하지만 이것만으로
는 글이 되지 않는다. 사건이 있어야 글이 진행되니까. 작가도 어
느 순간 이를 깨달았는지 인물2를 등장시킨다. 이번에는 인물2의
과거와 현재와 생각과 고뇌가 이어진다. 그러다 인물1과 인물2가
만난다. 그리고 글이 끝난다.

이런 단편을 한두 편 읽었을 때는 그러려니 했는데, 응모작을 읽
을수록 너무 많아서 당황했다. 왜 사건을 만들지 않고 인물의 내면
만 서술하는지 이해가 가지 않았다. 사건도 없고 서스펜스도 없이
인물 서술만 이어나가는 것이 왜 글의 전부여야 하나?

나중에 '문단문학에서는 인물의 내면이 글의 중심이기 때문'이
라는 설명을 들었다. 사건이나 설정이나 세계가 아니라, 인물의 내
면 변화를 중심으로 글을 해석하기 때문이라는 것이다. 그러므로
인물의 내면을 서술했으면 사건이 일어났다고 믿고, 두 인물이 만
나서 내면이 변했기 때문에 사건이 끝났고 글을 완성했다고 믿는
다. 아마추어 작가뿐 아니라 프로 작가 중에도 장르소설을 쓰지 않
던 사람이 장르소설을 쓰면 간혹 이런 일이 일어난다. 사건이 벌어

지다가, 인물이 무언가를 깨닫고 변화하자 그냥 글이 끝나버리고 사건이 어떻게 해결되는지는 보여주지 않는다. 이런 경우가 의외로 많다.

인물의 내면 서술을 중시하는 글을 비난하려는 건 아니다. 아마 지금까지는 그런 글을 써야 편집자와 심사위원을 통과했을 것이다. 그런 글이 '문학적'이라고 평가받았기 때문이다. 하지만 SF는 인물의 내면만으로는 어렵다. 외부의 세계가 있어야 하고 사건이 있어야 한다. 설정을 설명하면서도 독자를 지루하지 않게 하고, 사건 안에 인물을 어떻게 배치할지 고민하고, 복선을 설계하고, 주제를 사건과 인물의 내면 양쪽 다와 유기적으로 연결하려면 필연적으로 좋은 구성이 필요하다. 지나치게 인물의 내면에만 집중하는 경향을 벗어나지 않으면 좋은 SF를 쓸 수 없다.

캐릭터를 만들 때 주의해야 할 점

구성 이야기를 실컷 했지만, 사실 인물 중심의 글을 독자들이 더 선호하긴 한다. 나는 인물 중심으로 글을 쓰지 않았다가 최근에는 바꾸고 있다. 왜냐하면 나 역시 글을 읽을 때는 인물에 감정이입을 해서 읽기 때문이다. 과거의 나는 이미지나 사건을 중요하게 생각한 나머지 사건은 연속적으로 일어나지만 인물은 수동적으로 움직이는 글을 종종 썼다. 그게 잘못된 방법이라는 생각이 들어서, 요즘은 독특한 사건이나 이미지보다는 정교한 구성, 강한 플롯, 개성 있는 인물을 중심으로 쓰려고 노력하고 있다.

아무리 사건과 설정과 세계가 중요해도 인물이 능동적으로 움직이면서 사건을 해결하지 않으면 안 된다. 그래야 독자도 감정을 이입해서 주인공의 뒤를 따라간다. 주인공이 수동적으로 끌려가기만 하면 아무리 재미있는 사건이 일어나도 공감을 할 수 없다. 계속 재밌는 사건이 일어나긴 하는데 독자는 시큰둥해지는 작품을 쓰게 되는 것이다. 인물에 감정이입을 할 수 있느냐 없느냐는 독자의 감동에 큰 영향을 미친다. 예를 들어 김초엽 작가의 단편집 《우리가 빛의 속도로 갈 수 없다면》은 글의 설정이나 개념이 쉽지 않은데도, 인물이 가깝게 느껴지도록 작가가 친절하게 서술한다. 그래서 감정을 이입하기 쉽고 많은 사람이 글을 어렵지 않게 받아들인다.

성공적인 소설에는 항상 매력적인 캐릭터가 있다. 셜록 홈스나 미스터 다아시 등 전설적인 캐릭터를 얼마든지 예로 들 수 있다. 최근 다시 읽고 캐릭터가 인상적이었던 소설이 《빨강 머리 앤》이었다. 작가 루시 몽고메리는 앤의 재미있고 사랑스러운 모습을 중심으로 글을 풀어나간다. 앤이 남자아이들과 내기를 한답시고 지붕 위를 걸어가다가 떨어져 다리를 다치는 등의 소동을 주로 앤의 입을 통해 직접 말하게 한다. 소설에는 두 페이지 동안 앤이 혼자 떠드는 부분도 있는데, 마릴라 아주머니가 앤에게 10분 동안 쉬지 않고 떠들었으니 그만 입을 다물라고 할 정도로 길게 말한다. 작품이 발표되고 상당한 시간이 흐른 지금도 사람들이 여전히 《빨강 머리 앤》을 읽는 이유는 앤이라는 성공적인 캐릭터 덕분일 것이다.

최근의 슈퍼히어로 영화 붐도 비슷한 이유 때문이 아닐까 싶다. 나는 영화 〈어벤져스〉 시리즈를 보면서 관객이 각자 좋아하는 캐릭터를 따라가도록 설계된 영화라는 느낌을 받았다. 팬들이 자기가 좋아하는 슈퍼히어로 캐릭터의 설정과 등장 분량, 다른 캐릭터와의 관계성에 신경 쓰는 것도 이 때문인 것 같다.

SF에서 흔한 소재를 사용하지 않도록 주의해야 하듯이, 인물 역시 흔한 클리셰를 주의해야 한다. 한동안 SF 팬덤 내에서 섹스 안드로이드가 등장하는 소설 좀 그만 쓰라는 말이 화제가 됐던 적이 있다. 섹스 안드로이드는 선정적인 소재기도 하고 너무 많이 다뤄지기도 했다. 흔한 설정의 캐릭터를 사용할 때는 기존에 하지 않은 새로운 해석을 더할 생각이 아니라면 주의해야 한다. 섹스 안드로이드를 써서 좋은 평을 받는 글도 있긴 하다. 이를테면 파올로 바치갈루피의 《와인드업 걸》이 그렇다. 하지만 《와인드업 걸》의 외설적인 묘사는 당시에도 논란이 있었고 나도 불편했다. 지금 이런 작품이 나온다면 평이 다소 다를 것 같다.

단편 〈그 상자〉의 캐릭터를 예로 들어 설명하면, 두 인공지능 장웨이와 존은 인공지능 캐릭터의 클리셰인 '완벽하고 차갑고 인간적이지 않은 성격'과는 거리가 멀어서 수다스럽고 시끄럽고 농담도 많이 한다. '농담을 많이 하는 로봇'이라는 캐릭터는 〈인터스텔라〉의 타스에서 힌트를 얻었다. 크리스토퍼 놀런 감독 역시 SF에서 로봇의 클리셰를 잘 알고 있고, 이를 비껴간 캐릭터를 만들었을 것이라 추측한다. 혹시 로봇은 차갑고 비인간적이어야 한다고 생각하는 사람이 있다면, 그렇지 않은 캐릭터가 나오는 영화를 한국에서 천만 명이 봤다는 사실을 떠올렸으면 한다.

최근에는 여성 캐릭터가 중요하게 등장하는 소설이 늘어나고 있다. 나도 이 점에서는 부끄럽다. 왜냐하면 내 소설에서도 등장인물이 대부분 남성이었기 때문이다. 얼마 전 과거의 책을 재출간하면서 이 사실을 깨달았다. 2013년에 냈던《오픈》이라는 옴니버스 소설을 최근에《행운을 빕니다》라는 제목으로 재출간했는데, 출판사에서 남성 캐릭터가 너무 많고 굳이 남성이 아니어도 될 캐릭터도 남성으로 지정한 부분이 이상하다는 의견을 보내서, 남성 캐릭터를 그렇게 많이 썼던 줄 몰랐던 나 자신에게 놀랐다. 2013년에 책을 낼 때는 나도 독자도 이상하다고 여기지 않았지만, 이제 세상이 변했다. 지금은 주의하고 있다. 작가는 자신과 다른 직업, 다른 성별, 다른 사람들에게도 관심을 가져야 한다. 그렇지 않으면 백수인 남자주인공이 늦잠 자다가 친구의 전화를 받으며 일어나는 내용의 소설만 쓰게 된다.

여성 캐릭터의 절대적인 숫자도 문제지만, 이야기 중심에 있는 인물이 주로 남성이고 주변만 여성으로 채우는 실수를 주의해야 한다. 원래 남성 캐릭터를 많이 쓰던 사람이라면, 의식적으로 여성 캐릭터를 많이 넣어도 이야기의 중심을 담당하는 캐릭터는 남성이 되기 쉽다. 자신의 글도 그렇지 않은지 고민해봤으면 한다. 그리고 남성과 여성의 이분법적 구별에 신경 쓰지 않는 캐릭터에도 도전해보자. 잘 모르는 성별에 대해 쓰려면 처음엔 어렵겠지만 새로운 글을 쓰려고 노력해야 더 좋은 글을 쓸 수 있다. 실패를 두려워하지 말고 도전했으면 한다.

과거 창작 SF의 큰 줄기 중 하나가, SF 소설보다는 외부 미디어의 영향을 많이 받은 소설들이었다. 영화나 드라마, 만화, 애니메이션 그리고 특히 게임의 영향을 받은 글이 많았다. 영향 정도가 아니라, 사실은 게임이나 애니메이션을 만들고 싶지만 그럴 여건이 안 돼서 게임이나 애니메이션의 설정을 만들고 이를 글로 쓴 것 같은 소설을 자주 접했다. 최근에는 인기 있는 SF 영화 몇 편을 짜깁기해서 쓴 것 같은 글도 공모전에서 몇 번 봤다. SF 관련 미디어를 무시하는 건 아니다. 특히 한국처럼 작가들이 영화와 드라마 판권이 팔리기를 무척 기다리는 상황이라면 무시해서는 안 된다. 중요한 건 소설과 영화와 게임은 분명 다르다는 것이다. 위에서도 말했듯이 영화나 게임의 장점을 소설로 그대로 가져오기는 어렵다. 게임을 글로 쓴다고 바로 재밌는 소설이 되지 않고, 영화 몇 편을 재조합한다고 재밌는 소설이 되지 않는다. 소설의 설정은 소설이라는 매체를 중심으로 생각해야 한다.

요즘은 SF를 쓸 때 필요한 과학 정보를 구하기

쉽다. 인터넷 검색도 간편하고 유튜브에도 정보가 많다. 물론 인터넷의 정보를 너무 많이 믿으면 안 되는 것이, 공짜 정보는 보통 질이 낮다. 질이 좋은 정보를 구하려면 책이나 신문, 과학 잡지를 사면 좋고, 형편이 어려우면 도서관에서 빌려 읽을 수 있다. 계속 새로운 정보에 관심을 가지고 지식을 업데이트해야 좋은 아이디어도 계속 나온다.

SF를 쓸 때 하나의 세계를 새로 구성하려면 어렵지 않냐고 질문을 많이 받는데, 편한 점도 있다. SF는 (판타지도 그렇고) 하나의 설정을 만들어서 여러 편의 글을 쓰는 경우가 흔하다. 시리즈로 이어지지 않는 별개의 소설에서도 같은 설정을 사용하는 경우가 많다. 이언 M. 뱅크스의 '컬처' 시리즈가 그렇다. 나도 청소년 소설을 쓸 때 한 개의 설정으로 여러 편의 장편과 단편을 썼다. 처음에 설정을 만들긴 어렵지만 마음에 드는 설정을 완성했을 때는 여러 편의 글을 계속 만들 수 있어서 편하다.

작가들이 저지르는 또 다른 실수는 글에서 계속 설정만 풀어놓는 것이다. 열심히 만든 설정을 글 안에 다 사용하고 싶은 마음은 이해하지만, 설정의 중요한 부분은 드러내고 나머지는 감춰서 상상의 여지를 남기는 편이 독자에게 더 흥미를 유발한다. 설정은 반드시 글의 인물, 플롯, 구성과 연결해서 생각해야 한다. 설정을 중심에 두고 설정을 드러내는 쾌감만 자극하는 방식의 소설 중 성공적인 작품이 있긴 있겠지만 정말 드물다.

　설정이 과하지 않으면서 인물과 플롯에 정교하게 연결된 소설로는 배명훈 작가의 글을 꼽고 싶다. 배명훈 작가의 작품 중에는《타워》가 가장 잘 알려져 있는데, 나는《첫숨》역시 추천하고 싶다. 소설 속의 국가, 체계, 구조물, 그 안에 사는 사람의 생활이 긴밀하게 연결되어있고 이를 글에서 문장 하나하나의 위치까지 정교하게 배치해서 설명한다. 좋은 SF는 그래야 한다.

퇴고, 힘들고 귀찮지만 피할 수 없는

글을 다 쓴 다음에는 고쳐야 한다. 집필도 어렵지만 퇴고는 더 어렵다. 무라카미 하루키는 에세이 《직업으로서의 소설가》에서 퇴고가 재미있고 절대로 질리지 않는다고 말하는데, 믿어지질 않는다. 이미 다 쓴 글을 다시 보는 것도 힘들고 형편없는 글을 쓴 과거의 나 자신을 용서하기도 괴롭다. 마음에 안 드는데 막상 출판사에서 고치라고 하면 괜히 화가 나기도 한다. 정말 어려운 작업이고 피하고 싶은 작업이지만 꼭 기쳐야 한다.

일단 쓴 글을 바로 고치려고 들여다보면 잘 보이지 않으니 시간이 지난 다음 보는 것이 좋다. 퇴고 과정에서 문장을 소리 내서 읽는 것도 좋다. 앞에서 말했듯이 문장은 보이는 것보다 복잡한 구조로 되어있어서, 소리 내서 읽어야 문제를 찾아내는 경우가 많다. 종이에 출력해서 훑어보는 것도 좋은 방법이다. 요즘은 글을 직접 출력해서 고치는 경우가 많지 않다고 들었다. 나도 예전에는 출판사가 교정 단계에서 직접 집으로 교정지를 보냈는데 요즘은 이메일로 PDF 문서를 보내는 경우가 더 많다. 나는 지금도 출력해서 퇴고하는 편을 더 좋아한다. 프린터로 출력해서 보면 오타나 실수를 많이 잡아낼 수 있다. 첫 책의 계약금을 받았을 때도 제일 먼저 레이저 프린터를 샀다. 인쇄하기 싫다면 전자책 리더기나 핸드폰에 넣어서 다른 화면으로 보면 더 잘 보일 때도 있다.

그리고 편집자의 도움도 많이 받는다. 나는 맞춤법을 아직도 틀리고 띄어쓰기는 정말 아무리 봐도 모르겠다. 틀린 맞춤법이 가득한 원고를 받은 편집자분들이 얼마나 난감해할지 생각하면 정말 부끄럽다. 교정 볼 때 출판사와 글을 어떻게 수정할지를 두고 의견을 주고받는 일도 까다로운 작업이다. 나는 출판사가 수정을 요구하면 문장은 거의 출판사의 의견을 따르고, 내용은 내 뜻대로 하려고 애쓴다.

글을 제대로 이해하지 못한 편집자와 만나서 의견이 맞지 않을 때도 많다. 이럴 때는 무척 화가 나겠지만, 화를 내지 말고 글을 그렇게 고치면 안 되는 이유를 논리적으로 설명하자. 그러면 편집자도 이해한다. 반대로 수정에 별 관심이 없어서 대충 교정하는 편집자를 만날 수도 있다. 일어나면 안 되는 일이라고 생각하는데 그래도 일어난다. 이런 경우 교정을 다른 작가에게 부탁하거나 교정 전문가에게 사비를 들여서 교정을 볼 수도 있다.

헤밍웨이가 《노인과 바다》를 200번 넘게 고쳤듯이 퇴고를 많이 하면 좋겠지만, 마냥 퇴고에만 매달릴 수 없는 현실적인 문제도 있다. 마감이 있는데 퇴고 때문에 출간 일정을 무한정 늦출 순 없으니까. 어느 순간 멈춰서 자신과 타협해야 한다. 이때는 단단한 멘탈이 필요하다. 작가가 글에 자신이 없으면 퇴고할 때 혼란스러워서 글을 마구 고치다가 다시 원래대로 돌려놨다가 또 고치다가 하면서 글을 헤집어놓는 경우가 있으므로, 이때를 대비해 단단한 멘탈을 만들어야 한다. 내가 글을 제대로 고치고 있는지 믿을만한 조언자의 도움을, 예컨대 배우자, 연인, 친구, 동료 작가 등의 도움을 받으면 좋다.

퇴고를 게을리하는 작가도 가끔 본다. 이미 자신의 글이 인기 있는데 왜 고치냐면서 고치지 않는 작가도 봤다. 그런 작가는 글이 늘지 않는다. 문장력도 그렇고 소설을 쓸 때, 단점을 고치겠다고 노력하지 않으면 절대로 고쳐지지 않는다. 반대로 노력하면 반드시 좋아진다. 나는 문장이 뛰어난 작가는 아니며 예전에는 더 엉망이었다. 문장이 너무 나빠서 출간이 안 된다는 거절 편지를 받은 적도 있다. 하지만 지금은 문단문학 출판사에서 책을 출간한 작가가 됐다. 단점은 고치려고 노력하면 반드시 좋아진다.

단점을 극복하려면 글을 끝까지 완결하는 것도 중요하다. 이번 글에서 단점을 고치겠다고 결심하고 글을 완성해야 단점을 완전히 극복할 수 있다. 나도 습작을 하던 시절에는 글을 하나 완성할 때마다 레벨 업(!)이 되는 느낌을 받았고 그래서 정말 별로인 글이라 안 쓰는 편이 낫다는 판단이 드는 경우가 아니라면 글을 항상 완결했다. 글을 끝까지 쓰려면, 특히 장편을 끝까지 쓰려면 상당한 인내심이 필요하지만, 일단 한번 완결하면 실력이 늘었음을 깨달을 것이다.

다른 여러 작법서도 참고하고 싶다면 다음의 책을 추천한다. 내가 가장 좋아하는 작법서는 데이먼 나이트의 《단편소설 쓰기의 모든 것》이다. 데이먼 나이트의 단편소설은 국내에 두 편 출간되어 있는데 전자책으로 쉽게 구할 수 있으니 그가 쓴 단편과 작법서를 같이 읽으면 좋을 것 같다.

캐릭터 작법에 도움이 될 만한 책으로는 빅토리아 린 슈미트의 《캐릭터의 탄생》을 추천한다. 특히 여성 캐릭터를 어떻게 만들어야 좋을지 모르겠다면 도움이 될 것이다. 역시 캐릭터에 집중하는 작법서로 리사 크론의 《끌리는 이야기는 어떻게 쓰는가》도 추천한다.

좋은 문장을 쓰는 데에 참고할 책으로는 이오덕의 《우리글 바로 쓰기》를 추천한다. 왜 한자를 많이 쓰면 안 되는지, 일본식 표현이나 수동태를 왜 쓰면 안 되는지 그 이유를 알려주고 올바른 방법을 제시한다.

작법서는 아니지만, 배명훈의 에세이 《SF 작가입니다》도 현재 한국 SF 작가들이 어떤 어려움을 겪고 어떤 고민을 하는지 알 수 있는 책으로 추천

한다. 댄 코볼트의 《장르 작가를 위한 과학 가이드》도 좋다. SF에
서 많이 사용하는 소재의 가장 기초적인 지식을 전달하고 클리셰
를 피할 방법도 알려준다.

나는 어떻게 SF를 쓰게 되었나

내가 어떻게 작가가 되었나 이야기를 하면 혹시 이 글을 읽는 독자나 작가 지망생에게 도움이 될까 해서 간단히 써보려고 한다. 나도 처음 글을 쓰던 시절에 다른 작가의 인생 이야기를, 특히 레이먼드 카버의 에세이를 읽고 많은 감명을 받았다. 이 글도 누군가에게 도움이 됐으면 좋겠다.

처음 글을 쓰고 싶다는 마음이 들었던 건 레이 브래드버리의 《화성 연대기》를 읽고 나서였다. 나도 이런 글을 쓰고 싶다는 욕구가 생겼었다. 그래서 단편소설을 썼고 무슨 용기였는지 몰라도 PC 통신에 글을 올렸다. 반응은 별로 없었지만, 이후에도 열심히 썼다. 그때는 인기 작가가 아니었고 출판도 못 했지만 처음으로 인터넷에서 인기를 끈 《양말 줍는 소년》의 출간 이후에는 출판사에서 제의를 많이 받아서 책을 계속 내게 됐다. 출판사가 장편을 원했기 때문에 단편이 아닌 장편을 더 많이 출간한 특이한 작가가 됐다. 이후《양말 줍는 소년》처럼 동화적인 판타지가 아닌 어둡고 SF에 가까운 글에 도전하고 싶어서《절망의 구》를 썼고, 이 글이 멀티문학상을 타면서 제의가 더 많아져서 계속 새로운 책을 출간할 수 있었다.

물론 잘 풀릴 때보다는 어려울 때가 훨씬 더 많았다.《절망의 구》이후 작품이 잘 되지 않았고, 출판사를 잘못 택하기도 하고, 출판 시장 자체가 계속 침체되기도 해서 점점 작가로서의 입지가 좁아지고 있었다. 이렇게 경력이 끝나나 싶었는데 이후 새로운 작가들과 출판사를 만나면서 청소년 소설 쪽에 발을 들였다. 처음엔 어려웠지만 재밌기도 했다. 내가 좋아하는 로버트 하인라인도《우주복 있음, 출장 가능》같은 청소년 SF로 유명하다. 주인공이 우주선을 타고 우주로 모험을 떠나 인류를 구하고 어른이 되어서 돌아온다는 내용의 글들을 원래 좋아했다. 새롭게 주어진 기회라고 믿고 청소년 소설을 열심히 쓰고 있다.

가장 도움이 됐던 건 동료 작가들이었다. SF 작가와 청소년 소설 작가를 만나 관심사를 공유하고, 집필의 어려움을 털어놓고, 서로의 노하우를 배우는 일이 있어서 좋았다. 특히 SF 작가들이 없었다면 지금의 나도 없었으리라 생각한다. 10년, 20년 전에 만난 SF 작가들이 장르문학뿐 아니라 문단문학에서도 활발히 활동하고 있는데, 훌륭한 작가들과 같이 글을 쓸 수 있어서 정말 운이 좋았다고도 신기한 일이라고도 생각한다. 같이 활동한 SF 작가들이 베스트셀러 작가가 되고, 그들의 작품이 넷플릭스에서 드라마로 만들어지고, 영화 판권이 팔리고, 문학상을 수상하고, 일본과 중국과 미국에 출간되고 있다. 처음에 대형서점의 베스트셀러 코너에서 아는 작가의 책을 보고 감동해서 눈물이 났던 기억이 난다. 특히 한국 작품이 영어로 번역되기 시작할 때는 정말 놀랐다. 미국 SF를 읽던 나는 한국 SF가 영어로 번역돼 미국 독자가 읽으리라는 상상은 한 적이 없었다. 하지만 실제로 일어나고 있는 일이다. 요즘은 젊은 작가들을 만나면 내 작품을 재밌게 읽었고 영향을 받았다는 말도 가끔 듣는다. 내가 더는 젊은 작가가 아니고 젊은 작가에게 영향을 주는 중견 작가가 됐다는 사실에 놀라곤 한다.

물론 아쉬움도 많다. SF가 주목받으면서 문단문학에서도 비평적으로 SF를 많이 다루기 시작했는데, 비평을 보고 아쉬울 때가 많다. 글을 좋게 읽기는 했는데 어떻게 좋은지를 제대로 설명하지 못한다는 느낌을 간혹 받는다. SF의 발전을 비평이 늦게 따라잡는 중이라고 믿는다. 뭐가 좋은지 설명하려면 정확한 언어를 찾는 시간이 필요하니까. 소설도 연습해야 글을 잘 쓰듯이 비평도 발전하는 기간이 필요할 테고, 시간이 지나면 해결되리라 믿는다.

전건우

호러와 스릴러를 쓰면서도 인간에 대한 따뜻한 시선을 놓지 않는 사려 깊은 이야기꾼.
《한국공포문학단편선 3》에 단편소설 〈선잠〉을 수록하며 데뷔했다. 장편소설 《밤
의 이야기꾼들》, 《소용돌이》, 《살롱 드 홈즈》 등을 썼으며, 단편집 《한밤중에
나 홀로》, 《괴담수집가》, 에세이 《난 공포소설가》를 출간했다. 최근작으
로는 K스릴러 작가 공모전 당선작인 《마귀》와 괴담집 《금요일의 괴
담회》가 있다. 장편소설 《고시원 기담》과 《살롱 드 홈즈》는 각각
영화와 드라마로 제작될 예정이다.

오싹한 어둠의 그림자

호러

＂

호러 소설 창작자가 해야 할 일은 한 가지다.

바로 내가 살아가는 지금 이곳의 생생한 공포를 발굴해내는 것이다.

그런 뒤 그 공포가 우리의 시스템을 얼마나 쉽게 무너뜨릴 수 있는지를

보여주면 된다.

＂

호러 소설을 쓰려는 당신에게

서점 매대에서, 혹은 인터넷 서점의 글쓰기 카테고리에서 책의 목차를 보고 호기심과 수상쩍음을 견디다 못해 결국 구매를 한 당신, 그러고는 이 페이지부터 펼친 당신에게 고맙다고 말하고 싶다. 이 책은 당신을 위해 썼다. 그러니까 남다른 호기심과 누구보다 강한 담력을 가지고 있으며 동시에 다른 이를 무섭게 만드는 데 일가견이 있는 당신 말이다.

나는 인간을 두 부류로 나누기 좋아한다. 이를테면 짜장면을 먹을 때 물이 생기는 쪽과 아닌 쪽, 월요일에 로또를 사는 쪽과 토요일에 로또를 사는 쪽, 붕어빵의 머리부터 먹는 쪽과 꼬리부터 먹는 쪽처럼 무엇이든 두 개의 부류로 나누고 나면 그 사람을 이해하는 일이 훨씬 쉬워진다. 그런 의미에서 나는 이 세상에는 무서운 이야기를 좋아하는 쪽과 싫어하는 쪽이 있으며, 그 둘 사이에는 레테의 강만큼이나 드넓은 차이가 존재한다고 믿는다.

굳이 따져볼 것도 없이 이 글을 쓰는 나는 전자에 속한다. 무서운 이야기를 좋아하는 것은 물론이요, 그걸 남에게 들려주는 것도 좋아하는 쪽. 그리하여 캠핑이나 수련회에서 불을 모두 꺼놓고 하나하나 무서운 이야기를 풀어나가며 친구들이 공포에 떠는 모습에 쾌감을 느끼는 쪽. 책에 실린 여러 장르 중 이 장을 제일 흥미진진하게 읽고 있다면, 당신 역시도 명백히 전자의 사람일 것이다.

무서운 이야기는, 이야기라는 것이 탄생한 이래 줄곧 주류의 자리를 지켜왔다. 오래된 동굴 속에 모여앉아 모닥불을 피워놓고 두런두런 이야기를 나누는 호모사피엔스가 되었다고 상상해보자. 그들은 주로 무슨 이야기를 했을까? 찬란한 미래를 꿈꾸는 희망으로 가득 찬 이야기? 오늘 하루도 사냥에서 무사히 돌아올 수 있게 은혜를 베풀어준 신들에 대한 이야기? 모두의 배꼽을 빼놓을 웃긴 이야기? 아니다. 그들이 나눴던 이야기의 대부분은 무서운 이야기였을 것이다. 그러니까 이런 것들 말이다.

"동굴 너머 어두운 숲으론 절대 가지 마라. 그곳엔 머리가 세 개 달린 커다란 뱀이 도사리고 있다. 그 뱀은 특히 어린 것들의 살코기를 좋아하지."

"사냥을 할 때 무리와 떨어져선 안 된다. 사냥을 방해하는 나쁜 신이 눈을 멀게 하고 귀를 닫게 만들어서 너희들을 절벽으로 끌고 가버릴 거다."

"굽이치는 강가에 가지 마라. 그곳엔 살아있는 것들을 모조리 끌어당기는 악령이 살고 있다."

예민한 당신이라면 이미 눈치챘을 것이다. 이것들이 모두 무서운 이야기임과 동시에 경고의 메시지임을. 당시의 호모사피엔스는 종족의 개체수를 보존하는 것이 무엇보다 중요했다. 그러기 위해선 무서운 이야기를 통해 동족, 특히 젊은층을 통제할 필요가 있었다.

무서운 이야기의 이러한 기능은 21세기인 지금에 와서도 여전히 유효하다. '호러'라는 장르는 시스템의 나약함을 보여주는 동시에 그 시스템을 더욱 공고하게 만들어야 한다는 메시지를 던지기 때문이다. 이를 테면 우리는 영화 〈컨저링〉을 통해 가족이라는 시스템이 너무나 쉽게 붕괴되는 것을 목격하지만 그것과 함께 역으로 가족이 더욱 단합했을 때 위기를 극복할 수 있다는 대단히 교훈적인 깨달음도 얻게 되는 것이다. 스티븐 킹의 걸작《샤이닝》을 보자. 이 소설은 귀신 들린 호텔과 미쳐 버린 아빠의 섬뜩한 컬래버레이션으로 독자의 혼을 쏙 빼놓지만, 사실 아주 교훈적인 이야기를 하고 있다. 그건 소설은 아무나 쓰면 안 된다는 것이다. 물론, 이건 농담이다.

무서운 이야기, 그러니까 '호러'는 호모사피엔스의 시대부터 지금까지 소설, 영화, 드라마, 게임 등의 형태로 꾸준히 소비되고 있지만 유독 우리나라에서는 힘을 쓰지 못하는 게 현실이다. 장르소설 중에서도 하위 장르 취급을 받으며 독자층도 상당히 얇다. 혹자는 우리나라의 현실이 더 무서워서 호러 소설이 안 된다는 이야기를 하는데 나는 이 의견에 동의하는 한편, 꾸준히 호러를 써온 창작자로서 자기반성 역시 하게 된다. 지난 수년간 우리나라에서 출간된 호러 소설의 대부분은 외서였다. 즉, 국내 작가의 작품이 거의 없었다는 소리다. 생산자가 없으니 소비자 역시 없는 것은 당연한 일. 그런 한편 무시무시한 '헬조선'의 현실을 뛰어넘을만한 그야말로 무시무시한 호러 소설 역시 드물었다. 양과 질에 있어서 절대적으로 부족했던 것이다.

내가 이 책의 한 부분을 빌려 호러 소설 작법을 써보고자 마음먹은 이유는 호러 소설 창작자의 수를 늘리고 그 안에서 보석과 같은 작품이 나오길 기대하고 있기 때문이다. 단순히 무서운 이야기에만 머물지 않고 그것이 '소설'의 형태를 갖춘 하나의 작품이 될 수 있다면 더할 나위 없이 기쁠 것이다.

자, 이제 공은 당신에게 넘어갔다. 무서운 이야기에 관심이 있으며 한 번쯤 그런 이야기를 바탕으로 소설을 써보고자 했던 당신은 이 책을 집어 들었고 바야흐로 쓸 준비가 되어있다. 하지만 주의해야 할 것은 호러 소설을 '제대로' 쓴다는 것은 매우 어렵다는 사실이다. 우리가 호모사피엔스였을 때는 머리 셋 달린 뱀이나 강물의 악령만으로도 충분히 두려움을 느꼈지만 지금에 와서는 더욱 정교한 기술이 더해져야 공포를 만들어 낼 수 있다. 누군가를 진정으로 무섭게 만드는 것은 웃기거나 울리는 것보다 훨씬 어려운 일이기 때문이다.

서론이 길었다. 이쯤에서 줄이겠다. 모든 무서운 이야기는 서론이 짧아야 하는 법. 이제 다음 장을 넘기시라. 지금까지 한 번도 접해보지 못했을 호러 소설 작법의 세계로 안내하겠다.

호러 소설이란 무엇인가

흔히 눈이 작으면 겁도 없다고 하는데 내 경우를 보면 맞는 말인 듯하다. 이런 게 자랑이 될는지는 모르겠지만 나는 지금껏 한 번도 눈이 부셔 본 적이 없다. 이글거리는 여름 태양을 똑바로 바라봐도 눈이 부시기는커녕 눈물 한 방울 안 나온다. 눈이 작기 때문이다. 과연 이게 좋은 일인가, 남들보다 우월한 신체적 특징인가, 하고 묻는다면 딱히 대답할 말은 없다. 선글라스를 살 필요가 없다는 것 정도가 이점이라면 이점일까……

아무튼 눈이 작아서 그런 건지 나는 어릴 때부터 겁이 없었다. 어두운 밤에 심부름도 혼자 척척 다녀왔고 어른들끼리 하는 무서운 이야기도 귀를 쫑긋 세우고 들었다. 부모님도 그렇고 고모들도 무서운 이야기를 꽤 많이 알고 계셨다. 가끔 고모들이 놀러 올 때면 부모님은 불을 다 끄고 그런 이야기를 나누셨다. 오싹하고 소름 돋는 이야기 말이다. 나는 자는 척하면서 그 이야기를 다 들었다.

어른들의 이야기에 따르면 할아버지는 우물귀신을 만나 한바탕 싸움을 벌이셨고 아버지는 보이지 않는 누군가가 뒤를 따라오는 경험을 하셨으며 어머니는 대낮에 귀신을 목격하셨다. 고모들도 한 가지씩 무서운 경험을 했다. 장차 호러 소설가가 될 나에게는 그야말로 이보다 좋은 환경은 없었다. 물론 그때는 내 인생이 이렇게 흘러가리란 생각은 못 했지만.

겁보다 호기심이 많았던 나는 초등학교 때부터 이미 이야기, 그중에서도 무서운 이야기에 푹 빠졌었다. 부모님과 고모에게 들은 이야기만으로는 갈증이 충족되지 않았다. 그 당시 아이들을 공포에 떨게 했던 건 '홍콩 할매'와 '빨간 마스크'였는데 나는 그 둘을 만나보고 싶어 몸살이 날 지경이었다. 바야흐로 무서움보다 호기심이 더 강했던 시절이었다.

상상력을 자극하는 호러

아무리 만나고 싶어 한들 전국의 초등학교를 돌기에도 바빴을 홍콩 할매와 빨간 마스크를 만나 볼 수는 없었다. 그래서 나는 직접 이야기를 만들기로 마음먹었다.

때는 6학년 여름방학 전, 학교 운동장에서 캠핑을 하던 날이었다. 내가 다니던 시골 학교는 일 년에 한 번 6학년 학생들이 모두 모여 캠핑을 하는 게 전통이었다. 친구들끼리 팀을 짜 텐트에서 하룻밤을 지내는 게 다였지만 우리는 그날이 되기만을 손꼽아 기다렸다. 한밤의 학교, 텐트, 친구들…… 생각만 해도 환상적인 조합 아닌가! 그리고 그 조합에는 빠질 수 없는 한 가지가 있었으니 바로 '무서운 이야기'였다.

감히 장담하는데 그때의 나는 전국에서 무서운 이야기를 제일 잘하는 6학년이었다. 나는 어떻게 이야기를 시작해서 어떤 순간에 공포를 선사해야 하는지 본능적으로 알고 있었다. 이야기를 듣는 상대의 눈빛만 봐도 감이 왔다. 지금이라고, 지금 이 순간 결정적인 한마디를 던져야 한다고.

"바로 너!"

그렇게 소리치면 백발백중이었다. 비명을 지르거나, 펄쩍 뛰거나, 울거나 아무튼 셋 중 하나였다. 아마 누군가는 오줌을 지렸을지도 모른다.

캠핑을 하던 그날에도 친구들은 내 이야기를 들으려고 한 자리에 모였다. 깜깜한 여름밤이었고, 텐트 안이었으며, 우리는 손전등 하나만 켜놓은 채였다. 무서운 이야기를 나누기에 이보다 좋은 환경은 없었다. 게다가 바람까지 알맞게 불었다. 바람이 우우우, 무시무시한 소리를 내며 텐트를 두드리고 지나갈 때마다 친구들은 흠칫 놀랐다. 나는 분위기가 무르익기를 기다렸다가 천천히 입을 열었다.

"너희들 빨간 마스크 알지? 내가 빨간 마스크를 진짜로 봤는데 말이야……."

이 세상의 모든 프로 거짓말쟁이들은 두 가지 직업 중 하나를 택하게 된다. 사기꾼이거나 소설가. 굳이 하나를 더하자면 정치가.

이들의 공통점은 '내가 해봤는데' 혹은 '내가 직접 본 건데'로 시작하는 거짓말을 입술에 침 한 번 바르지 않고 한다는 것이다. 여기서 중요한 것은 입술에 침 한 번 바르지 않는 당당하고 대범한 태도다. 거짓말의 성공 여부는 내용의 디테일보다 태도의 뻔뻔함에 달려 있기 때문이다.

이야기 역시 마찬가지다. 듣는 사람들의 감정을 쥐고 흔들려면 완전히 꾸며낸 이야기라 할지라도 진실처럼, 능청스럽게 말해야 한다. 특히 무서운 이야기는 더욱 그렇다. 무언가를 두려워한다는 것은 '상상력'의 영역이기 때문이다. 마음속 깊이 넙치처럼 잎드린 상상력을 끌어올리기 위해서는 진짜와 똑같이 생긴, 아니 진짜보다 더 진짜 같은 가짜 미끼가 필요한 법이다. 이 가짜 미끼로 내면의 공포심을 낚아올리는 이야기가 바로 호러 소설이다.

귀신을 목격한 사람은 드물다. 귀신의 존재 여부도 불확실하다(물론 나는 믿는 쪽이지만). 영화를 보는 게 아니고서는 하키 마스크를 쓴 살인마나 칼날 손톱으로 무장한 화상 입은 아저씨와 마주칠 일도 없다. 홍콩 할매와 빨간 마스크도 마찬가지다. 그럼에도 우리가 그것들을 무서워하는 이유는 순전히 상상력 때문이다. 상상력은 힘이 세다. 비현실적인 존재에 살을 붙이고 생명력을 불어넣어 마치 실존하는 것처럼, 내 등 뒤에서 한기와 악취를 내뿜고 있는 것처럼 만들어 내니까.

따라서 상상력을 자극해 우리를 섬뜩하게 만드는 작품이라면 모두 호러 소설이라 부를 수 있다. 호러 소설은 그만큼 범위가 넓고 다른 장르에 대한 포용력도 크다. 호러 스릴러, 호러 미스터리, 호러 SF, 호러 로맨스 등 어떤 장르와도 이종교배가 가능하다. 물론 그렇기에 종종 오해를 사고는 한다. 호러 소설은 쓰기 쉽다고. 심지어 이렇게 말하는 사람도 있다.

"호러 소설? 그까짓 것 대충 귀신 몇 번 나오고 무섭게 만들어주면 되는 거 아냐?"

맞는 말이다. 하지만 그걸 제대로 해내는 사람을 나는 거의 보지 못했다.

현실의 선명한 공포

호러 소설이 자극적인 묘사로 무섭게만 쓴 작품이라 생각한다면 그건 큰 착각이다. 단순히 무섭게 만드는 것만이 목적이라면 호러 소설보다 효과적인 게 아주 많다. 월급이 스치고 지나간 후의 통장 잔액, 대출 이자, 다음 달에 나갈 카드값, 그리고 흉흉하기 짝이 없는 사회면 기사. 이것들 외에도 수많은 현실적 문제들이 우리를 진정으로 떨게 만든다. 아무렴, TV에서 기어나오는 귀신보다 금요일 저녁에 회식하자는 팀장이 더 무서운 법이지.

나는 대학 졸업과 동시에 취직을 해 부산에서 서울로 올라왔다. 비록 고시원 생활이기는 했지만 첫 독립이라는 사실에 무척 설렜다. 그리하여 일과표를 짜기도 하고, 고시원 방을 꾸미기도 하고, 시장에서 반찬을 사 오기도 하면서 독립의 낭만을 마음껏 누렸다. 딱 한 달 정도.

한 달이 지나자 현실이 보이기 시작했다. 매달 빠져나가는 돈하며 예상치 못한 지출까지, 혼자 몸이기는 하지만 그 몸을 건사하기 위해서는 무척 많은 금액을 써야 한다는 걸 그때 알았다. 어디 그뿐인가. 마음 놓고 아플 수도 없었다. 한번은 이런 일도 있었다.

뭘 잘못 먹었는지 배탈이 심하게 났다. 거짓말 조금 보태 화장실에서 나오지를 못할 정도였다. 변기에서 일어서면 금세 다시 배가 요동쳤다. 뱃속에서 폭동이라도 일어난 것 같았다. 일곱 번째인가 여덟 번째인가 아무튼 잠도 제대로 자지 못하고 화장실로 달려갔을 때 이건 만병통치약인 매실로도 극복할 수 없다는 걸 깨달았다. 나는 그 길로 택시를 타고 응급실에 갔다. 기운이 하나도 없어 민달팽이처럼 느릿느릿 움직일 수밖에 없었다. 모든 신경이 배, 더 정확히 말하자면 항문에 쏠려있었다. 그런 상태로 접수를 하고 링거를 맞고 검사를 했다. 보호자가 없으니 모두 혼자 처리할 수밖에 없었다. 그 순간에, 그러니까 응급실 침대에 누워 링거가 떨어지는 걸 멍하니 바라보다가 문득 병원비가 얼마나 나올까 걱정하던 바로 그때, 나는 선명하고 분명한 공포를 느꼈다. 호러 소설은 결코 현실의 공포를 이길 수 없다는 사실도 그때 깨달았다.

그런 깨달음을 얻은 소설가가 비단 나뿐만은 아닐 것이다. 스티븐 킹도, 미쓰다 신조도, 그리고 또 수많은 다른 소설가들도 호러 소설이 결코 현실의 공포를 넘어서지 못한다는 것을 알고 있으리라. 그럼에도 그들이 계속해서 호러 소설을 쓰는 이유는 현실의 공포를 다른 식으로 해석할 수 있기 때문이다.

호러는 시대의 반영

호러 소설은 언제나 시대상을 반영한다. 그 시대의 가장 현실적인 문제를 호러라는 장르를 통해 풀어내는 것이다. 귀신, 괴물, 좀비, 살인마 등은 그 자체로 하나의 거대한 은유가 된다. 무서운 이야기, 즉 괴담도 비슷하다.

내가 초등학교 6학년이었을 때 전국을 뒤집어놓은 사건 하나가 발생했다. 바로 '개구리 소년 실종 사건'이다. 그때는 인터넷도 없었지만 나를 포함한 또래 아이들은 뉴스나 신문을 통해 그 사건에 대해 아주 잘 알고 있었다. 우리는 모였다 하면 그 사건 이야기를 했다. 어디 그뿐인가, 밤늦게 돌아다니지 말고 낯선 사람을 조심하라는 이야기를 귀에 딱지가 앉을 정도로 자주 들었다. 그때쯤 전국적으로 퍼져나가 뉴스에도 나온 괴담이 있었으니 그게 바로 홍콩할매 귀신과 빨간 마스크였다. 낯선 존재가 아이들을 해치거나 잡아간다는 내용의 두 괴담은 흉흉했던 그 시대의 분위기를 고스란히 담고 있다.

이런 괴담에 살을 붙이고 서사를 더하면 그게 바로 호러 소설이 된다. 호러 소설은 사회라는 거대한 고깃덩어리를 반으로 잘라 피가 뚝뚝 떨어지는 단면을 그대로 보여주는 문학이다. 독자들은 그 단면과 마주하며 충격을 받기도 하고 공포에 떨기도 한다. 경고의 메시지를 읽어내는 독자도 있다. 각자의 상상력에 따라 다른 효과를 불러오는 것이다.

시대상을 담으며 독자의 상상력을 자극할 정도로 재미있는 호러 소설을 쓰기란 결코 쉬운 일이 아니다. 어떤 일이든 두 마리 토끼를 잡는 것은 힘든 법. 그중에서도 '재미'라는 이름의 토끼는 워낙에 날래고 재빨라서 자칫하면 가랑이 사이로 달아나기 일쑤다.

재미있는 호러 소설이란

당연한 말이지만, 호러 소설의 재미는 그 작품이 얼마나 무서운가에 달려있다. 문제는 누군가를 무섭게 만들기가 쉽지 않다는 데 있다. 웃음이나 감동, 혹은 슬픔이나 분노 등의 감정은 확실한 포인트가 존재한다. 다수의 사람이 공감하는 공통적인 부분이 있다는 뜻이다. 반면 공포감은 사람마다 느끼는 지점도, 그리고 강도도 다 다르다. 누군가는 사지를 꺾어대는 귀신을 무서워하고, 누군가는 미친개를 무서워한다. 광대를 무서워하는 이도 있으며 살인마를 무서워하는 사람도 있다.

모든 이의 취향에 맞는 보편적인 호러 소설이 존재하지 않는 이유가 바로 여기에 있다. 유독 호러가 세부 장르를 많이 가지고 있는 이유도 역시 이것 때문이다. 슬래셔를 좋아하는 독자는 오컬트에 심드렁하고, 하우스 호러에 열광하는 독자는 좀비를 혐오한다. 그렇다면 다수의 독자에게 공포감을 안길 수 있는 소재, 혹은 비기(祕技)는 정녕 존재하지 않는 것일까?

학교 운동장에서 캠핑을 했던 그날 밤에 내가 준비한 이야기는 (적어도 내가 생각하기에는) 기막힌 아이디어에서 시작됐다. '빨간 마스크와 홍콩 할매 귀신을 싸우게 하자!' 우리들 사이에선 둘 중 누가 더 무서운 귀신인가 하는 논쟁이 끊이질 않았다. 입 찢어진 아줌마와 반인반묘 할머니의 대결은 언제나 팽팽했다. 우열을 가리기가 힘들었다. 빨간 마스크파는 입을 찢는다는 잔인한 행동에 점수를 줬고, 홍콩 할매파는 비행기에서 떨어져 고양이와 한 몸이 된 그 괴기스러움에 한 표를 더했다. 나는 굳이 따지자면 빨간 마스크파였으나 기막힌 아이디어를 떠올렸으니 중립을 지킬 필요가 있었다. 그리하여 세상 어디에도 없던 빨간 마스크 대 홍콩 할매 귀신 이야기가 탄생했다.

대략의 줄거리는 이렇다. 나는 밤에 엄마 심부름을 하고 집으로 가는 길에 빨간 마스크와 마주치고 만다. 큰 키에 빨간색 마스크를 썼으니 틀림없다. 게다가 이렇게 묻지 않는가!

"나랑 얘기 좀 할까?"

나는 빨간 마스크 이야기를 몇 번이나 들었기에 다음 질문이 뭔지 뻔히 알고 있다. 피에 젖은 그 마스크를 벗으며 이렇게 묻겠지.

"어때? 내가 예뻐?"

이건 뭐, 예쁘다고 해도 큰일나고 안 예쁘다고 해도 큰일이 나는 아주 난감한 상황이다. 나는 대답할 말을 찾지 못해 우물쭈물하고 있는데 그때 어디선가 콩! 콩! 하는 소리가 들린다. 고개를 돌리니 세상에! 반은 고양이고 반은 인간인 할머니가 스카이콩콩이라도 타듯 점프를 하며 다가오는 게 아닌가!

"호, 홍콩 할매 귀신?"

나는 그렇게 소리치고 말았다. 한 번 마주치기도 힘들다는 빨간 마스크와 홍콩 할매 귀신을 동시에 만나다니. 그것도 이 시골 마을에서. 내 말이 끝나기가 무섭게 홍콩 할매 귀신이 훌쩍 날듯이 다가와 빨간 마스크 옆에 섰다. 두 귀신이 노려보자 천하의 나도 오금이 저리고 오줌을 지릴 것 같았고 무엇보다 심장이 튀어나올 것 같았다.

"당신 뭐야? 순서를 지켜!"

빨간 마스크가 홍콩 할매 귀신을 향해 외쳤다.

"위아래도 없니?"

홍콩 할매 귀신도 질세라 마주 소리를 질렀다.

두 귀신은 무시무시한 눈빛으로 서로를 노려봤다. 가로등 불빛을 받으니 둘의 얼굴은 훨씬 더 무서워 보였다. 나는 이러지도 못하고 저러지도 못한 채 둘을 번갈아 바라봤다.

다음 순간, 빨간 마스크와 홍콩 할매 귀신이 상대방을 향해 동시에 달려들었다. 홍콩 할매 귀신은 길고 긴 손톱을 휘둘렀고 빨간 마스크는 가위를 뽑아 들었다.

바로 이 부분에서 텐트 안의 친구들은 "오오!" 하는 탄성을 내질렀다. 나는 6학년이 구사할 수 있는 모든 단어와 어휘력을 총동원해 둘의 대결이 얼마나 치열하고 무서웠는지 표현했고, 그것으로도 모자라 각종 의성어를 섞으며 공포 분위기를 조성했다.

그래서 홍콩 할매 귀신과 빨간 마스크 중 누가 이겼냐고? 솔직히 말해 잘 기억나지 않는다. 이야기의 뒷부분은 거의 즉석에서 지어냈는데 그 둘이 싸우는 사이 나는 무사히 도망쳤다는 게 아마 결론이었을 거다.

내 생생한(?) 체험담을 들은 친구들은 얼굴이 하얗게 질렸고 (심지어 남학생들마저도) 삼삼오오 짝을 이뤄 화장실에 가는 진풍경을 연출했다. 훗날 호러 소설을 쓰는 작가가 되리라고는 꿈에도 생각하지 못했지만 나는 그때 이미 재미있는 호러 소설이 갖춰야 할 기본을 체득하고 있었다.

현실성이 기본이다

호러 소설의 기본은 바로 현실성이다. 두 눈을 의심하는 독자도 분명 있을 것이다. 귀신이니 괴물이니 외계인이니 하여간 이상한 것들이 잔뜩 나오는데 현실성이 기본이라고? 그렇다. 현실성이 기본이다. 다수의 독자를 설득하고 그들의 화장실행을 방해하기 위해서는 호러 소설 역시 현실이라는 굳건한 바닥 위에 서있어야 한다. 내 주위에서 일어날 것만 같은 일, 저 골목길 끝 가로등 불빛이 닿지 않는 곳에 가만히 도사리고 있을 것만 같은 존재, 선량해 보여 바퀴벌레 한 마리 못 죽일 것만 같은 이웃의 살인마……. 이런 현실성을 품지 못한다면 아무리 무서운 이야기라도 붕 뜰 수밖에 없다.

내가 지어낸 이야기가 친구들의 열렬한 지지를 받을 수 있었던 건 그 이야기의 무대가 우리 마을이었기 때문이다. 학교 근처의 구멍가게, 길을 건너면 나오는 폐가, 그리고 조금 더 걸어 들어가면 서있는 희끄무레한 가로등. 손에 잡힐 듯 생생한 현실 속에 빨간 마스크와 홍콩 할매 귀신이 등장하니 친구들은 훨씬 쉽게 감정이입을 했다.

유능한 사기꾼들은 7:3을 꼭 지킨다. 7:3은 누군가를 속이려면 일곱 개의 진실과 세 개의 거짓이 필요하다는 철칙이다. 지금부터 내가 당신을 속이겠노라 공언하듯 거짓말을 줄줄 늘어놓으면 아무도 안 믿는다. 하지만 탄탄하고 거대한 진실 뒤에 스리슬쩍 거짓을 끼워넣으면 대부분은 고개를 끄덕인다.

호러 소설도 마찬가지다. 독자를 진정으로 무섭게 만들려면 우리가 딛고 선 일상의 모습을 먼저 보여줘야 한다. 즉, 일곱 개의 사실을 나열하는 것이다. 이걸 잘하는 작가가 바로 스티븐 킹이다. 스티븐 킹은 본격적인 이야기를 풀어놓기에 앞서 이야기 속의 현실성과 일상성을 구축하는 데 거의 3분의 1 정도 분량을 할애한다. 그런 과정이 있기에 우스꽝스러운 복장의 살인마 광대가 등장해도 독자들이 움찔하는 것이다. 벌에게 쏘이기라도 한 것처럼.

배경은 상관없다. 저 멀리 은하계 너머이건, 오크가 지배하는 숲속이건, 비밀스러운 동굴이건, 호숫가 옆의 낡은 통나무집이건 그 자체로 현실성을 가진다면 독자들은 기꺼이 속아줄 준비가 되어 있다.

그다음은 우리 차례다. 우리, 바로 나와 당신, 기꺼이 호러 소설을 쓰겠다는 이 세상의 고집쟁이들. 마치 현실처럼 보이는 가상의 공간에 무엇이든 풀어놓으면 된다. 빙의할 몸을 골라 떠도는 악마도 좋고, 소복 입은 귀신도 좋고, 식인 식물도 좋고, 하수구의 악어도 좋고, 동물원을 탈출한 호랑이도 좋고, 바람처럼 떠도는 괴담 속 주인공도 좋고, 사이코패스 연쇄살인마도 좋고, 귀신 들린 인형도 좋고, 광선총을 든 외계인도 좋고, 사람으로 둔갑하는 괴물도 좋다. 작가가 구축한 현실의 기반이 탄탄하다면 그 어떤 것을 가져다 놓아도 공포심을 심어줄 수 있다.

그것이 바로 좋은 (무서운) 호러 소설을 쓰는 비결이다.

소재는 정말 중요하다

모든 이야기는 소재에서 출발한다. 이 말은 재료가 있어야 요리를 만들 수 있다는 것과 같은 의미다. 맹물에다가 소금만 친다고 국이 되지 않듯이 다짜고짜 귀신만 등장한다고 해서 호러 소설이 되는 것은 아니다. 물론 다짜고짜 귀신이 나오는 작품도 있다. 살인마가 툭 튀어나오는 것도. 대신에 그것들은 소설이 아니라 괴담이라 부른다.

하나의 굵고 힘찬 뿌리에서 잔가지가 뻗어나와 땅을 꽉 움켜쥐는 나무처럼 소설 역시 좋은 소재와 그걸 받쳐주는 다양한 플롯을 통해 이야기를 붙들어맨다. 이것은 호러 소설에도 마찬가지로 적용된다.

업계의 비밀 하나를 털어놓자면 작가들 역시 늘 좋은 소재에 목말라 있다. 참신한 소재, 그러면서도 대중을 사로잡을 수 있는 소재, 심지어 그 자체로 아주 재미있는 이야기가 되는 소재를 찾아서 여기저기를 기웃거리는 게 작가의 일이다. 작가라고 해서 무궁무진하게 소재가 쏟아져 나오는 요술 항아리 같은 걸 가지고 있지는 않다는 말이다. 특히 장르 소설가는 더욱 애타게 좋은 소재를 찾아다닌다. 이야기로 승부를 해야 하니 어쩔 수가 없다. 매력적인 소재 없이는 기막힌 이야기를 만들 수도 없고, 기막힌 이야기 없이는 독자의 마음을 사로잡을 수 없으니까.

좋은 소재 하나를 떠올렸다고 해서 방심할 수는 없다. 내가 떠올릴 정도면 다른 작가도 충분히 떠올릴 수 있으니. 결국 그걸 가지고 빨리 써야 하는데, 안타깝게도 '작가'라는 명사와 '빠르다'라는 형용사는 서로 어울리지 않는다. 그러면 결국 남는 건 아무도 생각하지 못한 소재를 찾아내는 것인데 이 또한 쉽지 않다. 특히 호러 장르가 그렇다. 앞서도 말했지만 호러는 다른 장르와의 궁합이 좋다. SF 호러, 미스터리 호러, 로맨틱 호러……. 어디에 호러를 가져다 붙여도 어색하지 않다. 그렇다는 말은 다른 장르도 호러에 어울릴 법한 소재를 탐내고 있다는 뜻이다. 즉, 경쟁 상대가 많다.

이 같은 현상은 창작자들이 호러를 만만하게 보는 경향과도 무관하지 않다. 타인을 무섭게 만드는 건 매우 쉽다고 생각하는 사람이 의외로 많다. "호러? 뭐 대충 귀신 좀 나오고, 피 좀 흐르고, 비명 좀 지르면 되는 거 아냐?"라고 생각하는 것이다. 그런 식으로 접근했다가 망한 호러 영화 필름을 쭉 이어붙이면 부산에서 서울까지 왕복도 가능할 것이다. 그렇게 접근했다가 끝내 완성하지 못하고 컴퓨터 폴더 안에 들어있는 원고를 쌓으면 못해도 동네 뒷산 정도는 되리라. 물론 그 뒷산에는 습작생 시절의 내 원고도 한 층을 보됐을 것이다.

계속해서 호러 소설을 써오며 느낀 것은 공포라는 감정을 쥐락 펴락 하는 게 쉽지 않다는 사실이다. 공포의 제왕이라는 스티븐 킹 조차 헛다리를 짚거나 덜컥 발이 걸려 넘어질 때가 있었으니 다른 소설가(멀리 갈 것도 없이 나)는 오죽하랴. 특히 호러 소설에 처음 도 전하는 당신이라면 막막할 수밖에 없을 터.

그리하여 새삼 중요하다고 강조하는 게 바로 소재를 찾는 일이 다. 우리는 용케 이 장의 핵심 주제로 다시 돌아왔다. 언제 또 옆길 로 샐지 모르니 바로 지금, 메모할 수 있는 무언가를 준비하기 바란 다. 다이어리, 핸드폰, 데스크톱, 노트북, 태블릿, 심지어 집 안에 돌아다니는 전단이라도 상관없다.

기록할 준비가 되었다면 지금부터 거기에 '내가 무서워하는 것' 열 가지를 나열해보라. 이 작업은 시간제한이 없다. 충분히 고민하 는 가운데 내가 진짜로 두려워하는 것이 무엇인지를 찾는 게 가장 중요하다. 두려움과 놀람은 다르다. 두려움과 혐오감 역시 다르다. 두려움은 그 대상을 떠올리는 것만으로도 머릿속이 하얗게 변하고 사지가 떨리며 외면하고 싶은 감정이다. 사람에 따라 정도의 차이 는 있겠지만 누구나 각기 다른 이름을 가진 두려움의 우물이 내면 에 존재한다. 겁이 없다고 큰소리치는 내게도 물론 그런 우물이 몇 개쯤은 있다. 그 우물 중 하나의 이름은 바로 '개'다.

진짜 공포와 마주하기

초등학교 3학년 무렵으로 기억한다. 이 기억은 전후 과정이 몽
땅 사라지고 두려움에 떨었던 그 순간만 남아 지금껏 나를 따라다
니고 있다. 3학년이었다는 것도 추측일 뿐, 어쩌면 4학년이었을지
도 모른다. 그런 건 상관없다. 중요한 것은 개가 나를 노려보며 으
르렁거렸다는 사실이니까.

어쩐 일인지 나는 혼자 유치원 놀이터에서 흙장난을 하고 있었
다. 왜 친구도 없이 그리 궁상맞게 놀았는지는 기억나지 않는다.
늦은 오후였고 막 여름으로 접어들기 시작했던 것 같다. 개는 아무
런 예고도 없이 불쑥 놀이터 안으로 들어왔다. 그 개의 모습이 생
생하다. 덩치가 아주 큰 누런색 개였고 검은 주둥이와 축 늘어진 턱
살을 가지고 있었다. 개는 못마땅하다는 듯 인상을 잔뜩 찌푸린 채
몸 전체를 부르르 털었다. 그러고는 나를 노려봤다. 으르렁거리는
소리와 함께.

개와 눈이 딱 마주친 그 순간, 이제 막 머리가 굵어지기 시작한
어린 내게 생존본능이 위험 신호를 보냈다. 빨리 도망쳐야 한다고,
저 개는 꼬리를 살랑살랑 흔들며 애교를 부리지 않을 거라고.

나는 슬그머니 일어났다. 도망칠 곳이 없었다. 놀이터는 좁았고
입구는 개가 버티고 선 유치원 정문뿐이었다. 게다가 개는 내가 움
직이길 기다렸다는 듯 성큼성큼 다가왔다. 필사적으로 주위를 둘
러봤다. 그때 미끄럼틀이 눈에 들어왔다. 내가 미끄럼틀 위로 달려

올라간 것과 개가 달려든 것은 거의 동시였다.

가까스로 미끄럼틀에 오른 나를 향해 개는 계속 짖어댔다. 나는 제발 개가 계단을 이용하지 못하기만을 바랄 뿐이었다. 개는 한동안 짖다가 전략을 바꿔 나를 노려본 채 엎드렸다. 검은 주둥이에서 끊임없이 떨어지던 침이 아직도 뚜렷하게 떠오른다.

나는 시계도 없었고, 당연히 핸드폰도 없었다. 얼마나 시간이 지났는지는 모르겠지만 어린 내게는 몇 시간이 흐른 것 같았다. 그동안 개는 미동도 않고 나를 주시했다. 내게는 딱히 방법이 없었다. 울음이 터질 것 같았다. 실제로 조금 울었는지도 모르겠다.

또 긴 시간이 흘렀고 내 인내심은 바닥을 드러냈다. 당장 도망치지 않으면 최초로 미끄럼틀 위에서 굶어죽는 아이가 될 것만 같았다. 그 순간 작고 모난 무언가가 발끝에 차였다. 작은 돌멩이였다. 그걸 보자 기막힌 작전이 떠올랐다.

나는 돌멩이를 들고 시소를 바라봤다. 미끄럼틀에서 시소까지의 거리, 내가 돌멩이를 던져 단번에 시소를 맞출 확률, 개가 거기에 반응해 시소 쪽으로 달려갈 것인지 아닌지 하는 경우의 수 따위는 싹 다 무시했다. 아니, 그런 게 머릿속에 떠오를 리가 없었다. 나는 그저 힘껏 돌멩이를 던졌고 운 좋게도 그것이 시소를 맞춰 깡, 하는 청아한 소리가 났으며 개가 거길 향해 달려갔다.

그때를 놓치지 않고 미끄럼틀을 달려내려간 나는 유치원 정문을 빠져나가 뛰기 시작했다. 그리고 개가 쫓아왔다. 개 앞에서 달리면

쫓기게 된다는 상식쯤은 알고 있었다. 아무렴, 나는 〈퀴즈탐험 신비의 세계〉와 〈동물의 왕국〉 팬이었으니까.

그럼에도 죽어라 뛴 이유는 개가 나를 해치리라는 섬뜩한 확신 때문이었다. 그렇지 않고서야 쉬지 않고 으르렁거리며 내 뒤를 쫓아올 리 없었다. 한 가지 다행이었던 점은 내가 도망쳤던 그 길이 내리막이었다는 사실이다. 덕분에 나는 미친 듯이 달릴 수 있었다. 거짓말 조금 보태서 (어차피 내 일이 그거니까) 한 발이 땅을 딛기도 전에 다른 발이 앞으로 나갔다. 즉, 허공답보(許空踏步)였다.

개는 바로 뒤까지 쫓아왔다. 개가 내뿜는 콧김이 엉덩이에 닿을 정도였다. 얼마나 달렸을까, 저만치 우리 집이 보였다. 평소에는 늘 닫혀있던 현관문이 그때는 열려있었다. 천만다행이었다. 나는 거의 몸을 날리듯 문 안으로 뛰어들었고 동시에 현관문을 힘껏 닫았다.

쾅!

그 순간 자기 속도를 주체하지 못한 개가 닫힌 철문에 부딪히며 그런 소리가 울려 퍼졌다. 나는 다리는 물론이고 온몸에 힘이 풀려 그 자리에 주저앉았다. 그때부터였다. 내가 개를 진정으로 무서워하게 된 것은.

개 공포증은 사라지기는커녕 시간이 지날수록 깊고 진득하게 내면을 잠식해갔다. 아무리 순하고 영리하며 귀여운 개라도 내게는 맹수처럼 보였다. 크기는 상관없었다. 손바닥만 한 강아지라도 일단 마주치면 동공이 지진을 일으키고 목덜미에 땀이 맺혔다. 지금은 아주 조금 나아지긴 했지만 개라는 존재는 여전히 내 두려움 항목의 상위권을 차지한다.

공포의 리스트

자, 심사숙고 끝에 열 개의 항목을 정리했다면 그걸 다시 읽어보기 바란다. 열 개 중에는 분명 구색을 맞추기 위해 끼워넣은 것들도 있을 것이다. 반대로 아주 참신해 이게 정말 내가 쓴 것인지 놀라게 되는 항목도 존재하리라. 나는 온라인과 오프라인을 통해 호러 소설 작법 강의를 하면서 수강생이 제출한 여러 항목을 읽어볼 기회를 가진다. 그중에는 내 상상력의 범주를 아득히 넘어선 각종 공포의 대상이 꽤 많이 들어있다.

수강생 A는 손톱깎이를 무서워했다. 어느 정도인가 하면 차마 자기 손으로 손톱을 깎을 수가 없어 늘 네일 숍에 맡겨야 했다. A는 손가락을 내밀고는 눈을 감는 것으로도 모자라 아예 고개를 푹 숙인 채 손톱이 잘려나가는 짧은 시간을 말 그대로 견뎠다. 딸깍, 하는 소리조차 무서워서 이어폰을 귀에 꽂는 것 역시 잊지 않을 정도였다. A는 이렇게 말했다.

"손톱이 자라지 않는 약이 있다면 얼마가 들더라도 꼭 살 거예요."

B는 고소공포증이 아주 심했다. 목욕탕 의자 정도 되는 높이에 올라서는 것도 두려워할 정도였다. 계단을 오르는 것도, 엘리베이터를 타는 것도 B에게는 힘든 일이었다. 물론 B의 이런 사정을 이해해주는 이는 아무도 없었다. B는 자신이 두려워하는 것 1위가 '높은 곳'이라고 대답했다. 여기에서의 '높은 곳'은 B의 기준에 의하면 평지보다 조금이라도 튀어나온 모든 곳이었다.

큰 소리, 고양이, 조류, (타인의) 시선, 거울, 욕조, 시간 등 다른 이에게는 아무런 영향도 미치지 않는 것들이 누군가의 두려움 항목에 자리하고 있다는 사실에 수강생들은 서로 놀라기도 했다.

공포심의 우물로 내려가기

열 가지 항목을 살펴봤다면 그중에서 다섯 개를 골라내자. 이게 다음 순서다. 앞서 이야기한 것처럼 공포보다 혐오나 놀람에 가까운 것들이나 상대적으로 덜 무서워하는 대상을 지워가는 식으로 다섯 개를 남길 수 있다. 반대도 가능하다. 상상만으로도 나를 떨게 만드는 항목을 추려내는 것이다.

이 작업을 하고 나면 여러 가지 의미로 근사하면서도 무시무시한 존재 혹은 공간이나 사물 다섯 개가 당신을 노려보고 있을 것이다. 이때 눈을 피해서는 안 된다. 용기를 내 그 다섯 가지 공포를 마주보아야 한다.

내 경우를 예로 들자면 개, 이별, 잃어버림, 통곡, 불면증이 굳건하게 그 자리를 지키고 있다. 특별한 경험을 하지 않는 한 이 항목이 바뀌는 일은 거의 없을 것이다. 아마 당신의 항목도 마찬가지일 텐데, 그렇다면 이제 이 항목을 곰곰이 들여다보며 자신에게 질문하자. 항목들 사이에 공통점이 존재하는가?

다시 내 경우로 돌아오겠다. '개'를 뺀다면 내가 추려낸 나머지 항목 사이에는 분명 공통점이 있다. 그건 바로 '상실'이다. '이별'이나 '잃어버림'은 말할 것도 없고, '통곡' 역시 무언가를 상실했을 때 나오는 행위라 생각한다면 앞의 두 개와 충분히 한통속이라 부를 만하다. 불면증? 그건 뭐 두말하면 입이 아프지. 잠의 상실이 바로 '불면증'이니까.

몇 년 전, 조촐한 북토크에서 독자로부터 이런 질문을 받았다.

"작가님 작품에는 늘 무언가를 잃어버린 사람이 주인공으로 나오던데 특별한 이유가 있을까요?"

그 독자는 내 단편까지 꼬박꼬박 챙겨 읽는 아주 고마운 분이었다. 어쩌면 나보다도 내 작품에 대해 더 잘 알고 있을지도 모르는 그 독자의 질문에 나는 할 말을 찾지 못했다. 왜냐하면 한 번도 그런 생각을 해보지 않았기 때문이었다. 나는 장편을 쓸 때나 단편을 쓸 때나 주인공 캐릭터를 제일 중요하게 생각했다. 작품 속에서 매번 다른 독특함과 개성을 뽐내길 바랐고 그걸 위해 연구나 공부도 많이 했다. 지하철 기관사가 주인공이라면 직접 기관사를 찾아가 인터뷰를 하기도 했다.

그런데 그 주인공들이 비슷하다고? 물론 독자가 한 질문은 '늘 무언가를 잃어버린 사람'이었지만 내게는 그것이 주인공 캐릭터 자체가 비슷하다는 뜻으로 들렸다.

북토크를 끝낸 후 집으로 돌아와서 나는 지금까지 쓴 작품을 모조리 뒤져봤다. 오래 전에 쓴 단편은 물론이고 출간되지 않은 작품들까지 전부 살펴본 결과 눈 밝은 그 독자의 의견에 수긍할 수밖에 없었다. 그랬다. 내 작품의 주인공은 성별과 직업 등을 막론하고 늘 무언가를 잃어버림으로써 사건에 뛰어들었다. 거기서 한발 더 나아가 주인공을 괴롭히는 공포의 주체 역시 '상실'이었다.

그날 이후 나는 꽤 오랜 시간 내게 질문했다. 너는 왜 상실을 두려워하는 거냐고. 질문에 질문을, 그리고 고민에 고민을 거듭한 끝에 내가 내린 결론은 유년 시절과 닿아있었다.

나는 가난한 집의 장남이었고, 내 밑으로 세 명의 남동생이 있었다. 우리 가족 여섯은 꽤 오랫동안 단칸방에서 지냈는데 형편이 조금 나아져서도 당연히 동생들과 한 방에서 생활해야 했다. 그건 문제가 아니었다. 내 물건을 동생에게 양보하는 것도, 내가 먹고 싶었던 걸 동생에게 먼저 주는 것도 문제가 아니었다. 착하고 똑똑하며 부모님 말씀을 잘 듣는 훌륭한 장남이 되기 위해서는 그런 것쯤 문제 삼지 않아야 했다.

실제로도 나는 그랬고, 그래서 늘 훌륭한 장남의 자리를 지켜왔지만 무의식 저 깊은 곳에는 '상실'이라는 이름의 우물이 생겨나고 있었다. 마치 사다코가 기어나올 것만 같은 그 우물은 내가 소유할 수 없었던 수많은 것들의 무덤이나 다름없었다. 우물은 깊어질 대로 깊어져 내가 알지도 못하는 사이 무의식의 한 부분을 차지하고 말았다. 그러고는 참으로 신기하게도 내 소설을 통해 자신의 존재감을 드러냈다.

그걸 깨닫게 된 순간 나는 내 소설을 조금 더 이해하게 되었다. 소설의 모든 요소를 소설가가 장악하지는 못한다. 물론 그렇게 작업하는 소설가도 있겠지만 내 경우에는 캐릭터의 움직임을 따라가는 식으로 쓰기 때문에 처음 계획과 전혀 다른 이야기가 나오기도 한다. 내 소설 속 주인공은 왜 이렇게 움직이려 했을까, 나로서도 궁금했던 지점에 '상실'이라는 단어가 놓이자 비로소 의문이 풀렸다.

또 하나, 내면에 도사린 공포와 마주해 그걸 인정하는 것이야말로 호러 소설을 쓰는 시작점이 될 수 있다는 깨달음도 얻었다. 누구든 호러 소설을 쓰고자 마음먹고서 제일 먼저 하는 고민이 아마 이것일 거다. '사람들이 무서워하는 게 뭘까?' 나는 이 질문의 해답을 찾으려 애쓰기보다 '내가 진정으로 무서워하는 것은 무엇일까?'

에 집중하는 편이 좋다고 생각한다. 내 안의 공포에 관해 쓴다면 우리는 생생하고 현실적인 이야기를 만들어낼 수 있다. 즉, 내면의 깊은 우물에서 소설의 소재를 길어 올리는 것이 바로 호러 소설을 쓰는 첫 번째 단계가 되는 것이다.

단 하나의 매력적인 소재

다섯 개의 항목을 관통하는 하나의 단어를 찾았다면 그것을 소재로 활용해보자. 만약 공통점을 찾지 못했다면 항목 중에서 당신이 가장 무서워하는 대상 하나를 고르는 것도 좋은 방법이 된다.

그런 과정을 거친 뒤 나온 소재는 '상실', '죽음', '광신'처럼 모호한 개념일 수도 있고, '귀신'이나 '쥐' 혹은 '사이코패스'와 같이 구체적인 존재일 수도 있다. 내면의 공포와 연결되어있다면 그것이 어떤 소재이건 상관이 없다. 소재는 이야기의 뼈대이고 어떤 살을 덧붙이는가에 따라 전혀 다른 모양의 이야기가 나오기 때문이다. 단하나 명심해야 할 것은 뼈대가 튼튼해야 한다는 사실이다. 그렇기에 절대 흔들리지 않는 내면의 공포를 겉으로 끌어내는 행위 자체가 중요하다.

여기까지 왔으면 당신은 하나의 그럴싸하고 매력적인 소재를 찾아낸 상태일 것이다. 머릿속에는 이걸 뼈대로 한 여러 이야기가 스치고 지나갈지도 모른다. 하지만 조금만 참으시길. 본격적으로 이야기를 쓰는 것은 나중의 일이다. 왜냐하면 이야기 하나를 만드는 데는 꽤 여러 가지 준비물이 필요하기 때문이다.

그중 하나가 바로 '주제'다. 다음 장에서는 주제의식이 없다고 비판받기 일쑤인 호러 소설이 어떤 식으로 주제를 드러낼 수 있는지에 대해 이야기를 나눠보자.

주제 이전에 소재다

교과서에는 글을 쓰기 전에 제일 먼저 생각해야 할 것이 '주제'라고 나와있다. 주제가 명확해야 그에 맞는 이야기를 만들어낼 수 있다는 뜻이다. 지극히 주관적인 내 의견을 말하자면, 이는 반은 맞고 반은 틀렸다. 소설, 특히 장르소설을 쓰는 데는 더욱 그렇다.

나는 앞선 장에서 소재를 찾는 게 우선이라고 말했다. 소재가 이야기의 뼈대가 된다는 말도 했다. 장르소설은 이야기에서 시작해 이야기로 끝이 난다. 이것이 의미하는 바는 한 가지다. 이야기의 출발점이 되는 소재를 떠올리지 못하면 아예 시작조차 못 한다는 사실. 장르소설의 핵심은 이야기이고 그것이 재미있느냐 없느냐에 따라 작품에 대한 평가 역시 갈린다. 재미없는 이야기를 끝까지 읽어주며 거기에서 유의미한 주제를 찾으려는 독자는 거의 없다. 좋은 소재로 초반부터 흥미진진한 이야기를 펼쳐내지 못하면 아무리 훌륭한 주제를 가지고 있다 한들 그걸 전달하기도 전에 독자의 외면을 받게 된다.

그러니 적어도 장르소설에 있어서만큼은 주제

보다 소재를 먼저 정하고 쓰는 게 효율적이다. 그래야 재미있는 이야기를 만들어낼 확률이 높다는 뜻이다. 나 역시 귀신이면 귀신, 살인마면 살인마, 괴물이면 괴물 이렇게 뚜렷하고 뾰족한 소재에서 시작해 점점 몸피를 불려가는 식으로 소설을 쓴다. 솔직히 말하자면 처음 이야기를 구상할 때는 주제 같은 건 저 멀리 던져둔다. 아니, 아예 생각도 하지 않는다. 내 우선 과제는 어떻게 하면 재미있는 이야기를 만들 것인가이기 때문이다.

모르긴 몰라도 나와 비슷한 생각을 가진 소설가도 꽤 많을 것이다. 소설(특히 장르소설)의 제일가는 미덕은 '재미'라고 여기는 이들, 자신을 '이야기꾼'이라 정의하는 이들은 아마 은근슬쩍 동의하지 않을까?

주제에 빠져 허우적대지 않기

그렇다면 장르소설에서 '주제'는 아무런 필요도 없는 천덕꾸러기인가요, 라고 물을 수도 있겠다. 물론, 그건 아니다. 나는 주제를 제일 먼저 떠올리고 그에 맞는 이야기를 구상하는 방법에 반대할 뿐 소설에서 주제가 중요하다는 점에는 이의를 가지지 않는다. 주제란 소설가가 이야기를 통해 전하고 싶은 의견이자 사상이다. 이걸 완전히 빼버린다면 그 소설은 속 빈 강정이 되고 만다. 다만 내가 경계하는 것은 두 가지다. 하나는 이야기가 주제에 함몰되는 경우, 나머지 하나는 이야기와 주제가 따로 노는 경우.

전자는 끔찍하게 재미없는 이야기가 될 확률이 높다. 이렇게 확신하는 이유는 내가 바로 그랬기 때문이다. 지금으로부터 거의 10년도 더 전, 그러니까 처음 호러 소설을 쓰던 무렵의 일이지만 나는 아직도 그때의 실수들을 똑똑히 기억하고 있다.

나는 야망을 품고 있었다. "Boys, be ambitious"라는 가르침을 받고 자라온 세대였으니 어쩌면 당연한 일이었다. 내가 소설을 쓰기 시작한 2007년 그즈음에는 장르문학이 꿈틀대고 있었다. 새로운 장르도 주목을 받기 시작했는데 그중 하나가 바로 '호러'였다. 이종호나 김종일 등의 소실가가 우리나라 정서를 가미한 뛰어난 호러 소설을 발표하면서 이뤄낸 성과였다. 바야흐로 '공포문학'이라는 용어가 등장했고, 새로운 소설가의 발굴 역시 활발하게 진행됐다. 나도 거기에 속해있었다. 선배들의 도움을 받아 조금씩 자라나기 시작했던 신진 소설가 중 한 명. 나는 운 좋게도 그때부터 작품을 발표하며 '작가'라는 타이틀을 얻을 수 있었다.

하지만 내 야망은 채워지지 않았다. 이쯤 되면 도대체 무슨 야망이냐고 궁금해할 텐데, 사실 별 건 아니었다. 지금에 와서 되돌아보면 치기 어린 야망, 아니 야망이라 부르기도 좀 민망한 욕심이었다. 나는 문단에서도 인정받는 호러 소설을 쓰고 싶었다. 순문학과 장르문학, 그리고 문단과 문단 밖의 작가들에 대해 뻔하고 지루한 이야기를 할 생각은 없다. 이 책은 어디까지나 작법서니까. 물론 툭하면 딴 길로 새긴 하지만…….

아무튼, 당시에 나는 호러 소설을 쓰면서도 어딘가 위축되어있었다. 소설에 대해 제대로 배워본 적이 없다는 점도 마음에 걸렸고, 순문학 쪽의 소설처럼 주제의식이 넘치는 작품을 쓰지 못한다는 점도 마음에 걸렸다. 그러니까 한마디로 말하자면 나는 콤플렉스 덩어리였다. 그랬기에 재미와 의미를 동시에 잡은 명작 호러 소설을 써서 단번에 인정을 받고자 했던 것이다.

그런 시도야 나쁘지 않았다. 결과가 따라주기만 했더라면. 재미있는 이야기는 얼마든지 쓸 수 있다는 근거 없는 자신감으로 무장한 나는, 묵직하고 깊이 있으며 시대를 관통하는 주제만 찾으면 금세 꿈에도 그리던 작품을 쓸 것만 같았다. 그때부터 나는 주제를 찾아 헤매기 시작했다. 정말로 멍청한 짓이었다. 실제로 그럴싸한 주제라 생각한 것들을 가지고 소설을 쓰기도 했다. 그 과정에서 주제를 돋보이게 만드는 이야기를 억지로 쥐어짜냈고 그러다 보니 당연하게도 재미는 공중으로 날아가 버렸다. 장르소설에서 가장 중요한 것은 첫째도, 둘째도, 셋째도 재미라는 선배들의 조언을 무시한 결과는 참혹했다. 오로지 주제 의식을 드러내기 위해서만 기능하는 이야기는 활기를 잃고 딱딱하게 굳기 일쑤였다. 마치 시체처럼.

주제를 찾아 헤매던 동안 나는 오랜 슬럼프를 겪었다. 나름대로 재기 발랄했던 상상력마저 메말라 기계적인 이야기를 써낼 수밖에 없었다. 그 시기를 겪으며 알게 된 것은 주제란 이야기 속에 자연스레 녹아들었을 때 빛이 나는 법이라는 사실이다. 소설가가 굳이 주제를 강조하지 않더라도 독자 스스로 이야기 속에서 주제를 찾아낸다는 사실 역시 그때 깨달았다.

호러와 어울리는 주제

그렇다면 호러 소설 속에는 어떤 주제를 심어놓아야 할까? 다른 질문도 해보자. 호러 소설에 어울리지 않는 주제가 있을까?

두 번째 질문에 대해 먼저 말하자면 그런 주제는 없다. 소재의 제약이 없는 것처럼 주제도 마찬가지다. 주제라는 것을 소설가가 독자에게 전하는 의견과 사상이라는 측면에서 본다면 더욱 그렇고, 또 그래야 한다. 호러 소설이라 해도 사랑의 소중함을 주제로 삼을 수 있고 평화와 안정, 심지어는 생명존중 등도 기꺼이 이야기에 녹여낼 수 있다. 단지 그 주제를 드러내는 방식에 공포를 더할 뿐인 것이다.

자, 그럼 첫 번째 질문으로 가보자. 나는 분명 호러 소설에 어울리지 않는 주제는 없다고 했다. 하지만 동시에 호러 소설과 궁합이 잘 맞는 주제가 따로 존재한다는 이야기도 꼭 하고 싶다. 공포라는 이야기적 장치를 사용했을 때 훨씬 효과적으로 전달 가능한 주제. 로맨스나 SF, 추리와 스릴러로는 미처 그 깊이를 다 드러낼 수 없는 주제를 찾아 호러 소설에 심어놓는다면 독자는 아주 깊은 인상을 받게 된다.

그런 주제 중 하나가 바로 '무너지기 쉬운 시스템에 관한 경고'다. 우리는 크고 작은 시스템에 둘러싸여 살아간다. 가족, 학교, 동네, 도시, 군대, 나아가 국가까지. 우리를 둘러싼 시스템은 일견 견고해 보인다. 가족은 사랑으로 굳건하며 군대와 국가는 언제든 우리를 지켜줄 수 있을 듯하다. 그렇기에 우리는 안심하며 살아간다. 내가 환한 조명 아래 앉아 편안한 마음으로 이 책을 쓰는 것도, 당신이 이 책을 읽으며 호러 소설 창작의 꿈을 키우는 것도 모두 시스템이 제대로 굴러가리라는 믿음이 있기에 가능한 일이다.

호러 소설은 기꺼이 그 믿음을 파괴한다. 우리가 속한 시스템이 얼마나 약하고 무너지기 쉬운지를 보여주는 것이야말로 진정한 공포를 자아낼 수 있기 때문이다. 그리하여 호러 소설에는 종종 가족을 살해하는 아버지가 등장하고, 학교를 피바다로 만드는 미치광이가 등장하며, 불특정다수를 공격하는 원혼이 등장한다. 개중에서도 가장 주목받는 한편, 전 세계를 멸망에 빠뜨리는 엄청난 존재가 있으니 그것이 바로 '좀비'다.

일상의 시스템이 쉽게 붕괴되는 모습을 보며 독자는 공포를 느낀다. 그 붕괴의 과정이 현실적일수록 더욱 그렇다. 호러 소설은 분명 판타지적인 세계에서 진행된다. 귀신이나 괴물, 좀비 역시 판타지 영역의 창조물들이다. 그럼에도 독자는 이들이 진짜인 것처럼 받아들인다. 그 이유는 바로 호러 장르 자체가 현실을 무너뜨리는 사건에서부터 시작하기 때문이다.

그렇기에 호러 소설은, 나아가 호러 장르는 동시대성을 획득해야 한다. 현실을 전혀 모르는데 현실적인 공포를 창조해낼 수는 없다. 지금 이 시대를 살아가는 사람이 어떤 두려움을 품고 있는지 안다면 당신의 호러 소설은 독자와 조금 더 밀착할 것이다.

동시대의 생생한 공포

사실 국내외를 막론하고 그 시대의 가장 어두우면서도 원초적인 감정을 포착해냈던 것은 늘 호러였다. 이것은 아주 먼 옛날까지 거슬러 올라간다. 단순히 무서운 이야기, 혹은 괴담이나 도시 전설의 형태로 내려오는 이 호러 장르 속 이야기는 그 시대의 현실을 그대로 반영한다.

멀리 갈 것도 없이 1980년대에 떠돌았던 인신매매 괴담이나 1990년대에 들어 급속도로 퍼지기 시작한 홍콩 할매와 빨간 마스크 괴담은 그 시대의 특별한 사건들을 통해 생명력을 얻었다. 나는 똑똑히 기억한다. '개구리 소년 실종 사건'이 일어났던 1991년과 그다음 해까지 나를 포함한 비슷한 또래의 초등학생들은 홍콩 할매와 빨간 마스크를 피할 수 있는 주문을 경구처럼 외우고 다녔다.

2000년대 초반에 유명했던 이른바 '유영철 연쇄살인사건' 역시 같은 맥락으로 볼 수 있다. 그즈음 나타난 비슷한 부류의 사이코패스 연쇄살인마들이 등장하는 무서운 이야기는 어김없이 비극적으로 끝났다.

이처럼 호러라는 장르는 고유의 특징을 지니면서도 시대의 변화와 밀착한 가운데 계속 생존해왔다. 이런 상황에서 호러 소설 창작자가 해야 할 일은 한 가지다. 바로 내가 살아가는 지금 이곳의 생생한 공포를 발굴해내는 것이다. 그런 뒤 그 공포가 우리의 시스템을 얼마나 쉽게 무너뜨릴 수 있는지를 보여주면 된다.

주제 찾기 마인드맵

무서운 이야기로 대변되는 호러 장르, 누군가는 '테러'라고까지 정의하는 이 폭력적이고 위험한 세계는 의외로 아주 모범적인 주제를 드러내는 경우가 많다. 대표적인 것이 바로 권선징악이다. 착한 사람은 복을 받고 나쁜 사람은 벌을 받는다는 이 이야기 구조는 호러 소설에 단골로 등장하는 주제이기도 하다. 그 밖에도 금기를 깨면 안 된다거나, 이기적으로 살면 안 된다거나 하는 상당히 교훈적인 주제를 가진 이야기도 많다. 시스템이 붕괴해도 서로 힘을 모으면 얼마든지 적을 물리치고 관계를 회복할 수 있다는 식의 결말도 호러 소설에서는 종종 보인다.

그렇다면 당신은 어떤 주제에 관해 이야기하고 싶은가? 주제를 확고하게 정한 상태가 아니라면 다음의 방법도 도움이 될 수 있다. 나는 이걸 '주제 찾기 마인드맵'이라고 부른다.

먼저, 당신이 어렵게 고른 소재를 가운데 두자. 소재의 중요성에 대해서는 더는 말하지 않아도 될 테니 넘어가겠다. 소재를 가운데 두고 그것과 관련된 단어를 생각나는 대로 써보자. 순서도 필요 없고 별다른 형식도 필요 없다. 그야말로 무작정 다 써보는 것이다.

예를 들어 '사이비 종교'를 소재로 삼았다고 해보자. 그러면 이런 단어들이 사이비 종교를 에워싸게 될 것이다.

교주, 신도, 신앙, 믿음, 자살, 테러, 미혹, 착취, 살인, 포교, 휴거, 감금, 탈출, 계시, 신, 경전, 의식, 납치……

이 단어들은 소재를 뒷받침해줄 '서브 소재'인 동시에 주제를 찾는 데 도움을 주는 아주 중요한 실마리 역할도 한다. 단어들을 자세히 들여다보면 이 소재가 뻗어나갈 방향을 읽을 수 있다. 그렇다면 그 여러 방향 중 가장 시의적절하며 지금의 현실과 맞닿아있는 것은 무엇인가? 나는 '신앙'과 '믿음'이 뻗어나간 방향에 주목했다. 이 두 단어는 '맹신'과 '그릇된 믿음'을 가리켰다. 그 방향에 도사리고 있는 주제는 '근거 없는 믿음이 불러오는 참상'이었다. 만약 '감금'이나 '납치' 혹은 '살인' 등의 단어에 주목했다면 '사이비 종교의

175

폐해'라는 주제에 도달했을 것이다.

　이처럼 소재를 중심에 두고 그에 맞는 이야기를 상상하다 보면 자연스레 주제를 도출하는 데에 이른다. 소재 자체가 말을 건다고나 할까? 물론 여기서도 한 가지 주의해야 할 점은 있다. 거듭 말했듯 주제 자체가 소재와 잘 어우러져야 한다는 것이다. 소재가 좀비라면 '시스템의 나약함'이란 주제 역시 잘 어울린다. '인간의 이기주의'나 '삶과 죽음의 정의'에 대한 묵직한 주제도 제법 어울릴 것이다. 그럼에도 좀비를 소재로 놓고 일상의 행복에 감사해야 한다거나 생명의 위대함을 설파하는 주제는 어딘지 어색하다. 이것이야말로 이야기와 주제가 따로 노는 형국이다.

　그렇기에 마인드맵을 통해 소재와 근접한 단어를 뽑고, 그 사이에서 주제를 끌어올리는 방법이 안전하다. 처음 호러 소설을 쓰는 사람이라면 더욱 추천하고 싶다.

　물론 어디까지나 예외는 존재한다. 당신은 이렇게 물을지도 모른다. "난 이미 명확한 주제를 가지고 있는데?"

　그렇다면 그 주제에 맞는 이야기를 쓰는 게 좋다. 단, 거듭 말하지만 주제에 잠식당하지 않을 흥미진진한 소재(이야기의 뼈대)를 찾아내는 걸 잊으면 안 된다. '소설을 쓰는 방법에 있어 정답은 존재하지 않는다. 나는 수많은 작법서를 읽었지만 유명 작가들의 조언

호러

은 조금씩 달랐다. 때로는 밑줄을 그을 만큼 공감되는 조언이 있었는가 하면, 어떤 때는 영 이해할 수가 없어 고개를 갸우뚱했던 부분도 있었다.

그러니 제일 중요한 것은 자신에게 맞는 작법을 찾는 것이다. 그러자면 역시 여러 방식을 시도해가며 꾸준히 쓰는 수밖에 없는데, 그 방식 중 하나로 소재를 먼저 정하고 주제를 도출해 내는 '주제 찾기 마인드맵'을 사용해보는 것도 나쁘지는 않을 것이다.

주제의식을 확장하는 방법

소설의 소재와 아이디어는 영감의 영향을 받을 때가 많다. 어느 날 갑자기 문제의 그 '영감님'이 계시처럼 소재를 내려줄 때가 있다. 소위 그분이 찾아오셨다고 말하는데 내게도 물론 그런 경험이 있다. 어떤 이야기를 쓸까 고민하며 건널목에서 신호가 바뀌기를 기다릴 때나, 지하철에서 음악을 들으며 눈을 감고 있을 때, 혹은 화장실에서 거사를 치르고 있을 때 영감은 불쑥불쑥 찾아온다. 나는 그 순간을 놓치지 않기 위해 핸드폰을 늘 손에 쥐고 있다. 재미있는 소재가 찬란한 빛에 휩싸여 강림하는 순간 재빨리 메모장을 열어 기록하기 위해서이다.

이처럼 소재가 때로 영감의 도움을 받는다면 주제는 철저히 소설가 개인의 역량, 그러니까 사고의 깊이나 평소의 사상, 혹은 지식

177

의 넓고 좁음에 의해 좌우된다. 글을 잘 쓰기 위해 '다독'과 '다상'을 권하는 것도 아마 이런 이유 때문이 아닐까 싶다. 우리는 다른 이의 작품을 통해 의식의 확장을 경험하고, 수많은 생각을 통해 깊이 있는 사상에 도달하게 된다. 나는 여기에 한 가지 방법을 더 추가하고 싶다. 그것은 바로 '기사 읽기'다.

거듭 말하지만 호러는 동시대의 가장 예민한 부분을 건드리는 장르이고 그렇기에 현실감이라는 발판이 있어야 그 위에서 비현실적인 존재가 뛰어다니도록 만들 수가 있다. 동시대의 아프고 예민한 부분을 포착하는 데 뉴스 기사를 읽는 것만큼 좋은 방법은 없다. 물론 수많은 기사 중 일부는 한심하기 짝이 없지만 대부분은 여전히 도움이 된다. 나는 특히 사회면 기사를 많이 읽는데 조금이라도 관심이 가거나 흥미로운 내용이면 바로 저장을 해둔다. 그러고는 시간이 날 때마다 다시 기사를 읽으며 지금의 이 사회를 이해하고, 그 밑바닥에 깔린 두려움을 짐작해보려고 애쓴다.

이런 작업을 계속하다 보면 나도 모르는 사이에 같은 흐름의 주제의식을 가지게 된다. 우리가 살아가는 이 순간에 어떤 이야기와 어떤 주제가 필요한지 감지해내는 것이다. 그런 동시대성이야말로 호러 소설이 생명력을 이어갈 수 있는 원동력이 된다.

여기까지 읽은 당신이라면 아마 주제에 대해 고민을 하게 될 것이다. 어쩌면 이미 이야기에 잘 어울리는 주제를 정했을지도 모를

터. 어떤 경우이건 상관없이 아직은 소설 쓰기를 참아주기 바란다. 나는 이제 막 떠들기 시작했고 당신은 내가 사기꾼인지 아닌지 충분히 검증하지 못했을 테니까. 사실 이건 농담이고, 차근차근 한 발씩 움직여서 소설을 완성하는 기쁨을 누리려면 약간의 인내가 더 필요하다.

자, 그러니 당신의 소재와 그걸 통해 전하고자 하는 주제를 잘 간직하고 있기 바란다. 다음 장에서는 뼈대(소재)에 살을 붙이고 영혼(주제)에 생명력을 더하는 법에 대해서 알아볼 예정이니 말이다.

서브 소재: 소설의 근육

무슨 영화인지는 기억나지 않는데 (《인디아나 존스》였나?) 어린 시절 해골 병사가 주인공을 쫓아오는 장면을 TV에서 본 후 제법 큰 충격을 받은 적이 있다. 비쩍 마른 해골은 생명력이라고는 개미 눈곱만큼도 없었기에 더욱 징그럽고 기괴했다. 반면 해골 병사의 최후는 허무할 정도로 시시했다. 주인공이 한 번 공격하자 팔다리가 분리되며 부서진 것이다. 그때부터 뼈대만 존재하는 앙상한 이야기는 무너지기 쉽다는 교훈을 얻었다고 한다면, 그래 그건 정말 거짓말이다. 하지만 그런 이야기, 그러니까 뼈대만 존재하는 이야기를 읽으면 자연스레 그 옛날의 해골 병사가 떠오르곤 한다.

나는 두 번째 장에서 소재에 관해 이야기했고 심지어 세 번째 장에서도 소재를 설명하는 데에 몇 줄의 분량을 할애했다. 그 이유는 소재가 그만큼 중요하기 때문이다. 따라서 이번 장에서도 소재라는 용어가 몇 번 튀어나올지도 모르는데, 이건 어디까지나 '서브 소재'라는 개념을 설명하기 위해서일 것이다.

앙상한 해골 병사가 주인공으로 등장하는 게 아닌 한, 소재와 서브 소재는 떼려야 뗄 수 없는 관계다. 전자가 뼈대라면 후자는 그걸 감싸는 살, 혹은 근육이기 때문이다.

나는 호러 장르의 창작자이자 소비자이기도 하다. 국내에 소개되는 호러 영화나 소설은 거의 다 챙겨보는 편이고 호러 창작물에 관해서 이야기하라면 3박 4일 잠도 안 자고 떠들 수도 있다. 물론 이 세상에는 내가 범접하지 못할 정도로 전문적이고 체계적인 지식과 정보를 기진 호러 팬이 존재한다. 그런 이들은 호러 장르를 진정으로 사랑한다. 재미가 없거나 조금 엉성해도 호러라는 사실만으로 열광하는 팬들을 보면 괜스레 내 마음도 뜨거워진다. 나 역시 호러에 있어서만큼은 관대한 편이다. 창작자가 아닌 팬의 심정으로 보고 읽는다. 그럼에도 너무나 얄팍한 이야기를 만날 때면 한숨을 참기가 힘들다. 여기서 말하는 얄팍함이란 뼈대만 존재하는 앙상함을 뜻한다.

최초의 아이디어에서 한 발자국도 나아가지 못한 작품을 보면 참 안타깝다. 사실 그것이 괴담이라 한다면 별 상관은 없다. 괴담은 소재만으로도 충분히 제 기능을 발휘할 수 있으니까. 괴담은 두려움의 정체가 드러나는 순간 끝난다. 별다른 설명을 하지 않아도 된다. 그러니 뼈대만으로도 공포감을 선사한다.

반면 그것이 소설이라는 딱지를 달게 되면 해골 병사는 꽤 큰 걸

림돌이 된다. 소설은 괴담과 달리 두려움의 정체(귀신이나 괴물, 살인마, 좀비 등)가 드러나는 순간부터 진짜 이야기가 펼쳐지기 때문이다. 그렇기에 뼈대에 살과 근육을 붙이는 일은 매우 중요하다. 그리고 중요한 만큼 매우 어렵기도 하다.

괴담에서 소설로

호러 소설가라면 다 비슷하겠지만 나 역시 각종 괴담을 변용해 이야기를 만드는 것으로 소설을 쓰기 시작했다. 괴담은 호흡이 짧고 반전의 묘가 있기에 독자들의 반응이 즉각적이고 호의적이었다. 비록 인터넷 카페에 지나지 않았지만 그런 독자의 반응을 보는 것은 무척 기쁜 일이었다. 당시 내가 썼던 짧은 이야기들은 대부분 해골 병사 수준이었다. 괴담으로 보자면 나쁘지 않았지만 아무래도 소설은 아니었다. 소재와 마지막 반전으로 밀고 가는 이야기가 많았고 분량도 짧았다.

그러다가 처음으로 소설다운 소설을 썼는데 그것이 바로 내 데뷔작인 〈선잠〉이다. 〈선잠〉은 단편소설 분량이었고 그때까지의 다른 이야기와 다르게 기승전결을 똑바로 (적어도 내가 보기에는) 갖춘 작품이었다. 〈선잠〉을 쓰는 동안 나는 실력의 한계를 명확하게 느꼈다. 소재는 분명했다. 식물인간이 된 주인공이 그 사실을 모른 채 무의식을 헤맨다는 게 뼈대였다. 나는 이 뼈대, 그러니까 소재만 떠올린 뒤 덜컥 소설을 쓰기 시작했다. 결말까지는 머릿속에 들어있으니 어떻게든 중간을 잘 메우기만 한다면 쉽게 쓸 수 있으리라 생각했다. 아니었다. 내가 얼마나 자만했는지, 그리고 어리석었는지를 깨닫는 데는 그리 오랜 시간이 걸리지 않았다. 기껏 A4 종이 두 장을 채우기도 전에 나는 나가떨어졌다. 앙상한 뼈대를 감싸서 결말까지 끌고 나갈 준비물이 내게는 아무것도 없었다. 이것저것 닥치는 대로 작법서를 읽었지만 뾰족한 수를 찾지 못했다. 나는 두통에 시달렸다. 잠도 제대로 못 잤다. 그야말로 '선잠'만 자는 수준이었다.

그러던 어느 날, 한 줄기 희망의 빛이 내게 비쳤다. 검색을 하던 중 신문기사 하나를 보게 된 것이다. 식물인간인 상태로 10년 넘게 누워있다가 극적으로 의식을 회복한 어떤 미국인에 관한 기사였다. 그 미국인은 내가 기억하기로 이런 말을 했다.

"제 의식은 분명 깨어있었습니다. 저는 계속해서 꿈을 꿨는데 어떤 무서운 존재를 피해 도망치는 꿈이었습니다. 그 존재가 바로 죽음이 아닐까 생각합니다."

그 기사를 본 순간 내 머릿속에 깨달음 하나가 번쩍하며 지나갔다. 나는 분명 〈선잠〉을 호러 소설이라 생각했으면서도 정작 독자에게 어떤 공포감을 안겨줄지는 고민하지 않았었다. 그 이유는 덜렁 소재 하나만으로 이야기를 끌고 가려 했던 내 얄팍한 꼼수와 실력에 있었다.

매일 죽음에 쫓겼던 식물인간 남자는 얼마나 무서웠을까? 자신이 몸을 움직일 수 없다는 사실을 인지한 채 10년을 지낸 남자의 심정은 어땠을까? 나는 이런 질문을 계속해가며 뼈대에 살을 붙였다. 몇 가지 설정을 추가해 주인공 캐릭터를 생생하게 만들었고 독자가 반전을 눈치채지 못하도록 이야기 곳곳에 함정을 파놓기도 했다. 공포와 긴장감을 선사할 사건도 집어넣었다. 당시에는 몰랐지만 이 모든 작업이 서브 소재와 관련이 있었다.

아무튼, 우여곡절 끝에 완성한 〈선잠〉은 단편집에 실리면서 내 데뷔작이 되었다. 〈선잠〉을 통해서 나는 고비를 넘긴 것은 물론 호러 소설을 어떻게 써야 할지 나름의 감을 잡았다.

서브 소재라는 외피

서브 소재란 소재를 뒷받침해주는 장치들을 말한다. 소재가 어엿한 이야기가 되려면 서브 소재라는 이름의 근육과 살이 꼭 필요하다. 이 작업은 소재를 찾는 일보다 어려운 경우가 많다. 생각해보라. 뼈대에 어울리면서도 균형미까지 살아있는 '외피'를 만드는 일은 얼핏 신의 영역으로 느껴지지 않는가!

독자는 비대한 이야기도 싫어하고 왜소한 이야기도 싫어한다. 당연한 일이다. 소설가라면 독자의 욕구를 충족시켜줄 의무가 있다. 그렇기에 소재를 찾고, 주제를 정하는 것 다음으로 중요한 것이 바로 서브 소재를 알맞게 덧붙이는 일이다.

그렇다면 서브 소재는 어떻게 찾을 것인가? 당신은 아까 소재를 두고 연상되는 여러 단어를 적었다. 그 작업은 주제를 도출해내는 것과 동시에 서브 소재를 찾는 과정이기도 하다. 즉, 소재와 관련이 있거나 영향을 줄 수 있는 단어들 대부분이 서브 소재로 활용 가능하다는 뜻이다. 당신이 쓴 단어를 다시 살펴보라. 그것들이 소재를 잘 설명하고 더 풍성하게 만들고 있는가? 그렇다고 확신한다면 이제 서브 소재를 소재의 어디에 붙일지를 정하면 된다. 물론 이 과정에도 순서가 있고 효율적인 방법이 따로 있다.

그 방법에 관해 설명하기 전, 나는 꼭 호러의 세부 장르에 관한 이야기를 해야겠다. 어쩌면 각 세부 장르의 특징만 잘 알아도 이야기의 절반 이상은 만들 수 있을지 모른다.

호러의 세부 장르별 클리셰

어떤 장르이건 그것을 깊이 파고들다 보면 자연스레 세부 장르라는 여러 갈래의 길과 마주하게 된다. 독자들, 특히 장르를 사랑하는 독자들은 분류하길 좋아하고 그런 분류를 통해서 세부 장르가 생겨난다. 호러는 다른 장르에 비해 세부 장르가 많으면서 아주 명확하게 정의되어 있다. 대표적인 것들을 소개하자면 이렇다.

· 하우스 호러: 저주받은 집이라는 한정된 공간에서 펼쳐지는 이야기
· 오컬트: 신비한 현상이나 과학적으로 설명 불가능한 사건을 파 헤치는 이야기

- 심령 호러: 영적인 존재가 사람을 해하는 이야기
- 크리처: 기괴한 괴물이 등장하는 이야기
- 코즈믹 호러: 인간의 이성으로는 감당할 수 없는 거대하고 신적인 공포에 관한 이야기
- 슬래셔: 연쇄살인마가 등장해 잔인한 수법으로 사람을 죽여나가는 이야기
- 좀비: 무자비한 공격성과 전염성으로 무장한 좀비와의 사투를 그리는 이야기

이외에도 마니악한 장르가 여럿 존재하지만 위의 일곱 개 세부 장르만 알아도 호러 소설을 쓰는 데는 아무런 지장이 없다. 호러 속 세부 장르는 나름의 뚜렷한 특징을 지닌다. 우리는 이런 장르적 특징을 '클리셰(cliché)'라 부르기도 한다. 클리셰는 종종 부정적인 의미로 쓰인다. 이를테면 '이 작품은 클리셰 범벅이다'라고 말할 때의 클리셰는 독창성이라고는 없는 낡은 설정을 뜻한다. 반면 이른바 마니아들의 시각으로 봤을 때의 클리셰는 그 장르에서 기대했던 장면이나 대사가 어김없이 등장해 '아는 맛'의 즐거움을 선사해주는 친숙한 장치가 된다.

호러 장르에서의 서브 소재는 바로 이 클리셰와 깊은 관련이 있다. 당신이 구상하게 될 이야기는 일곱 개의 세부 장르 중 적어도 하나에 속할 것이다. 그렇다는 말은 이야기를 풀어나갈 때 해당 장르의 클리셰를 적절하게 활용해야 한다는 뜻이 된다. 왜냐하면 장르소설에서의 클리셰란 독자가 마땅히 기대하는 장르적 쾌감을 선사하는 데 쓰이기 때문이다.

슬래셔를 예로 들어보자. 괴상한 마스크를 쓴, 덩치 큰 살인마가 등장하지 않는 슬래셔를 상상할 수 있을까? 혼자 문제를 해결해보겠다며 밖으로 나간 근육질 남자가 멀쩡히 살아 돌아오는 슬래셔를 받아들일 수 있을까? 마지막까지 살아남은 떠버리 캐릭터와 주인공 여성이 모두 죽어버리는 결말을 슬래셔 마니아들은 용서할 수 있을까?

이 모든 것들이 바로 클리셰다. 이것들을 비틀어 새로운 재미를 선사하는 작품도 있지만 대부분은 독자의 기대치를 충족시키는 데 중점을 둔다. 즉, 아주 영리한 방법으로 클리셰를 활용해 재미는 물론이고 세부 장르가 가진 특색 역시 버리지 않는 것이다. 호러 소설 독자들은 미지의 세계로 인도받는 걸 즐기지만 한편으로는 익숙함을 찾아 두리번거린다. 그때 필요한 것이 클리셰이고, 서브 소재는 이것을 만들어내는 재료 역할을 한다.

이번에는 하우스 호러를 예로 들어보겠다. 하우스 호러는 정형화된 특징, 그러니까 클리셰를 많이 가지고 있다. 다수의 가족 구성원, 어린 자녀들, 풍족하지 않은 형편, 반려견, 낡고 오래된 큰 집, 열리지 않는 문, 제일 먼저 이상을 눈치채는 막내, 폴터가이스트[8] 현상, 변해가는 부모들, 그리고 가족애로 돌파하는 위기.

---

8 ——— 독일어인 Polter(노크하다)와 Geist(영혼)의 합성어로 '노크하는 영혼 혹은 시끄러운 영혼'이라는 뜻을 가지고 있으며 이유 없이 이상한 소리가 들리거나 물체가 스스로 움직이는 현상을 말한다.

이것들은 클리셰인 동시에 '귀신 들린 집'이라는 소재를 풍성하게 만드는 서브 소재이기도 하다. 이런 서브 소재를 적재적소에 배치한다면 이야기는 자연스럽게 흘러간다. 뼈대에 살을 입히는 일 역시 순조롭게 진행된다. 물론 소설가라면 여기에서 만족해서는 안 된다. 클리셰가 되는 서브 소재만 사용하다 보면 낡고 촌스러운 이야기, 사지는 멀쩡한데 어딘가에서 본 것 같은 이야기만 만들어내게 된다. 그렇기에 소설가는 익숙한 서브 소재와 참신한 서브 소재를 어떻게 엮을까 하는 고민을 늘 해야 한다. 나도 마찬가지다. 가장 좋은 방법은 서브 소재의 목록을 기능한 힌 많이 늘리는 것이다.

'귀신 들린 집'이라는 소재를 가운데 두고 앞서 했던 것처럼 연관 단어를 써보자. 조금의 접점이라도 있으면 목록에 올리고 괜찮게 느껴지지 않는 아이디어라도 일단 떠오르면 무조건 써넣자. 제한은 없다. 준비물은 많으면 많을수록 좋다. 꼬리에 꼬리를 물듯 연관된 단어가 계속 떠오를지도 모른다. 그것도 다 적자.

서브 소재를 찾는 세 가지 방법

나는 소재가 떠오르면 서브 소재를 찾기 위해 세 가지 방법을 사용한다. 첫 번째는 '인터넷 검색'이다. 사이트를 바꿔가며, 그리고 검색어도 바꿔가며 아주 오랜 시간을 들여 검색한다. 인터넷의 방대한 자료 속에서 소재와 딱 맞는 서브 소재를 찾으려면 보통의 인내심으로는 안 된다. 클릭하고 또 클릭하고, 스크랩하고 또 스크랩한다. 이 과정을 거치고 나면 제법 많은 양의 서브 소재를 보유하게 된다.

그 후에는 '관련 서적'을 사거나 빌려서 읽는다. 거의 공부하는 심정으로. 이 과정을 통하면 새로운 서브 소재를 얻을 뿐만 아니라 검색으로 모은 서브 소재의 진위를 교차 검증할 수도 있다.

마지막은 '인터뷰'다. 소재를 가장 잘 알고 있을 법한 사람을 섭외해 질문을 하고 답변을 듣는다. 전화나 메일로 인터뷰를 할 때도 있고, 만나서 직접 물어보기도 한다. 인터뷰를 통해서는 관련 종사자가 아니면 절대 알 수 없는 생생하고 현장감 넘치는 서브 소재를 모으게 된다.

이 모든 과정을 거치고 나면 소재를 둘러싼 서브 소재가 꽤 많이 쌓인다. 거기에 세부 장르별 클리셰까지 더하면 노트로 몇 페이지나 되는 분량의 정보를 얻게 된다. 물론 모든 것을 다 집어넣을 수는 없다. 계속해서 강조하지만, 장르소설의 제일 큰 미덕은 재미이기에 때로는 소설가인 내가 이만큼 알고 있다는 사실을 숨겨야 할 필요도 있다. 정보와 지식을 많이 전달한다고 해서 꼭 좋은 이야기가 나오는 것도 아니다. 아무튼, 이런저런 이유로 해서 서브 소재를 고르다 보면 이야기를 어떤 식으로 짜 맞춰야 할지 정리가 된다. 클리셰는 어디에 배치하는 게 좋을지에 대한 감도 생긴다.

세부 장르별 공포 이해하기

이 장은 서브 소재 찾기에 대해 많은 부분을 할애했지만, 그것만큼 중요한 것이 바로 세부 장르에 대한 이해다. 당신이 호러를 쓰기로 마음먹었다면 일곱 개의 세부 장르가 각각 어떤 특징을 품고 있는지 알 필요가 있다. 어떤 캐릭터가 주로 등장하고, 어떤 사건이 자주 발생하며, 어떤 지점에서 공포를 선사하는가 하는 것들을 각 세부 장르별로 꿰고 있다면 호러 소설 쓰기가 한결 쉬워진다.

호러의 세부 장르를 이해하기 위해서는 해당 장르의 작품을 소설이나 영화나 드라마 할 것 없이 많이 보는 게 제일이다. 그런 과정을 거치면 호러 중에서도 내가 선호하는 분야가 따로 있다는 사실을 알게 될 것이다. 나는 거의 모든 세부 장르를 사랑하지만, 그중에서도 하우스 호러와 오컬트에 유독 큰 애정을 품고 있다. 평안해야 하는 집이 공포의 장이 되고, 이해하지 못하는 현상이 주인공을 괴롭히는 이 두 세부 장르의 이야기 구조는 그 자체로 아주 흥미진진하다. 다른 세부 장르 역시 고유의 맛, 그러니까 공포를 전달하는 지점이 다른데 정리하자면 이렇다.

· 하우스 호러: 평화로워야 하는 집과 사랑해야 하는 가족이 점점 변해가는 모습을 보여주며 공포를 선사한다.
· 오컬트: 인간의 상식으로는 이해하기 힘든 불가해한 현상이 주는 낯섦의 공포가 매력적이다.
· 심령 호러: 호러의 대표 주자인 귀신은 죽음의 영역에 발을 걸친 채로 산 사람의 영

역을 침범해 괴롭힌다는 설정만으로도 공포감을 자아낸다.

- **크리처**: 정체를 알 수 없는 잔인하고 난폭한 괴물이 주인공 일행을 위협할 때 긴장감이 최고조에 달하며 그것은 곧 공포로 바뀐다.
- **코즈믹 호러**: 압도적으로 큰 건축물이나 자연과 마주했을 때 느끼는 경외감과 공포감을 우주적 규모로 확장하면 두려움 역시 그만큼 커진다.
- **슬래셔**: 뻔한 전개와 설정이지만 익숙하기에 오히려 더 무서운 장르. 피가 튀고 장기가 흘러나오는 장면을 목격하며 느끼는 혐오감과 공포감은 다른 장르와 비교 불가하다.
- **좀비**: 다수의 포식자가 달려든다는 설정에서 한 번, 물리면 그들과 같은 존재가 된다는 설정에서 또 한 번 공포감을 선사한다.

이 중 당신이 독자에게 전하고자 하는 공포는 어떤 장르와 가장 가까운가? 아니면 당신은 어떤 세부 장르를 가장 선호하는가? 이 장의 마지막에 다다른 지금, 당신이 해야 할 일은 세부 장르와 친해지며 서브 소재를 모으는 것이다. 이 과정까지 마치고 나면 진짜 이야기를 쓸 준비물은 어느 정도 갖춘 셈이다. 소재가 있고, 주제까지 정했으며, 뼈대를 둘러쌀 충분한 양의 서브 소재도 모았으니까. 게다가 어떤 공포를 전달할지도 세부 장르를 통해 정했다.

이제 쓰는 일만 남았다. 당신의 머릿속에서 소용돌이치는 이야기를 풀어놓는 일. 미리 말하지만, 그리고 어느 정도 예상하겠지만 그 일은 정말 즐겁고 보람차며 아주…… 어렵다.

소설 속에서 길 잃지 않기

소설을 쓸 때 제일 중요한 점은 이야기 속에서 길을 잃지 않아야 한다는 것이다. 나는 지독한 길치다. 방향감각도 현저히 떨어진다. 처음 가는 장소는 기본적으로 두어 번은 길을 잃어야 도착한다. 지도 앱을 보면서 찾는데도 그렇다. 두 번째 가는 장소도 별반 다르지 않고, 적어도 다섯 번 이상은 가봐야 자신 있게 걸음을 옮긴다. 어릴 때도 그랬다. 바로 코앞에 있는 농구 코트를 찾지 못해 두 시간을 헤맨 적도 있었다. 운전할 때도 마찬가지라 내비게이션이 없었다면 나는 동네 슈퍼에도 가지 못했을 것이다. 내비게이션이 있다 한들 장거리를 운전할 때는 "경로를 이탈하였습니다"라는 말을 귀에 못이 박히도록 들은 후에야 간신히 목적지에 도착한다.

이런 사정이 있다 보니 나는 낯선 장소에 가야할 때면 그 전날부터 미리 지도를 확인해두는 버릇이 생겼다. 지하철 몇 번 출구로 나가야 하는지, 목적지 근처의 큰 건물은 무엇인지 정도를 메모해두는 습관도 그래서 생긴 것이다.

반면에 내 친구 J는 대략의 설명만 듣고도 귀신

같이 목적지를 찾는다. 친구의 말에 따르면 대충 여기겠구나, 하는 감이 온다. 복잡한 골목길도 J에게는 문제가 되지 않는다. 지도 앱을 쓱 보고는 거침없이 움직인다. 그 친구를 따라가면 길 잃을 염려는 하지 않아도 된다.

언젠가는 길치인 주인공이 지도도 핸드폰도 없는 상황에서 제한된 시간 안에 목적지에 도착해야 하는 호러 스릴러를 써보고 싶다. 아마 아주 끔찍한 소설이 되리라. 복잡하게 얽힌 길 앞에 서서 당황하는 주인공의 모습이 벌써 눈앞에 그려진다.

사실 내가 길을 잃어버리는 일은 비단 거리에만 한정되지는 않는다. 고백하자면, 나는 소설을 쓰면서도 종종 길을 잃는다. 이 길이 정확하다고 생각해 들어섰는데 막다른 골목이 나온다거나 전혀 엉뚱한 쪽으로 빠진다거나 하는 일이 비일비재하게 일어난다. 소설, 특히 장편소설을 쓸 때 길을 잃는 건 자연스러운 일이라고 말하는 작가도 있다. 맞는 말이다. 그리고 길을 잃고 다시 찾는 과정에서 새롭고 신선한 이야기가 탄생하기도 한다. 하지만 내 경우에는 꼼꼼하게 준비하지 않아 발생하는 일이니 딱히 변명할 말이 없다. 그럼에도 이야기 속에서 길을 잃지 않아야 한다고 뻔뻔하게 말하는 것은 부디 당신은 나와 같은 실수를 반복하지 않았으면 하는 바람 때문이다.

이야기 속에서 길을 잃지 않는 방법은 간단하다. 여행을 떠나기 전 그러는 것처럼 무척 정밀한 지도를 마련하면 된다. 그게 만약 핸드폰 앱이라면 최신 버전으로 업데이트하는 것도 잊지 말아야 할 것이다.

캐릭터를 만들고, 기승전결에 따라 사건을 배치하며, 곳곳에 복선까지 심어둔다면 소설을 쓰기 위한 지도로서는 충분하다. 누군가는 이 지도를 시놉시스라는 이름으로 부르고, 다른 누군가는 트리트먼트라고 생각할지도 모른다. 용어야 어찌 되었건 실제로 소설을 쓰는 당신이 알아볼 수만 있다면 그 지도는 의미를 지닌다.

소설의 최종 목적지 정하기

나는 이 지도에 몇 가지 요소를 더한다. 나만의 작법 스타일, 혹은 팁이라고 할 수 있는데 여기까지 읽어준 당신에게 고마운 마음을 전하기 위해서라도 아낌없이 공개하겠다.

소재를 찾고 주제를 정한 다음 이야기를 끌고 가줄 서브 소재까지 다 구상한 후, 그러니까 실제 집필에 들어가기 전, 내가 제일 먼저 하는 일은 '작품 제목'을 정하는 것이다. 내게 있어 이 일은 일종의 선언이다. 아무리 힘들어도 이 작품을 끝까지 책임지고 쓰겠다는 선언. 무언가에 이름을 붙여주었다면 그것을 마지막까지 책임져야 한다. 사람이건, 동물이건, 소설이건.

제목을 정했다고 해서 다 준비된 건 아니다. 그다음 내가 하는 일은 작품의 '마지막 장면'을 떠올리는 것이다. 이건 굳이 비유하자면 최종 목적지의 주소를 정확히 입력하는 과정이라 할 수 있겠다. 내 소설이 어떤 식으로 끝날지 미리 안다면 그곳까지 가는 동안 조금은 덜 헤매게 된다. 설령 헤맨다고 할지라도 목표 지점이 뚜렷하기에 뒷걸음질하거나 중간에 포기해버리는 일은 막을 수 있다. 《소용돌이》를 쓸 때도, 《고시원 기담》 등의 다른 작품을 쓸 때도 나는 늘 마지막 장면을 미리 정해놓고 작업에 들어갔다. 단편소설도 마찬가지 방식으로 쓴다. 내가 이 작업 방식을 고수하는 이유는 장르소설이 지닌 특성 때문이다.

장르소설을 좋아하는 독자 대부분은 뒤통수를 얼얼하게 만들어줄 강렬한 결말을 원한다. 기막힌 반전이면 더 좋고 그게 아니더라도 최소한 묵직한 한 방이 있어 책을 덮은 후에도 여운이 있길 기대한다.

그런 결말은 하늘에서 뚝 떨어지는 것이 아니다. 길을 가다가 우연히 주울 수 있는 것도 아니다(아! 그러면 얼마나 좋을까……). 개성 넘치는 캐릭터, 인과관계가 분명한 플롯, 층층이 쌓은 사건, 회수 가능한 복선이 깔려야만 비로소 독자가 만족하는 결말 즈음에 다다를 수 있다. 이런 과정을 원활하게 하는 데 필요한 것이 바로 미리 구상한 마지막 장면이다. 노파심에 말하자면 '마지막 장면'은 '결말'과는 그 의미가 다르다. 결말은 작품 속 이야기를 매듭짓는 하나의 커다란 사건을 말한다. 그에 비해 마지막 장면은 결말이라는 사건 뒤에 찍히는 문장부호와 같은 역할을 한다. 마침표로 끝나는가, 느낌표나 물음표로 끝나는가에 따라서 작품의 전체 분위기가 달라진다. 즉, 내가 강조하는 '마지막 장면'은 작품의 최종 분위기를 뜻한다. 이것을 정해놓으면 소설 전체의 결이 일정하게 유지된다. 장르소설은 독자의 감정을 뒤흔들어야 하지만 그렇다고 해서 소설의 전체 분위기가 널을 뛴다면 이야기의 일관성은 떨어지고 결국 재미마저 상실하게 된다.

인내와 끈기로 쓴다

자, 이렇게 제목도 정했고 마지막 장면 구상까지 끝냈다면 준비는 끝났다. 이제 소설을 쓰기만 하면 된다. 누군가는 우스갯소리로 첫 문장과 마지막 문장을 쓴 뒤 그 사이를 한 문장씩 채워가면 뚝딱 소설 한 편을 완성할 수 있다고 말하지만 우리는 모두 알고 있다. 그건 불가능하다는 사실을.

소설이라는 이 복잡한 세계에는 지름길이 없다. 미로에 갇히지만 않아도 천만다행일 정도다. 분량에 상관없이, 세상의 모든 소설은 성실하게 써 내려간 문장들이 쌓여 만들어진다. 그 과정은 지난하고, 때로는 괴롭다. 수많은 작가 지망생이 번뜩이는 아이디어를 바탕으로 신나게 설정을 짜지만 결국 소설을 완성하지 못하는 것도 바로 이런 이유가 있기 때문이다. 컴퓨터 속 제목만 덜렁 붙은 빈 폴더의 수가 많아질수록 소설 완성과는 점점 거리가 멀어진다. 소설 쓰기를 배워본 적 없는 나 역시 이런 시행착오를 겪었다. 나는 그럴싸한 계획만 세운다면 소설쯤이야 뚝딱 써낼 줄 알았다. 내 예상은 크게 빗나갔다. 소설을 쓸 때 가장 중요한 것은 끈기와 인내라는 사실을, 나는 빈 폴더를 서른 개쯤 더 만든 후에야 깨닫게 되었다.

장르소설은 쓰기 쉬워 보인다. 앞서도 말했지만 호러 소설은 그런 오해를 더 많이 산다. 무섭게 하는 일쯤이야 간단하다고 착각하기 때문이다. 나는 그런 사람에게 말해주고 싶다. '장르' 뒤에 붙은 '소설'이라는 단어가 더 중요하다고.

아무리 기발한 아이디어와 재미있는 이야깃거리를 가지고 있다 해도 그것을 '소설적'으로 풀어내지 못하면 의미가 없다. 호러 뒤에 '소설'이 붙는 이상 그것을 뒷받침해줄 기본기가 필요하다는 말이다. 단순히 무서운 이야기(일단 괴담이라 정의하자)에서 무섭지만 유의미한 메시지를 지닌 소설로 한 단계 더 올라가기 위해서는 결국 기본기를 갈고닦을 수밖에 없다.

몇 가지 팁이야 앞서 설명했으니 이제는 소설 쓰기의 기본에 관해 이야기할 차례인데, 솔직히 말하자면 나는 여기서 멈칫할 수밖에 없다. 나는 소설의 기본기를 배우지 못했다. 여러 차례의 실패를 통해 체득했을 뿐이다. 게다가 내가 익힌 기본기는 장르소설에 한정된 게 아닐까, 스스로 의심하는 때도 많다. 뭐, 그렇다고 딱히 위축되지는 않지만 그래도 밝히긴 해야 할 것 같다.

나는 제대로 배운 적이 없으므로 지금부터 내가 말하는 소설의 기본기는 엉터리일지도 모른다. 그럼에도 나는 신나게 소설을 써 왔고, 적어도 내가 체득한 정도의 기본기만 있어도 끝장나게 재미있는 이야기를 만드는 데는 충분할 것이다. 그렇다고 해서 내가 쓴 모든 작품이 끝장나게 재미있지는 않다. 솔직히 말해서 그렇다. 스티븐 킹도 그러지는 못하니까.

아무튼, 소설 쓰기에 필요한 것은 (다시 말하지만) 인내와 끈기다. 엉덩이로 쓴다는 말이 괜히 나온 게 아니다. 매일 정해놓은 시간에, 정해놓은 자리에서, 정해놓은 분량만큼 쓰는 것이 이상적이다. 비슷한 시간에 밥을 먹고 화장실에 가듯 내가 소설을 쓴다는 걸 몸이 기억하게 만들어야 한다. 이런 과정을 통해 글쓰기의 근력을 키울 수 있다(대신에 다른 부위의 근력을 잃을 수도 있으므로 조심해야 한다).

앞서도 말했지만, 소설은 일정 분량의 문장을 쌓아야 완성할 수 있다. 세상의 모든 건축물이 그렇듯 한 번에 벽돌 하나씩을 올리는 수밖에 없다. 그 과정을 견디지 못한다면 소설을 완성하기 힘들다. 아니, 거의 불가능하다.

내가 태어나서 처음으로 쓴 작품은 추리 소설이었다. 초등학교 3

학년 때로 기억하는데, 어린이용 공책 한 권을 반 이상 채울 정도로 제법 긴 분량이었다. 반면 내용은 단순했다. 파티에서 보석이 감쪽같이 없어졌는데 알고 보니 범인이 그걸 삼킨 것이고 탐정은 배가 아파 화장실에 들락거리는 인물을 향해 이렇게 외치며 끝난다.

"보석은 당신 배 속에 있어!"

애거사 크리스티의 영향을 많이 받은 이 작품은 모든 게 엉망이었다. 트릭은 너무나 단조로웠고 캐릭터는 납작했으며 무엇보다 결말이 뻔히 보였다. 하지만 내 사랑하는 부모님은 정말 잘 읽었다고, 최고라고 칭찬을 아끼지 않으셨다. 특히 어머니의 칭찬이 아직도 기억에 남아있다.

"내용도 재미있지만 끝까지 다 쓴 게 정말 대단하네."

그 시절에는 내용이 재미있다는 말씀에만 집중했는데 나이가 들수록, 그리고 소설가로서의 삶이 길어질수록 어머니의 진짜 칭찬은 뒷부분에 있었다는 걸 깨닫게 됐다. 작품 하나를 끝까지 다 써낸다는 것은 실로 힘들고 괴로운 일이다. 우리는 한 번에 한 문장씩 쓸 수밖에 없다. 지금 이 글도 마찬가지다. 나는 다시 본론으로 돌아가고 싶지만, 그러려면 우선 지금 쓰는 이 문장을 완성해야 한다.

이야기 전달을 위한 좋은 문장

자, 다시 본론으로 돌아왔다. 문장을 성실하게 잘 쌓는 것도 중요하지만 우선은 질 좋은 문장을 쓸 줄 알아야 한다. 모든 글쓰기의 가장 기본은 문장력이라는 데 이의를 제기하는 사람은 없으리라. 사람에 따라 좋은 문장의 기준도 다를 텐데, 내 경우에는 간결하고 명확한 문장을 선호한다. 호러 소설은 기본적으로 이야기를 전달하는 데 초점을 맞춰야 하고 그러려면 문장의 군더더기, 이를테면 부사 같은 것들을 최대한 빼는 게 좋다.

나는 습작생이던 시절 이런 문장을 많이 썼다.

엄청나게 무서운 괴물이 나타났다. 무시무시한 귀신의 몰골 앞에 다들 어마어마한 공포에 빠졌다. 건우는 쫓아오는 살인마를 피해 재빠르게 달렸다.

당신이라면 이 문장이 유치하고 어설프다는 사실을 단번에 깨달았으리라. 나는 그러지 못했다. '엄청나게 무서운 괴물'이라고 쓰는 대신에 그 괴물의 생김새를 자세히 묘사하는 게 좋다는 사실을 나는 먼 훗날에야 알았다. '무시무시한 귀신의 몰골'도 마찬가지다. '재빠르게 달렸다'는 또 어떤가. 살인마가 쫓아오는데 재빠르게 달리지 않을 사람은 없으므로 이 문장 역시 꽝이다. 독자에게 정말로 '어마어마한 공포'를 선사하고 싶다면 그런 사건과 상황을 만들어야 한다. 문장으로 대신할 수 있는 게 아니다.

문장력은 한순간에 늘지 않는다. 꾸준히 운동을 해야 근육이 붙듯 열심히 읽고 쓰는 수밖에 없다. 그렇다고 우락부락한 근육을 만들 필요까지는 없다. 이야기를 전달하기에 부족함 없는 적당한 정도의 근육량이면 충분하다. 어쨌거나 문장의 의무는 이야기 전달에 있으니까.

이야기는 사건으로 시작하라

그렇다면 이야기는 어떻게 만들어야 할까? 플롯의 개념을 끌어와서 설명하면 좋겠지만 분량의 제약이 있으므로 플롯은 먼 훗날 언젠가 다시 다루겠다. 이야기가 최초로 발화하는 지점은 작가의 머릿속이다. 처음에는 작은 불씨지만 작가가 신경을 써 이것저것 탈 것들을 밀어 넣고 부채질도 살살 해주면 불씨는 금세 커진다. 이제 작가는 거대해진 불꽃이 머릿속을 다 태우기 전에 어서 이야기를 세상 밖으로 내놓아야 한다. 급하다. 시간이 없다. 첫 문장만 쓰면 노릇노릇 잘 구워진 이야기가 한겨울 군고구마처럼 맛있는 냄새를 솔솔 풍기며 쏟아져 나올 기세다. 그리하여 첫 문장을 쓰기 시작하는데…….

그날은 고기압의 영향을 받아 하늘이 맑고 북서쪽에서는 선선한 바람이 불어왔으며 햇빛은 적당했고 미세 먼지와 초미세 먼지는…….

우리 이제 날씨 이야기는 그만하자. 날씨를 묘사하면서 시작하는 소설은 이미 충분히 많이 나왔다. 잊지 말기를. 우리, 그러니까 당신과 나는 온갖 괴물과 귀신과 살인마가 득실거리는 세상을 보여주기 위해 소설을 쓰기 시작했다. 그런 존재들이 벌이는 사건을 다루는 것만으로도 바쁜데 다른 곳에 신경 쓸 틈이 어디 있겠는가. 물론, 그날 날씨가 이야기에 중대한 영향을 미친다면 꼭 써야겠지만 그것마저도 나는 최대한 뒤로 미루라고 말하고 싶다. 그러면서 한 가지를 제안한다. 아니, 권유한다. 호러 소설의 처음은 '사건'에서 시작하라고. 솜씨 좋은 이야기꾼은 절대 이런 말을 하지 않는다.

"이건 내가 군대 있을 때 진짜 겪었던 일인데……."

대신에 이렇게 이야기를 시작한다.

"내가 무기고에서 귀신 본 이야기 해줬나?"

이 둘의 차이는 엄청나다. 후자의 경우 듣는 사람은 이야기에 바로 몰입할 수 있다. 특정한 사건이 있었음을 미리 알려주고 그 뒤에 이야기를 풀어나가기 때문이다.

호러 소설 역시 이 같은 요령으로 써야 한다. 초반 몇 페이지에서 독자를 사로잡지 못하면 이야기의 매력 자체가 떨어진다. 누군가가 죽어나가고 초자연적인 존재가 등장하는 등의 본격적인 사건 전에 독자가 이미 이야기 속에 흠뻑 빠져있어야 한다. 그러자면 흥미진진한 사건을 첫 부분에 배치하는 게 필수다. 보통 이런 사건은 앞으로 진행될 이야기의 실마리나 복선 역할을 하기 마련이다. 독자도 그 사실을 안다. 소설을 읽기 전 기대감을 품는 독자가 있는가 하면, 얼마나 재미있는지 한번 보자는 심정으로 책을 펼치는 독자도 많다. 초반부에 멋진 사건이 등장한다면 두 유형의 독자 모두를 사로잡을 수 있다. 그러니까 날씨 이야기는 그만하자. 독자는 솜씨 좋은 이야기꾼을 기대하지 날씨 예보관을 기대하지는 않으니까.

인과관계와 세계관

이야기를 풀어나갈 때 제일 중요한 것은 인과관계다. 이야기의 앞뒤가 맞아야 한다는 소리다. 원인을 먼저 다뤘다면 그에 맞는 결과를 보여줘야 한다. 반대로 결과가 앞서 나왔다면 독자가 이해할 수 있는 원인을 제시해야 한다. 인과관계가 맞아가는 과정에서 비밀이 풀리고 갈등이 해소된다.

내가 이런 말을 하면 호러 소설 자체가 비현실적인데 거기서 인과관계를 찾는 게 이상하지 않느냐는 질문이 되돌아올 때도 있다. 좋은 지적이다. 맨날 식인 괴물이니 원한 품은 귀신이니 죽지 않는 좀비니 하면서 소설은 인과관계가 중요하다고 말하는 것도 웃긴 일이다. 하지만 당신이라면 모르지 않을 것이다. 내가 말하는 인과관계란 소설 속 세계관에 해당한다는 사실을.

호러는 현실적인 세계를 배경으로 일어나는 비현실적인 사건을 다루는 장르다. 그러니 적어도 호러 소설 속 그 세계 안에서만은 나름의 현실성이 필요하고, 이런 현실성은 이야기의 인과관계로 만들어진다. 물론 호러 장르의 특성상 이유 없이 사건이 벌어질 때도 있다. 이유가 없기에 해결방법 또한 없다는 설정은 독자에게 섬뜩함을 선사하기에 충분하다. 그럼에도 중요한 것은 그 '이유 없음'의 '이유'도 충분히 설명해야 한다는 사실이다.

이야기의 인과관계를 맞추는 일은 〈테트리스〉 게임과 비슷하다. 짝이 맞는 블록을 찾아 정확한 위치에 놓으면 독자의 의문점이 한 칸씩 줄어든다. 그에 비례해 독자의 호감도가 올라가는 것은 당연한 일이다.

호러 소설은 자극적인 설정과 캐릭터, 그리고 사건으로 이야기를 만들어간다. 이런 상황에서 인과관계를 잃게 되면 이야기는 산으로 가버린다. 명작 호러 소설인 《링》과 《검은 집》만 봐도 작품의 세계관 안에서 말이 되는 이야기를 만들기 위해 작가가 얼마나 노력했는지 쉽게 알 수 있다. 스티븐 킹은 그럴싸한 이유를 제시하기 위해 지면을 아낌없이 투자한다.

미래의 호러 작가에게

이제 정리해보겠다. 소설을 쓰려면 기본에 충실해야 한다. 길을 잃지 않게 지도를 잘 만든 뒤 안정적인 문장으로 인과관계가 맞는 이야기를 쓰면 된다. 한 번에 한 문장씩 차근차근. 인내와 끈기가 필요하다는 사실도 잊지 마시라. 누군가는 장르소설, 그중에서도 가장 마이너한 호러 소설을 쓰려는 당신을 답답하게 여길지 몰라도 우리는 이미 알고 있다. 귀신과 괴물과 좀비와 살인마 이야기를 쓰기 위해 여태 소설가의 꿈을 포기하지 않았다는 것을. 이미 여기까지 읽은 당신이라면 또한 어렴풋이 예감하리라. 호러에서 발을 빼기에는 너무 늦었다는 사실을…….

　하고 싶은 이야기가 아주 많이 남았지만 이쯤에서 멈추고 나머지는 내 작품을 통해 보여주겠다. 다만 마지막으로 이 말은 꼭 하고 싶다. 어두운 곳을 엿보고 그걸 소설로 쓴다고 해서 부끄러워하거나 위축될 필요는 없다. 어두운 곳을 엿보는 자의 두 다리는 언제나 밝은 세상을 굳건히 디디고 있으니까. 하루 중 가장 어두운 순간이 지나면 금세 해가 떠오른다. 어둠 뒤의 그 반짝임을 포착하기를 바란다. 그걸 쓰기 바란다. 그리하여 내가 당신을 질투하기 바란다. 언젠가 같은 자리에서 서로를 작가라 부르며 반가워하기를 바라며…….

진짜 마지막 당부

참! 이 말을 빠트렸다. 나는 종종 호러 소설가가 되고 싶다는 사람을 만난다. 희망에 가득 찬 지망생의 얼굴을 볼 때마다 나는 할리우드 호러 영화를 떠올린다. 관객 입장에서는 위험이 도사리고 있다는 걸 뻔히 알겠는데 꿀이라도 발라놓았는지 이상한 집으로 꾸역꾸역 들어가는 영화 속 인물들을 보는 것 같다. 그러니까 바로 이렇게 말하고 싶은 거다.

"무슨 일이 벌어질지 뻔하니까 제발 발을 들여놓지 마!"

내가 이렇게 이야기하면 대부분은 질린 표정으로 호러의 세계에 등을 진다. 참으로 현명한 일이다. 돈도 안 되고 명예도 못 얻는 이 삭막한 유령의 집에 오래 머물 필요가 없는 것이다.

그럼에도 소수의 몇 명은 의지를 불태우며 기꺼이 들어가 보겠다고 우긴다. 바로 당신처럼. 그러면 나는 이렇게 덧붙인다.

"영화에서도 꼭 한 명은 살아나오잖아요. 그러니까 이왕이면 그 최후의 1인이 되세요."

조영주

특급변소, 떡볶이성애자, 성공한 덕후 등 다양한 별명으로 통하는 소설가. 중학교 시절 아버지의 만화 콘티를 컴퓨터로 옮기는 작업을 하며 자연스레 글 쓰는 법을 익혔다. 디지털작가상, 김승옥문학상 신인상, 예스24, 카카오페이지 등 순문학과 웹소설을 넘나들며 각종 공모전을 섭렵하다가 《붉은 소파》로 세계문학상을 수상하면서 본업이었던 바리스타를 졸업하고 소설가로 전업했다. 장편소설 《반전이 없다》,《혐오자살》, 에세이 《좋아하는 게 너무 많아도 좋아》,《어떤, 작가》,《나를 추리소설가로 만든 셜록 홈즈》 등을 썼고 다수의 앤솔러지를 참여·기획했다. 이 중 로맨스 단편 〈멸망하는 세계, 망설이는 여자〉는 영화화 예정이다.

4장

낭만적 사랑과 운명

로맨스

"
쓰고자 하는 것을 정하고 나면 오직 한 가지만 생각한다.
어떻게 하면 많은 사람들이 내 소설을 읽게 할 것인가,
읽고 나서 가슴에 화두를 남길 것인가.
오직 그것만이 내 삶의 중심이 된다.
"

로맨스가 내게 알려준 것들

여고 시절, 반에서 다 같이 할리 퀸 로맨스 소설을 돌려봤다. 엔간한 순정 만화는 다 읽었고, BL도 섭렵했다. 생각해보면 고등학교 2학년 겨울방학, 태어나서 처음 적은 소설은 GL이었다.

20대 초반에는 시나리오를 썼다. 숭실대학교 문예창작학과 재학 시절 특강을 온 김영하 작가에게 "재능이 있다"는 칭찬을 들은 이후였다. 특히 로맨스를 쓸 때마다 좋은 평가를 받았다. 각종 방송 단막극과 영화진흥위원회 공모전 최종심까지 올랐던 시나리오 《붕어와 곰보빵》은 로맨틱 코미디였고, 2004년 마지막으로 계약한 영화 시나리오 《홍대 앞집엔, 그女가 산다》는 무려 성애 로맨스였다.

하지만 시나리오를 쓸수록 내게 맞지 않는 장르라는 생각만 깊어졌다. 시나리오 작가는 PD를 비롯해 다양한 사람들과 소통해야 한다. 내가 작가가 되겠다고 결심한 계기는 혼자 있는 걸 좋아하기 때문이었다. 이 갭을 줄이지 못해 결국 2004년, 시나리오 작가를 그만뒀다. 그 후 고른 작가군은 소설가였다. 당시 내가 고른 장르는 지금의 주력 분야인 추리 소설이 아니라 로맨스였다.

결과부터 말하자면, 나는 로맨스에 재능이 없었다. 내가 그간 성공했던 로맨스라고 생각한 것들은 진짜 팔리는 로맨스 소설과는 전혀 결이 다른, '로맨스 플롯'을 응용한 이야기에 불과했다. 대신, 로맨스에 도전하는 과정에서 많은 것을 배웠다.

1998년 숭실대학교 문예창작학과에 입학했다. 당시 나는 스스로 재능이 없다고 생각했다. 다른 동기들은 나보다 훨씬 생각도 많고 그럴듯한 글을 써냈다. 내가 그들보다 나은 거라곤 누구보다 빨리 글을 완성하는 일뿐이었다.

지금 생각해보면 그게 재능일지도 모르겠다. '재능이 없다고 생각하는 게 재능'이라는 말장난 같은 소리랄까. 재능이 없다고 생각했으니 남들보다 내숭, 많이 쓸 수 있었다. 그래봤자 망할 거라고 생각하니까 무엇이든 도전할 수 있었다. 막 쓰는 만큼 습작 경험이 빠르게 늘어나니 글쓰기 자체에 익숙해져 쉽게 소설가의 길에 들어설 수 있었다.

요즘에는 저때 어떻게 그랬을까 싶을 정도로 겁쟁이다. 뭔가 문득 떠올라도 일단 의심부터 한다. '이것이 팔릴 수 있는 콘셉트인가'를 따지며 몇 개월을 계속 골몰하다가, 그래도 '팔린다'는 확신이 들면 자료 조사를 시작한다. 반드시 써야만 한다, 쓰고 싶어 미치겠다는 기분이 들어야만 시작한다. 그렇게 시작한 글이 별로라는 판단이 들면 과감하게 없던 일로 한다. 그러고는 첫 착상으로 돌아간다.

이제는 내가 쓰고 싶은 이야기가 무엇인지 안다. 그 이야기를 쓰기 위해 어떻게 노력하면 좋을지 한참 고민하고 쓰게 되면서, 단순한 아이디어였던 것들은 이야기로 재탄생하기 시작했다.

강렬한 첫 문장을 쓰는 법

소설은 읽는 순간 강력한 느낌을 받아야 한다. 장편소설은 긴 분량을 견인해가야 하는 만큼, 처음부터 충분히 눈길을 끌지 못하면 독자를 사로잡기 힘들다. 예를 들어 세계문학상을 수상했던 《붉은 소파》의 경우 첫 문장은 다음과 같다.

붉은 소파가 왜 그곳에 있는지 궁금해하는 사람은 아무도 없었다.

제목 그대로 이야기를 시작해보았다. 붉은 소파가 어딘가에 놓여있는 상황과 이러한 상황에서 등장하는 주인공의 모습을 통해 이야기가 어떻게 진행될지에 대한 궁금증을 불러일으키고자 했다. 이러한 첫 문장에는 자연스레 소설의 콘셉트와 로그라인이 드러나기 마련이다.

로그라인: 팔리는 한 줄의 이야기

옛날 할리우드 영화를 보면, 말 그대로 '이야기를 파는 사람'이 등장하곤 했다. 이들은 제작사와 만나 단 한 줄을 이야기하고 이에 대한 대가를 받는다. 제작사는 이렇게 산 '한 줄'을 시나리오 작가를 비롯한 전문가들에게 주고 영화로 만든다. 이 한 줄을 다른 말로 가리켜 로그라인이라고 한다.

어떤 이야기든 한 줄, 길어도 세 줄로 표현할 수 있어야 한다. 예를 들어, 지난 2019년 11월에 출간된 앤솔러지《모두가 사라질 때》에 수록한 단편〈멸망하는 세계, 망설이는 여자〉의 로그라인은 다음과 같다.

종말이 일주일이 남있는데도 밀당을 범추지 않는 남녀의 이야기.

이 단편은 영상화 저작권이 팔렸다. 다이스필름을 통해 영화화될 예정이다.

자료조사의 방법과 활용

로그라인을 잡고 나면 다음으로 하는 일은 자료조사다. 나는 자료에 집착하는 스타일이라서 가령 '사진'에 대한 소설을 쓴다고 생각하면, 그와 관련된 갖은 자료를 끌어모은다. 책에 드러난 부분은 빙산의 일각 정도가 아니라 에베레스트산 정상을 제외한 모든 것일 정도로, 산처럼 자료를 모은다. 그중에는 발로 뛰는 취재도 포함된다.

《붉은 소파》를 적을 당시 나는 논현동 카페에서 바리스타로 근무했었다. 작품의 주요 공간적 배경이 압구정동부터 논현동을 비롯한 강남 일대였다. 소설을 적는 내내 압구정역부터 언주역까지 몇 번이고 오가며 주변을 관찰했다. 그러다가 우연히 발견한 음식점의 갈비만두가 마음에 들어 이런 갈비만두를 먹는 장면을 소설 속에서 연출하기도 했다.

어떻게 화두를 남길 것인가

가끔 왜 이렇게까지 하나 싶다. '적당히 잔머리를 굴려 적는 것이 훨씬 편하지 않아?'라고 스스로에게 묻다가도 결국 장편소설을 쓰기 시작하면 징징거리면서도 끊임없이 공부를 하는 자신을 발견하고 만다. 아마도 그건 내가 화두에 집착하고 있기 때문이리라.

쓰고자 하는 것을 정하고 나면 오직 한 가지만 생각한다. 어떻게 하면 많은 사람들이 내 소설을 읽게 할 것인가, 읽고 나서 가슴에 화두를 남길 것인가. 오직 그것만이 내 삶의 중심이 된다. 이것이 완벽하다는 확신이 들 때까지는 결코 원고를 손에서 놓지 않는다. 그래서 나는 게으른 완벽주의자다.

독자의 마음을 사로잡는 캐릭터

로맨스 소설의 세부 장르는 역사, 판타지, SF, 호러 등으로 타 장르를 넘나든다. 이런 세부 장르는 다른 장르적 특성을 띤 가운데, 러브 라인을 중심으로 서사를 진행한다.

특히 연재물의 경우, 이야기가 진행됨에 따라 새로운 남성 캐릭터가 꾸준히 나타나는 것이 재미있는 포인트 중 하나다. 그에 반해 여주인공의 캐릭터는 평범하거나 평범한 것보다 조금 나은, 혹은 부족한 분위기를 연상시키는 경우가 많다. 대신 여주인공 주변인물들의 변주가 다양하다. 캐릭터를 통해 독자들의 공감대를 끌어내기 위해서다.

2021년 리부트가 결정된 미국 드라마 〈섹스 앤 더 시티〉로 캐릭터의 예시를 들어보기로 한다. 지난 세기 말, 미국 로맨스 드라마의 인기는 〈섹스 앤 더 시티〉와 시트콤 〈프렌즈〉로 양분되었다고 해도 과언이 아니다. 특히 〈섹스 앤 더 시티〉는 30대 미혼 뉴요커의 연애를 다루며 여러 유행을 불러일으켰고, 이후 다양한 책과 드라마에 영향을 발휘했다.

〈섹스 앤 더 시티〉가 인기를 끈 원인은 다양하

지만, 그 중에서도 단연 가장 큰 이유는 독특하면서도 공감이 가는 네 명의 주연 여성이다. 주인공 캐리를 비롯한 네 여성의 연 수입은 1억 원 안팎으로 짐작된다. 이건 그들이 드라마 안에서 사는 물건이 대부분 명품이고, 가는 곳 역시 초청을 받아야 갈 수 있는 곳으로 표현되기에 그러하다.

조건만으로는 공감하기 힘들 것 같은 캐릭터들이다. 하지만 이들의 성격에는 보편성이 있다. 네 캐릭터의 공통적인 특징은 '이런 조건에도 불구하고 한 남자를 사귀면 올인한다'는 것이다. 이들 역시 누군가를 사랑하게 되면 그 사람을 중심으로 세상이 돌고, 평소엔 결혼을 안 할 것처럼 굴다가도 갑자기 진지하게 결혼을 고민한다. 이런 모습이 평범한 여성의 공감을 얻은 것과 동시에 동경을 이끌어냈다.

주인공 **캐리**는 성과 사회에 대한 주제로 글을 쓰는 칼럼니스트다. 드라마 안에서는 버스에 자신의 전신사진으로 광고가 달릴 정도로 성공한 셀러브리티로 표현된다. 캐리는 성에 대한 칼럼을 쓰는 만큼, 다양한 사람들을 만나 그들의 연애에 대한 이야기를 듣는 캐릭터로 그려진다. 더불어 '남자가 끊이지 않는' 인생을 살고 있어, 마음만 먹으면 뉴욕 양키스의 야구 선수와 데이트도 할 수 있다.

사만다는 홍보업체 대표다. 결혼은 전혀 생각이 없고, 진지한 관계도 좋아하지 않는다. 그녀가 원하는 것은 어디까지나 '즐기는 삶'. 남자를 사랑하는 것보다 그와 하는 섹스를 더 중요하게 여긴다. 사만다의 대사는 대부분 강렬하고, 실제 생활에서 여자들이 쉽게 말할 수 없는 것들이 많기에 방영 내내 많은 팬을 낳았다.

샬럿은 갤러리의 전문 디렉터로 등장한다. 코네티컷 출신으로, 장래희망은 현모양처다. 다른 캐릭터들과 마찬가지로 경제적인 부족함이 없다. 남자를 만날 때 늘 조건을 따지고, 결혼을 생각한다. 가까스로 결혼을 한 후 불임 등의 고통을 겪는 모습을 보여줘 많은 공감대를 이끌어냈다.

미란다는 하버드 출신의 변호사로 등장한다. 대사 중에 "서른 넘어 결혼 안 한 남자는 모두 변태"라는 말이 있을 정도로 남자를 신용하지 않는 편이지만, 얼결에 아이가 생겨 결혼을 한 후에는 현모양처의 모습을 보인다.

〈섹스 앤 더 시티〉에는 이런 네 명의 여성 캐릭터만큼이나 매력적인 남성들이 등장한다. 특히 이 중 캐리의 연애 상대였던 빅과 에이든은 국내에서 드라마로 방영되기도 한 일본의 대히트 만화《꽃보다 남자》의 주요 캐릭터와 닮은꼴이다.

빅은 시즌1부터 캐리와 끊임없이 밀당을 주고받는 남자다. 마흔한 살의 돌싱에 상당한 재력가이며 집안 역시 훌륭하다. 그래서 드라마 안에서 '미스터 빅(거물)'으로 통칭된다. 빅은 결혼에 실패한 과거 때문에 캐리와 사귀면서도 깊어지는 관계에 두려움을 느낀다. 그러는 것과 동시에, 캐리와 헤어진 사이 다른 여자와 만나 결혼을 하는 등의 이중성을 보여 많은 여성들에게 사랑과 분노를 유발했다.

에이든은 캐리가 빅과 사귀지 않을 때 잠시 사귄 사이로 나온다. 가구 디자이너이며 감성적인 캐릭터로 매너도 좋고 다정하다. 에이든은 캐리와의 결혼까지 생각하지만, 이 관계에서는 반대로 캐리가 그를 부담스럽게 여겨 헤어진다.

이 두 캐릭터는 《꽃보다 남자》에 나오는 츠카사와 루이를 떠올리게 한다. 이런 상반된 스타일의 남성 캐릭터는 로맨스 소설에서 공통적으로 등장하는 주인공 캐릭터이기도 하다.

캐리의 주변에 있는 독특한 남성 캐릭터 중 하나는 게이 **스탠퍼드**다. 스탠퍼드는 모델 등의 매니저 사업을 하는 인물로 등장하며, 샬럿이나 빅과 마찬가지로 상당한 재력가 집안 출신으로 표현된다.

스탠퍼드 캐릭터의 변주는 다양한 로맨스 소설에서 발견할 수 있다. 개중에는 '동성애자인 줄 알았는데 이성애자'라는 식의 주인공으로 등장하는 경우도 빈번하다.

동성 간의 로맨스, 특히 BL의 경우 캐릭터가 '공'과 '수'로 나뉘어 이야기가 진행된다. 두 역할 모두 남성이기에 여성 독자는 완벽한 방관자의 역할로 작품을 즐긴다. 이 때문에 '공'과 '수'가 판타지에 가까운 성격으로 설정되더라도 독자들은 대부분 납득한다. BL에서는 남성 간의 사랑을 다루기에 여성은 거의 등장하지 않거나, 주변 인물로만 등장하는 것 역시 특징 중 하나이다.

국내에도 다수의 팬이 있는 일본의 유명 BL 만화가 요시나가 후미의 대표작 《서양골동 양과자점》의 경우, 꽃미남 네 명이 주인공이다.

주인공 **타치비니**는 호모포비아로 등장한다. 단것을 선혀 좋아하지 않지만 '어떤 사정'이 있어 서양골동 양과자점을 차리게 된다. 그곳에서 어린 시절 대놓고 욕설을 퍼부었던 동창 오노와 재회한다.

오노는 이 과자점의 파티시에다. 고등학생 시절 타치바나에게 욕설을 듣고 차인 후 '마성의 게이'가 되어, 자신이 조금만 관심을 가지면 이성애자 남자들마저 함락시키는 캐릭터로 등장한다. 하지만 어쩐지 오노의 마성은 주인공 타치바나에게만 통하지 않는다.

칸다는 전직 권투선수이자 주방 보조다. 어린 시절부터 자유분방한 성생활을 보내온 캐릭터로, 얼굴은 곱상하지만 주먹은 매섭다. 칸다는 권투선수 시절 늘 체중을 감량하느라 단것을 먹고 싶어도 먹지 못했었다. 망막박리 판정으로 은퇴 후 우연히 들른 이곳에서 오노의 제자가 된다.

치카게는 타치바나 집안에서 입주가정부를 하던 어머니와 더불어 어린 시절부터 타치바나를 모셨다. 겉보기엔 남자다운 외모에 듬직한 분위기를 풍기지만 실제로는 실수투성이다. 후에 오노와 잠시 사귄다.

BL의 경우 매력적인 남성이 등장하는 게 가장 우선되는 조건이다. 그렇기에 로맨스 소설의 남성 캐릭터를 공부할 때에는 유명 BL 로맨스로 캐릭터를 분석하는 것도 좋은 공부가 된다.

로맨스다운 플롯 짜기

　대학에 들어가 처음 소설을 썼을 당시 내 모토는 일필휘지였다. 웬만한 원고지 60장 내외의 단편소설 같은 경우 앉은자리에서 뚝딱 썼고, A4 용지 100장 분량의 장편 시나리오도 일주일 정도면 초고가 나왔다.

　로맨스 소설도 마찬가지였다. 2015년 출간했던 팩션 로맨스《몽유도원기》는 일주일 만에 완성했다.《금오신화》를 재해석한 이 소설은 공모전 본선에 올랐으나 가장 먼저 수상권에서 제외되었다. 나는 이 결과를 받아들일 수 없었기에 주변의 로맨스 소설가들에게 모니터링을 요청했다. 그랬더니 아주 깔끔한 반응이 돌아왔다.

　"이게 로맨스냐?"

　로맨스 작가들의 말에 따르면 이건 로맨스가 아니라 성장 소설이랬다. 나는 억울했다. 내 소설에 등장하는 인물 이비는 도화원에서 태어난 여자고, 후에 남자와 행복하게 잘 살았습니다, 라는 결말로 끝나는데 왜 로맨스가 아니란 말인가? 그러자 현직 로맨스 작가는 다시 한 번 말했다.

　"그런 묘사가 1도 없잖아."

그제야 나는 내가 뭔 짓을 했는지 알았다. 로맨스에서 가장 중요한 덕목(?)은 남주와 여주가 알콩달콩 치고받는 대화와 그런 둘이 보이는 농도 깊은 애정 행각에 있다. 배경이 타임슬립이건 현대물이건 상관없다. 일단 남녀주인공이 서로에게 애정을 갈구하는 방법을 구구절절 디테일하게 적어야 로맨스 장르로 분류된다. 그런데 나는 대부분의 경우 두 인물이 만나 뭔가 통할 것 같으면 장면을 전환했다. 그것도 아주 쿨하게.

소설을 쓰다가 가장 먼저 숨이 턱까지 차오를 때는 '전개를 어떻게 전개할 것인가' 하는 말장난 같은 문제에 봉착할 때다. 단편소설의 경우 감정 흐름을 따라가면 엔간한 분량을 채울 수 있지만, 중편과 장편으로 가면 사정이 달라진다. 몇 개의 에피소드를 적당히 배열하고, 이러한 에피소드 안에서 등장인물들의 감정선이 그럴듯하게 배치되어야 장편소설의 형식을 이룰 수 있다. 이런 배치의 요령을 다르게 일컫는 말이 플롯이다.

나는 로맨스 소설을 쓰면서도 당연히 플롯부터 생각했다. 문제는 그 플롯이 로맨스 소설의 형식을 띠지 않았다는 것이다. 나는 남녀주인공이 만나는 장면을 넣는 대신 여주인공이 '행복하게 살기 위해 노력하는' 장면에 집중했다. 여주인공의 내적 성장은 로맨스 소설의 중요한 요소다. 하지만 여주인공의 성장에 집중하느라 로맨스 자체가 배제된 건 큰 문제였다.

로맨스 소설의 플롯은 단순하다. 단편의 경우 다음과 같다.

> 남자와 여자가 만난다.
> 남자와 여자가 가까워진다.
> 남자와 여자가 사귄다(혹은 사귀지 않는다).

〈멸망하는 세계, 망설이는 여자〉는 완벽한 로맨스의 형식을 띠는 단편이었다. 정석적인 단편 플롯 위에 SF 설정인 종말의 이미지를 덧입혔다.

• **남자와 여자가 만난다.**

종말이 온다는 이야기가 돈다. 남자는 여자와 자신이 사귀고 그 이야기를 여자가 소설로 적으면 지구의 종말을 막을 수 있다며 접근한다.

• **남자와 여자가 가까워진다.**

여자는 남자와 거듭 만나며 조금씩 거리를 좁혀간다. 하지만 여자는 남자가 자신과 사귀려는 것은 어디까지나 종말을 막겠다는 의지 때문이라고 생각하고는 그와 사귀는 것을 망설인다.

• **남자와 여자는 유예한다.**

이런 망설임은 지구가 멸망하기 일주일 전까지 계속된다.

장편의 경우, 플롯은 변주된다.

> 남자와 여자가 만난다.
> 남자와 여자가 가까워진다.
> 남자와 여자 사이에 방해하는 인물 혹은 장애물이 있다.
> 남자와 여자가 사귄다(섹스를 한다).
> 남자와 여자 사이에 오해가 생긴다. 혹은 방해하는 인물이 등장한다.
> 남자와 여자가 행복한 결말(혹은 불행한 결말)을 맞는다.

연재물의 경우 이 플롯이 반복되며 인물 간의 관계가 발전한다. 이는 판타지, 역사 판타지, 팩션, 타임슬립 등 다양한 세부 장르에도 공통적으로 드러난다. 앞서 예시로 들었던 〈섹스 앤 더 시티〉 시즌1 중 캐리와 빅의 경우를 이에 대입해 보자.

• **남자와 여자가 만난다.**

각기 다른 사람과의 데이트만 반복하던 캐리와 빅이 우연히 한곳에서 만난다.

• **남자와 여자가 가까워진다.**

이상하게 캐리가 가는 곳마다 빅이 나타난다. 몇 번이고 우연한 만남을 반복하다가, 둘은 데이트를 약속한다.

• **남자와 여자 사이에 방해하는 인물 혹은 장애물이 있다.**

데이트는 쉽게 이뤄지지 않는다. 둘은 몇 번이고 방해를 받은

228

끝에 가까스로 데이트에 성공한다. 하지만 빅이 캐리를 데려
간 곳은 애인을 부끄럽게 여기는 사람들이 밀회하는 중식당
이었다. 캐리는 자신이 우습게 보였다는 사실에 빅에게 화를
내고, 빅은 그에게 사과한다. 둘은 정식으로 연인이 된다.

• **남자와 여자가 사귄다(섹스를 한다).**
캐리는 빅을 만나면 만날수록 그가 완벽한 이상형인 듯하다는
생각이 든다. 그의 스케줄에 자신의 일상을 맞추고, 친구들과
만나는 시간도 아낄 정도로 그에게 집중한다. 자신은 그를 사
랑하는 것이 분명하고, 그 역시 그렇다고 생각한다.

• **남자와 여자 사이에 오해가 생긴다. 혹은 방해하는 인물이 등
장한다.**
캐리는 진지한 연애를 하고 있다고 생각했으나, 빅은 달랐다.
빅은 캐리를 만나는 중에도 다른 여성들과 데이트를 연잇고
있었다. 캐리는 큰 충격을 받아 다른 매력적인 남성과 데이트
를 해보지만, 그러한 만남에 허무함만 느낀다. 캐리는 빅에게
이런 사실을 알리고, 빅은 캐리와 좀 더 깊은 관계를 갖기 위
해 노력한다. 하지만 빅은 이혼을 반복했던 지난날의 실패 탓
에 캐리와 관계가 깊어지는 것을 자꾸만 피한다.

- **남자와 여자가 불행한 결말을 맞는다.**

캐리는 교회에서 우연히 빅의 어머니를 만난다. 캐리는 빅이 자신을 어머니에게 소개했을 거라고 예상했지만, 그렇지 않았다. 빅은 어머니에게 단 한 번도 캐리의 이야기를 한 적이 없다. 게다가 그녀의 면전에서 그녀를 '친구'라고 못박는다. 캐리는 이 사실에 큰 상처를 받는다. 빅과 해외여행을 떠나러 가기로 한 날, 캐리는 그에게 나밖에 없다고 말해달라 한다. 빅은 이를 거절하고, 캐리는 그와 헤어진다.

장편 서사는 얼핏 단순해 보이는 남녀의 만남과 사귐, 헤어짐을 얼마나 감칠맛 나게 표현하는가에 달려있다. 즉, 디테일이 무엇보다 중요한 장르인 것이다. 이러한 디테일을 채우기 위한 기술은 크게 묘사와 서사, 대화가 있다.

상투적인 문장은 보는 사람으로 하여금 거부감을 불러일으킨다. 단편소설의 경우 분량이 짧은 만큼 문장의 문제는 더더욱 두드러진다. '너무 평범한 문장은 아닌가'라는 생각이 들면 바로 수정하여 '자신만이 쓸 수 있는 문장'에 도전하는 노력이 필요하다.

장편소설의 경우 분량이 길기 때문에 모든 문장에 일일이 공력을 쌓기는 힘들다. 문장보다는 '장면', 즉 큰 덩이리 중심으로, 이 부분의 서사는 충분히 재미있는가, 묘사가 필요 없는 부분은 아닌가 등을 따지는 것이 중요하다.

아래는 그런 디테일을 채우기 위해 노력해온 방법의 예시다.

필사로 익힌 문장과 묘사

인생에 걸쳐 필사를 한 시기는 크게 아버지가 손으로 쓴 만화 스토리를 컴퓨터 파일로 변환한 10여 년의 세월과 추리 소설을 쓴 후 5년여간 소설 전권 필사를 했을 때로 나뉜다.

어린 시절, 아버지는 만화 스토리 작가였다. 아버지의 만화 스토리는 대부분 대본소 납품용이었

묘사와 서사를 익히는 법

다. 아버지는 지금의 나만큼이나 (혹은 그 이상) 글을 쓰며 괴로워했고, 안 써지면 갖은 방법을 동원했었다. 나는 그런 아버지가 어떻게든 써낸 원고를 컴퓨터 파일로 재작성하면서 용돈을 벌었다.

원고가 단번에 통과되는 일은 많지 않았다. 아버지가 원고를 수정하면 나 역시 다시 필사해야 했다. 당시엔 이 작업이 무척 싫었지만 나이가 들며 시나브로 깨달았다. 아버지의 원고를 필사하면서 자연스레 글 쓰는 법, 특히 플롯과 대사 다루는 법을 익혔다는 사실을.

아버지가 쓰는 만화 스토리의 장르는 대부분 액션이나 스릴러였다. 이런 장르에서 가장 중요한 것은 '주인공이 어떻게 시련을 이겨내는가'이다. 또 대부분 연재물이 그러하듯 '뒤가 궁금하도록' 에피소드가 전개되어야 한다. 아버지는 프로 작가로서 이런 장면을 어떻게든 적어냈고, 치열하게 수정하여 결과물을 완성했다. 나는 아버지의 원고를 필사하면서 자연스레 이런 기술들을 익힐 수 있었다. 그러니 대학을 졸업한 해 크리스마스에, 드라마 특집극으로 입봉할 수 있었으리라.

첫 번째 시기는 의도치 않게 아버지의 원고를 필사하며 플롯을 익힌 경우였으나, 두 번째 시기는 서사의 단점을 고치기 위한 어쩔 수 없는 선택이었다.

나는 소설 전권 필사를 하기 전까지 상당한 속독가였다. 어린 시절부터 앉은 자리에서 소설책 한 권을 독파할 정도로 책 읽는 속도가 빨랐다. 대학에 들어가 본격적으로 문학 공부를 하면서 속도는 더욱 빨라졌다. 그러나 이런 내게 제동을 건 결정타가 있었으니 그건 바로 대학교 신입생 시절 우연히 접한 박상륭 작가의 《아겔다마》였다. 이 책은 아무리 읽으려 해도 읽을 수 없었다. 엔간한 전공도서도 이런 적이 없었다. 심지어 한자로 된 《논어》도 이렇게까지 못 읽지는 않았다.

왜 한글인데 읽어도 이해할 수 없단 말인가! 오기가 났다. 대학 졸업 전까지 이 소설을 재미있다고 느끼고야 말겠다는 목표를 세운 후 여러 분야의 책을 섭렵하면서 반년에 한 번씩 다시 도전했다. 그렇게 3년을 하자 《아겔다마》가 읽혔다. 내용을 완벽하게 이해한 데다가 감동도 느낄 수 있었다.

이후, 모든 책이 쉬워졌다. 심리학 도서든 의학 도서든 쑥쑥 읽혔다. 문제는 쑥쑥 읽히는 만큼 쑥쑥 빠져나간다는 사실이었다. 처음엔 이마저도 장점이라고 생각했었으나 소설을 쓰겠다고 결심한 후로는 단점이 확실하다는 판단이 들었다. 워낙 빨리 읽다 보니 내 소설도 그렇게 썼다. 문장을 하나하나 적기보다는 꼭 필요한 문장이나 대사만 적었다. 그러다 보니 같은 말을 반복해 들었다.

"이건 소설이 아니다."

"소설보다는 시나리오가 적성에 맞는 게 아닐까."

이 결점을 고치지 못한다면 소설을 쓰는 건 어렵지 않을까 싶었다. 그래서 시작한 게 소설 전권 필사였다. 묘사와 서사가 촘촘한 책만 골라 매일 같은 시간을 들여 필사했다. 카페에서 일할 때는 쉬는 시간마다 공책을 꺼내 필사를 했고, 카페에서 일을 그만둔 후로는 자기 전 일기 쓰듯 필사를 했다.

소설가로 데뷔한 후로도 전권 필사는 멈추지 않았다. 그렇게 필사를 한 책이 두 권, 세 권 늘어나자 책을 읽는 속도가 현저히 느려졌다. 다른 사람들이 말하는 이른바 문체나, 어떤 문장이 좋고 나쁜가 역시 느낄 수 있었다. 리듬감이나 문체 등에 신경 쓰느라 책을 읽다가 포기하는 일도 생겼다.

소설가로서는 발전이었으나 독자로서는 애석했다. 그전까지는 모든 소설이 재밌었는데 더는 그렇지 않았다. 독서를 천천히 하게 되는 만큼 내 문장도 조금 더 천천히 쓸 수 있게 되었다. 쓰는 문장마다 뭔가 어색하고 이상하다고 생각할 때면 필사에 매달렸다. '좀더 잘 쓰고 싶다' '수많은 명작에서 본 감각 있는 문장을 쓰고 싶다'는 생각에 애가 닳았을 무렵, 우연히 '녹음'을 시도한다.

'말하듯 쓴다'의 참뜻
바람이 부는 날엔 압구정에 간다는데, 나는 열을 받으면 어디론가 간다. 사실 그 어딘가는 대부분 정해져있지 않다.

2014년 8월도 그랬다. 나는 당시 쓰던 소설을 어떻게든 완성해서 8월에 있는 공모전에 출품하고 싶었다. 당시 작품을 내려고 한 공모전은 이름이 길기도 하지, 무려 '제2회 서울 암사동 유적 세계유산 등재 기원 문학작품 공모전'이었다. 이걸 도전하기로 마음먹은 이유는 간단했다. 딱 한 편, 그것도 80장 내외의 단편만 쓰면 됐기 때문이다. 그런데 뽑히면 대상이 700만 원, 우수상만 타도 100만 원이었다! 동네 문학상인데 상금이 이렇게 크다니! 설마 내가 이걸 못 탈까 싶은 마음으로 작년 수상작들을 훑어봤더니 가볍게 우수상은 탈 것 같았다.

얕은 생각으로 떠난 암사동. 가다 보니 조금씩 불안해졌다. 정신을 차리고 보니 가방은 왜 이리 무거우며, 별생각 없이 본 핸드폰의 일기 예보에서는 '태풍 나크리가 온다'라고 적혀 있질 않나, 아무래도 돌아가는 게 낫지 않을까 몇 번이고 갈팡질팡했다. 전전긍긍하며 암사동 유적지에 도착했을 때, 정말 나크리가 오기 시작했다. 빗방울이 추적거리는 가운데 노트북을 두드릴 만한 공간은 없었다. 하지만 어떻게든 써야 했다. 상금은 소중하니까.

이때, 내 눈에 들어온 게 휴대폰이었다. 에라 모르겠다는 생각으로 보이는 것과 떠오르는 단상들을 되는대로 녹음하기로 마음먹었다. 그렇게 중얼거린 문장은 다음과 같았다.

1934년 8월 1일, 구보 씨는 하루 종일 서울 시내를 돌아다녔다고 한다.

구보 씨는 구보란 이름에 걸맞게 말 그대로 걸어 다녔고, 나는 그게 정말 가능했을까 궁금해졌다. 그로부터 정확히 80년이 지난 2014년 8월 1일의 서울은 지독히 더웠기에.

이런 날씨에 대체 구보 씨는 어떻게 서울을 돌아다닌 건가!

뭔가 괜찮았다. 그래서 돌아다니면서 보이는 대로 계속 읊어봤다.

태풍 나크리가 온다.

전날의 폭염을 깡그리 씻으려는 듯 강한 바람과 비를 몰고 유적지로 다가온다. 나는 그 사이로 우비를 입고 걸어간다.

우비를 입고 걸어가진 않았지만…… 태풍이 오는 유적지를 걸어 다니는 건 딱 이 기분이었다.

시나리오를 쓰며 대사는 질리도록 적었다. 웬만한 장면 연출은 문제가 없었다. 그런 반면 서사, 혹은 묘사는 턱없이 부족했다. 데뷔작인 장편소설 《홈즈가 보낸 편지》를 쓸 때엔 한 줄 한 줄 늘려가는 게 지옥이었다. 대체 남들은 어떻게 앞 문장을 적고 나서 저렇게 그럴듯하게 뒤 문장을 이어가는 건지 도저히 알 수가 없었다.

한번은 앞 문장 뒤에 나오는 문장을 쓰는 게 도저히 안 돼서 어떻게든 해보려고 내가 좋아하는 미야베 미유키며 정유정 작가의 소설을 옆에 두고 그 소설의 한 문단에서 문장의 순서가 어떻게 이어지나 분석한 적도 있었다. 분명 이러면 잘 쓸 수 있을 줄 알았는데, 바로 후회했다.

우리는 밥을 먹을 때 그냥 먹는다. 숟가락으로 밥알을 푸면서 밥알의 개수가 몇 개인지 생각하지 않는다. 입안에 넣고 나서도 밥알이 어떻게 혀 안에서 굴러다니다가 이금니가 있는 쪽으로 가서 몇 번을 씹고 목구멍으로 삼켜지는지 따지지 않는다. 이렇게 따지며 밥을 먹으면 다이어트는 확실히 될 것 같지만, 정신 건강에는 매우 나쁠 것이다.

타인의 문장과 문장 사이의 관계를 분석한 것은 딱 이 짓거리였다. 이 공부를 열심히 한 후, 나는 문장을 쓰기 전 지나치게 고민이 많아졌다.

예를 들어 이런 식이다. '그 여자는 붉은 소파 앞에 서있었다.'라는 문장을 적고 나면 그 뒤에는 붉은 소파에 대한 적절한 묘사가 들어가야 할지, 아니면 붉은 소파의 체취나 앉은 순간의 기분 같은 걸 넣어야 할지 고민하느라 정작 중요한 '그 의자는 여자가 살해당한 곳이었다.' 같은 다음 문장을 쓰는 데 너무 많은 시간이 걸리거나, 아예 쓸 수 없게 된 것이다.

이 날 녹음을 하고 나니 '대체 이 다음에 뭘 써야 해!'라는 생각을 버릴 수 있었다. 중요한 것은 그저 보이는 것을 보이는 대로, 말하고 싶은 대로 쓰는 것이었다. '말하듯 쓴다'는 건 수식어가 아니었다. 정말 말하듯 쓰면 어떻게든 되는 거였다.

하지만 이러한 문장이 서사를 이루기까지는 더 많은 시간이 필요했다. 묘사는 보이는 걸 그대로 말하면 된다 치자. 하지만 서사는 대체 어떻게 쓰는 걸까?

서사와 에세이

2016년 세계문학상 수상 후 예스24에서 발간하는 월간지 〈채널 예스〉에 '조영주의 성공한 덕후'라는 제목의 칼럼을 연재하자는 제안을 받았다. 그간 블로그나 SNS에 되는대로 잡글을 올리긴 했지만 돈이 되는 잡글을 쓰는 건 처음이었다. 긴가민가한 기분으로 첫 화를 완성해 보냈다가 서사의 문제점을 발견했다.

그 전까지 적어온 잡글은 형식이 없었다. 적당히 띄어쓰기하고 짧게 나눠 적어도 누가 뭐라 하는 일이 없었다. 칼럼은 달랐다. 대부분의 경우 정해진 형식과 분량이 있었다. 나는 정확한 형식과 분량으로 각 회차마다 알맞게 이야기를 전개해야 했다.

언제나 그렇듯 다른 사람들이 쓰는 칼럼부터 분석했다. 다른 사람들은 칼럼을 쓸 때 각 문단에 몇 줄 정도의 문장을 배치하는지, 문장의 길이는 얼마쯤 되는지를 확인한 후 짧은 문장 및 분량이 부족한 문단은 적지 않기 위해 끊임없이 수정을 반복했다.

　멀티가 안 되는 스타일이기에 칼럼을 연재하는 내내 오직 이것에 푹 빠져살았다. 어떤 책을 읽고 누구를 만날 것인가, 그리고 정해진 분량의 칼럼을 어떻게 채울 것인가만 고민했다. 그렇게 7개월간 격주로 칼럼을 연재하고 나자 '해냈다!'는 생각이 들었다.

　칼럼의 문장은 소설과 다르다. 묘사가 아니라 생각이 중심이다. 자신에게 무슨 일이 있었는지를 감정을 담아 적는 것이 칼럼이고 에세이다. 녹취를 하며 가까스로 김긱을 익혀 적었던 문장늘은 대부분 단문이었다. 수정을 거듭해야 문단의 형태를 이룰 수 있었다. 칼럼을 쓰자 이를 고칠 수 있었다. 초고에서도 만연체로 완성도 있는 문단을 이룰 수 있게 되었다.

로맨스 장르의 대화와 그 예시

대학교에 들어가고서 늘 칭찬을 받았던 건 대화를 다루는 기술이었다. 이것은 앞서 말했다시피, 중학생 때부터 아버지의 만화 스토리 원고를 필사한 덕이었다.

로맨스의 서사와 묘사 등은 일반적인 소설의 작법과 크게 다르지 않다. 이야기를 흡입력 있게 흐르게 하는 것은 모든 서사의 목적이니까. 하지만 대화의 경우, 로맨스 소설과 일반 소설은 사뭇 그 형태가 달라진다.

앞서 소개한 단편 〈멸망하는 세계, 망설이는 여자〉의 대화를 예시로 다양한 방식을 설명해본다.

아포리즘의 응용

〈멸망하는 세계, 망설이는 여자〉 초반에 주인공 해환과 보조 인물인 박소해가 나누는 대화다.

"사랑은 교통사고처럼 터진다."

"네?"

"좋아하는 문장이에요."

"그렇군요."

해환은 요구한 문장을 적다가 자신의 생각도

이어 적을 뻔했다. 혹시 그 배는 교통사고의 후유증인가요.

(중략)

"것 봐요."

"네?"

"사랑은 교통사고 같은 거랬죠?"

박소해의 말에 해환은 이른바 '썩소'를 짓고 말았다.

이게 무슨 사랑이야. 업무상 만남이지. 것도 내우 마음에 들지 않는 업무상 만남.

해환은 우연히 카페에 찾아온 손님 박소해와 연애에 대한 이야기를 나눈다. 박소해는 해환에게 "사랑은 교통사고처럼 터진다."라는 말을 한다. 박소해는 자신이 이 이야기를 하는 사이에 등장한 아나운서 홍동구가 해환에게 데이트 신청하는 모습을 보고는, 다시 한 번 이 대사를 뱉는다. 흔한 아포리즘이 될 수 있는 말이 대화에 등장함으로써 강한 인상을 주는 경우다.

밑당의 예시

"정말 얼굴 못 알아보시는구나."

"네?"

"안면인식장애랬잖아요. 그거 확인하려고 왔는데 딱 걸리셨네."

"아뿔싸."

"그런데 유명인이 이런 데서 막 아르바이트하고 그래도 돼요?"

"안 유명한데요."

"아, 말 짧네. 내가 어제 뭐랬어요. 세 단어 이상 말하라니까 그러네."

"아, 그거!"

해환은 남자의 지적에 깨달았다. 어제 해환을 불쾌하게 만들었던 말. 그건 "세 단어 이상 말해라."였다. 평소 말을 짧게 하는 해환에게 그 지적은 정체성을 부정당하는 것이나 마찬가지였다.

"뭐가 그거예요?"

"아니, 아무것도 아닙니다. 아무튼 반갑습니다. 이렇게 찾아오시고."

"몇 시 퇴근?"

"일곱 시 퇴근입니다."

"이따가 약속 있어요?"

"아뇨. 집이 멀어서 말입니다."

해환은 세 글자, 세 글자를 속으로 되뇌며 대답했다.

"어딘데?"

"경기도 남양주에 삽니다."

"시간이 얼마나 걸리나?"

"여기서 편도 두 시간 거리입니다. 경춘선을 타려면 상봉역에서 갈아타야 합니다. 상봉역에서 열차가 30분에 한 대씩 오기 때문에 긴장해야 합니다."

"그렇군요. 그래서 말인데, 나랑 저녁 먹을래요?"

"네?"

"세 단어 이상으로 말하라니까."

"아, 그게. 저기."

"세 단어는 맞네."

"집이 멀어서."

"그건 두 단어."

갑작스레 카페에 찾아온 홍동구가 해환에게 데이트 신청을 하며 말장난을 치는 부분이다. 홍동구는 짓궂게 해환에게 말을 붙이고, 해환은 그가 만든 규칙에 얼결에 응하면서 자연스레 밀당을 시작한다.

세 명 이상의 대화

"처음이군요."

"이렇게 멋진 남자는?"

"아뇨, 가방을 까먹고 내리게 할 만큼 날 열받게 한 오뤼는 홍오뤼 씨가 처음이라고요."

"그래서, 나랑 사귀는 겁니까?"

"왜 이야기가 그렇게 번지죠?"

"로맨스 소설에서 보면 꼭 그런 멘트 하고 사귀던데."

"사귀는 건 모르겠고, 오늘은 제대로 떡볶이를 먹기로 하죠."

"좋아요. 기다리죠."

찰칵.

그때, 옆에서 묘한 소리가 났다.

해환은 이게 무슨 소린가 하고 고개를 돌려 보니 카페 홈즈 사장이 양손에 핸드폰을 들고 싱글벙글 웃고 있었다.

"뭔가, 역사적인 상황을 목격한 것 같아서 말이죠."

"역사적인 상황 맞습니다."

동구는 그 말에 으쓱거리며 말했다.

"닐 암스트롱의 한 발자국만큼 역사적인 상황이죠. 이 만남은 인류의 위대한 도약이 될 것이다."

물론 해환은 코웃음을 쳤다.

"웃기고 자빠졌네."

대화를 그릴 때 여러 인물이 등장하면, 그들의 캐릭터를 완벽하게 드러내기 힘들다. 그렇기에 각 인물의 대사 비중과 환기 등의 기술을 통해 이를 구현해야 한다.

이 장면에는 해환과 동구의 대화에 카페 사장이 끼어든다. 사장은 단 한 줄의 대사만 말하지만, 대사에 힘을 줌으로써 강렬한 캐릭터로 연출된다.

대화의 입체감 만들기

"말귀를 알아듣지 못하는 건 윤 작가님이라니까."

동구가 또 옆을 따라붙었다.

"우리는 사귀어야 한다니까? 그리고 이 과정을 몽땅 당신이 소설로 적어야 한다니까. 그래야 세계가 멸망하지 않는다고."

"아, 그래요. 알았어요. 차거사가 실존한다고 치고, 내가 왜 그래야 하는데?"

"그럼, 지구 멸망해도 돼?"

"그러니까, 지구가 멸망한다는 그 대전제가 허구의 인물에서 나왔다고 하는데 내가 왜 그걸 진지하게…."

"앗!"

"이 상황에 뭐가 앗! 입니까."

"떡볶이다!"

동구가 해환의 팔을 잡고 끌었다. 해환은 어어? 소리를 내면서 망원시장 안의 한 분식점으로 끌려 들어갔다.

"윤 작가님 SNS에 나온 집 맞죠, 여기?"

"제 SNS 다 봤어요? 홍 아나운서님 그렇게 할 일 없어요?"

"작가님 늘 시키는 게 떡볶이에 오튀김밥 맞죠? 그렇게 시키고 올게요."

"와, 자기 할 말만 하네. 세상에."

(중략)

"우리가 사는 세계가 예를 들어 지금 아저씨가 만드는 오징어튀김이라고 칩시다."

동구가 젓가락으로 문밖을 가리켰다. 해환은 몸을 돌려 흘깃 끓는 기름에 들어가는 오징어튀김을 봤다.

"기름 솥에 튀겨져 나오면 단지 오징어튀김일 뿐이에요. 하지만 이 오징어튀김이 김밥의 속 재료로 쓰이면 그건 오튀김밥이라는 새로운 이름을 얻게 되죠. 차거사는 이 세계가 오튀김밥과 마찬가지라고 이야기했어요."

오튀김밥이 테이블에 놓였다. 동구는 오튀김밥 하나를 젓가락으로 들어 해환의 눈앞에 갖다 보이며 말을 이었다.

"우리가 사는 세계는 오징어튀김입니다. 그리고 윤 작가가 쓰는 세계는 그런 오징어튀김을 넣고 만든 김밥, 즉 오튀김밥이라는 새로운 세계인 겁니다."

동구는 오튀김밥을 입에 넣고 우물거렸다.

해환은 팔짱을 낀 채 그런 동구의 입을 가만히 노려보다가 입을 열었다.

"그러니까 나를 주인공으로 한 세계를 적어봐라. 그러면 이 세계가 종말을 맞더라도 내 소설 속 세계는 현존한다는 이야기를 하려는 거죠?"

동구는 직진남이다. 해환이 마음에 들어 사귀자고 하면서 그 이유로 무려 '지구의 종말'을 갖다 댄다. 그 과정을 오징어튀김과, 그를 속 재료로 쓴 김밥 '오튀김밥'으로 이야기한다.

소설에서 남녀의 밀당을 보이는 대화가 길어지면 자칫 지루해질 수 있다. 이런 경우, 대화로 자연스레 시공간을 드러내고, 그러한 시공간 안에서 대화의 소재를 찾으면 이야기가 입체감을 띤다. 이 대화에서는 분식점에서 함께 먹는 오튀김밥과 떡볶이가 그런 소재로 사용되었다.

내면의 목소리

"일단 좀 걷죠."

"어디까지?"

"뭐, 먹을 만한 게 있을 만한 곳까지 걸어보죠."

사실은 이렇게 걷다가 그냥 지하철역까지 가서 헤어지고 싶다.

"그것도 괜찮죠. 이런 날씨에 산책 정말 좋지 않습니까."

응, 너랑만 아니면.

해환은 동구와 대화를 하면서 속으로 계속 여러 가지 생각을 한다. 이런 생각을 내레이션처럼 극중에서 보여줌으로써, 유머의 포인트 등을 만들 수 있다.

'낯설게 하기'에서 시작하는 수정의 요령

소설을 쓸 때 못된 버릇이 하나 있다. 한 번 진지한 걸 적으면 다음엔 가벼운 걸 적는다. 징징 짜는 이야길 적고 나면 웃기는 걸 적어야 하고, 반대로 농담을 진탕 했으면 그 다음엔 슬프거나 우울한 이야길 해야 직성이 풀린다. 어쩌면 나라는 인간의 몸속에는 정체를 알 수 없는 거대한 깔때기가 있는지도 모르겠다. 이 깔때기가 늘 주둥이를 맞대고 있어서 서로 감정을 걸렀다가 다시 뱉어내는 그런 기묘한 일을 반복하는 것일지도.

2015년 5월, 《붉은 소파》를 적다가 결국 지쳐버렸다. 총 분량의 65퍼센트까지 왔다. (대부분의 작가들이 그러하듯) 이 다음이 안 써졌다. 대체 왜? 도통 대답은 돌아오지 않았다. 예전에도 이런 일이 있었다. 데뷔작인 《홈즈가 보낸 편지》를 쓸 때의 일이다.

《홈즈가 보낸 편지》는 말 그대로 아무런 설정도 없고 그저 내키는 대로 적었다. 매주 금요일에 "아, 마감을 지켜야 해." 중얼거리며 잠자기 직전 (당시엔 기절 수준으로 잘 잤었다) 30분 동안 뭘 쓰는지도 모르고 되는대로 끼적여 웹진 〈판타스틱〉 게

시판에 올렸다.

3개월쯤 지나자 한계가 왔다. 도저히 더는 이 뒤를 어떻게 써야 할지 모르겠어서 휴재했다. 카페에서 바리스타로 일할 때였다. 일하는 내내 뭔가 떠오를 때마다 급하게 일수 메모지에 적어 한 달 만에 가까스로 뒷 부분의 시놉시스를 완성할 수 있었다.

그러나 이 시놉시스는 무용지물이었다. 당시의 나는 내가 원하는 수준의 글을 쓸 수 있는 기술이 없었다. 결국 다시 필사로 돌아갔다. 다른 쓸데없는 잡글을 쓴다거나, 독서를 끊임없이 하는 식으로 내부에 뭔가가 쌓이길 기다렸다.

3개월을 놀았더니 뭔가 적을 수 있을 것 같은 근거를 알 수 없는 자신감이 튀어나왔다. 나는 그걸 믿고 일단 적어보았다. 물론 그건 전혀 믿을 만한 것이 못 되었다. 아주 조금 적고 자신의 재능에 욕지거리를 해준 후, 또 끙끙거리다가 뭔가 떠오르면 아주 조금 적고, 그런 식의 일을 계속하며 가까스로 소설을 완성할 수 있었다.

《붉은 소파》 역시 딱 그런 상태였다. 완전히 막혀서 멍청히 있던 내게 보인 것이 '예스24 e연재 공모전' 공고였다. 자신들이 제시한 그림을 보고 글을 써보라는 응모 요강이 마음에 들었다. 내가 선택한 건 미니스커트를 입은 한 소녀가 아이스크림을 할짝거리는 붉은 바탕색의 그림이었다. 소녀의 표정은 순수했지만 배경색이나 머리의 뿔은 악마를 연상시켰다. 나는 이 그림을 보며 생각했다.

이 소녀는 천사다. 하지만 악마가 되고 싶은 천사다.

　그렇게 가벼운 마음으로 아무렇게나 A4 용지 10장 분량을 적은 것이 《타락할래! 천사와 악마의 따분한 나날들》의 시작이었다. 인생이 너무 따분해서 타락하고 싶은 천사와, 그런 천사를 유혹해서 승진하고 싶은 악마의 연애담을 적는다면 어떨까 하는 발칙한 상상의 발로였다. 이렇게 적은 원고가 공모전 본선에 오르면서 완성할 수밖에 없는 상황이 되어버렸다.

　카페는 바빴다. 일신상의 문제도 많아 SNS조차 할 여유가 없는 상태였다. 이 상황에서 어떻게든 원고는 적어야 했다. 《홈즈가 보낸 편지》를 썼을 때처럼 '반드시 적을 수밖에 없는 까닭'을 자신에게 부여했다.

　쓰는 내내 어설프다는 생각만 들었다. 아무 생각 없이 시작했다 보니 뒤로 갈수록 앞뒤가 맞지 않았다. 뒤에서 나온 갑작스러운 설정 때문에 앞쪽을 다 뜯어고쳐야 했다. 죽어야 했던 인물은 살아있었고, 예상치 못한 에피소드가 아주 길게 적혀있기도 했다. 나는 인정할 수밖에 없었다. 제대로 망했다는 사실을.

　그래서 나는 또 도피했다. 이렇게 망쳤다면 차라리 내버려두자, 나중에 어떻게든 해보자, 하고 마음먹고는 '이보다는 덜 망했던' 《붉은 소파》로 돌아왔다. 제대로 망했던 덕분일까, 오랜만에 본 원고는 남의 소설 같았다. 말 그대로 내 소설이 '낯설게' 보였다.

문창과 시절 배운 생소한 전문용어 중 하나는 '낯설게 하기'다. 이건 '문학의 언어와 일상의 언어는 다르다. 그 다른 것에서 문학적 특성이 나온다.'라는 이야기로 지금 이 상황과는 전혀 부합하는 바가 없다. 그런데도 나는 이것 역시 전혀 다른 의미의 '낯설게 하기'가 아닐까 생각했다.

원래 쓰던 장편소설이 망해서 다른 장편소설에 집중했다. 그런데 그것도 망했다. 어떻게든 고치려고 끙끙거리는 사이 내 눈이 제삼자의 눈처럼 새로워졌다. 남의 원고를 볼 때처럼 내 원고에서도 그 작업을 쉽게 진행할 수 있었다. 이것은 내 눈의 '낯설게 하기'다. 콩깍지가 벗겨진 것이다. 그 후 나는 어떤 소설이든 뭔가 이상하다는 기분이 들 때면 혼자 이 작업을 진행한다.

지금도 그렇다. 2019년부터 적기 시작한 신작 장편소설이 65퍼센트의 고지에서 막힌 순간, 원고를 내려놓고 편 건 《3분》이다.

이 소설의 로그라인은 다음과 같다.

7년 전 핼러윈에 우연히 만난 남자를 찾기 위해 매년 홍콩을 찾는 여자의 이야기.

처음 이 소설의 소재를 떠올린 것은 2004년, 시나리오를 쓰던 때였다. 그땐 아침에 일어나면 일단 뭐든 적었고, 적을 게 없으면 줄곧 인터넷 검색을 했다. 그러다 괜찮아 보이는 걸 발견하면 바로 시나리오로 응용했다. 《3분》의 아이디어 역시 일련의 작업을 반복하다가 우연히 읽은 신문 기사에서 시작된 경우였다. 그 신문 기사에는 행복에 대한 연구 결과가 적혀있었다.

인간이 평생 느낄 수 있는 절대적인 행복의 시간은 평균 3분에 불과하다.

인간은 행복하다고 느끼는 순간에도 고통, 슬픔, 분노 등 다양한 감정을 느끼기에 절대적인 행복은 거의 느낄 수 없다는 이야기였다. 이 콘셉트가 마음에 들어 어떻게든 적고 싶었다.

처음 적은 시나리오는 로스타임에 대한 것이었다. 축구의 로스타임[9]처럼 인간이 죽고 난 후 로스타임이 있다면 어떨까. 그리고 그 로스타임은 순수한 행복 3분을 모두 맛볼 때에야 끝난다는 설정에서 시작한 이야기였다. 콘셉트는 좋다고 생각했지만 쓰다 보니 엉망진창이 됐다. 게다가 얼마 안 가 내가 생각한 것과 거의 비슷한 콘셉트의 일본 드라마 〈로스:타임:라이프〉가 방영되면서 콘셉트를 묻었다.

이후 몇 번인가 이 콘셉트를 살려보려고 노력하다가 2011년 본격적으로 재도전을 했다. 그 해 핼러윈, 홍콩을 다녀왔다. 세계 3대

---

9 ——— 축구 경기 등에서, 경기 중에 경기 외의 일로 소비된 시간. 이를 보충하기 위하여 정해진 시간이 끝난 후에 심판의 판단에 따라 얼마간 경기 시간을 연장하게 된다.

핼러윈 축제 중 하나라는 홍콩의 밤은 강렬했다. 만약 이곳에서 '인생을 뒤바꿀 만큼 강렬한 만남이 있다면 어떻게 될까?'라는 아이디어를 떠올린 후 소설을 쓰기 시작했다.

문제의 소설은 당시 인터넷으로 공모전을 열었던 자음과모음 출판사 카페에 연재했으나 좋은 평가를 받지 못했다. 콘셉트나 플롯, 캐릭터 등은 좋았지만 이런 이야기를 끌고 나가는 기본기인 서사의 스킬이 부족한 탓이었다. 전자책으로 출간을 하겠냐는 제안을 받았지만 미련 없이 소설을 접었다.

다시 《3분》을 떠올린 건 2020년 7월이었다. 10년 만에 본 습작 소설은 생각보다 괜찮았다. 어색한 문장을 조금 다듬어 수정한 후 몽실북스에 검토 의뢰를 보냈더니 바로 "출간합시다"라는 답장을 받았다. 지금은 계약 후 예전에 쓸 때엔 몰랐던 어색한 문장들을 다듬어가는 중이다.

20대 시절 떠올린 아이디어는 날것이었다. 무엇이든 닥치는 대로 도전하는 헝그리 정신은 가득했지만 그것을 제대로 가공하여 이야기를 만들기에는 기본기가 부족했다. 20년의 세월이 흐르는 동안 그를 다듬을 수 있는 실력이 생겼다. 완벽주의 기질 탓에 도통 손에서 원고를 놓지 못하고 계속 고치고 있지만 말이다.

로맨스 소설을 쓰는 이유

최근 〈케이트 앤 레오폴드〉와 〈천년을 흐르는 사랑〉 등의 영화 두 편을 감상했다. 이 두 편의 영화에 등장하는 남자 주인공은 같은 인물이다. 전혀 다른 분위기의 영화 모두에서, 이 달달하기 짝이 없는 배우는 처음에는 '그렇게 매력적인가?' 싶다가 끝날 즈음에는 '너무 잘 생겼다' '멋지다'라는 생각을 하게 한다. 그런데 이 배우가 휴 잭맨이다. 〈엑스맨〉 시리즈의 울버린을 가장 먼저 떠올리게 하는 바로 그 터프한 휴 잭맨 말이다.

내가 생각하는 휴 잭맨은 액션 배우다. 달달한 역할과는 한참 거리가 멀 것 같은데 이 두 편의 영화에서는 달달하다 못해 녹아내릴 것 같다는 기분이 들 정도였다. 어쩜 같은 사람인데도 이렇게 다른 느낌이 들까 생각해보니, 그건 이야기의 힘이었다. 뛰어난 로맨스

서사는 배우가 이야기에 집중하게 한다. 그 덕에 휴 잭맨은 자칫 비슷해질 수 있는 역할에서 전혀 다른 사람으로 보일 만큼 멋진 연기를 해낸 것이다.

두 영화를 보고 나서 한참 동안 행복했다. 영화 속 인물들은 현실에서 존재하기에는 무리가 있다. 그럼에도 불구하고 영화를 보는 순간만큼은 저 남자주인공은 '내 거'다. 영화가 진행되는 내내 나는 여자주인공과 마찬가지로 함께 사랑에 빠지고, 슬퍼했다가, 결국 행복해진다.

로맨스 소설도 마찬가지다. 로맨스 소설을 읽는 동안은 잠시 머리 아픈 일상사를 잊을 수 있다. 소설을 읽는 순간만큼은 모든 남자주인공이 다 '내 거'가 된다. 로맨스 소설을 쓰는 일은 더더욱 그러하다. 내가 쓰는 소설, 아직 세상에 발표하지 않은 로맨스 소설 속 남자주인공은 완벽하게 '내 거'다.

그래서 로맨스에 자꾸 도전하게 되는 것이리라. 몇 번이고 헛발질을 했어도 10년 전 썼던 소설을 다시 펴 고쳐보는 것이리라. 현실에는 없는 사랑을 꿈꾸며, 쓰는 순간 '내 거'에게 치유받기 위하여.

오늘도 그렇게 소설을 쓰고, 고친다.

참고문헌

· 내가 쓴 것들: 《3분》, 몽실북스, 2021 출간예정 | 《붉은 소파》, 해냄, 2016 | 《몽유도원기》, 피커북, 2015 | 《모두가 사라질 때》 요다, 2019 | 《타락할래! 천사와 악마의 따분한 나날들》 피커북, 2017 | 〈귀가〉: 2014년 제2회 김승옥문학상 신인상 추천우수상 수상작

· 만화: 《서양골동 양과자점》, 요시나가 후미

· 드라마: 〈섹스 앤 더 시티〉

정명섭

대기업 샐러리맨을 거쳐 바리스타로 일했다. 파주출판도시의 카페에서 일하던 중 우연히 글을 접하면서 전업 작가의 길을 걷게 되었다. 역사 추리소설 《적패》를 비롯해 《개봉동 명탐정》, 《미스 손탁》, 《셜록 홈스 과학수사 클럽》 등 120여 편의 장·단편 작품을 썼다. 2013년 직지소설문학상 최우수상, 2016년 부산국제영화제 NEW 크리에이터상, 2020년 한국추리문학상 대상을 받았다. 한국 미스터리작가모임과 무경계 작가단에서 활동 중이다.

5장

살인과 탐정 그리고 역사

미스터리·팩션

"
탐정의 시선이나 범인의 행동은 나중에 사건이 밝혀졌을 때

독자들이 무릎을 치고 이마를 짚으면서 감탄하게 만들어야 한다.
"

죽음을 쓴다는 것

살인으로 인한 죽음은 인간이 겪어온 오래된 고통 중 하나다. 특히 가까운 사람이 자연사가 아닌 타살로 죽음을 맞고, 누가 범인인지 모를 때 겪는 고통과 공포감은 상상도 못할 수준일 것이다. 하지만 인간은 그런 고통과 번뇌를 문학작품으로 옮겼다. 우리가 추리 혹은 범죄 소설이라고 부르는 바로 그 장르로 말이다.

현대 추리 소설의 시작은 대개 에드거 앨런 포나 코넌 도일이 쓴 작품에서 비롯된 것이라고 말한다. 하지만 《장화홍련전》을 포함한 전 세계의 수많은 고전들은 죽음을 모티브로 이야기를 풀어왔다. 그것은 죽음이 얼마나 오래전부터 우리 곁에 자리잡고 있었는지와 얼마나 지독하게 많은 영향을 끼쳤는지를 알 수 있는 부분이기도 하다. 따라서 추리물을 쓴다는 것은 그 수많은 관심들을 받을 수 있는 가장 쉬운 길이다.

　반면 많은 사람들이 알고 있기 때문에 어설프거나 규칙에 어긋나게 썼다가는 혹평을 피할 수 없다. 이번 미스터리와 팩션 장에서는 최소한 그런 혹평은 피할 수 있는 방법에 대해 나름대로의 노하우를 적었다. 물론, 이 뒤에 나올 내용대로 한다고 좋은 추리 작가가 된다는 보장은 없다. 하지만 여기에 나온 이야기를 무시하거나 알지 못하고서는 좋은 추리 작가가 되는 것은 불가능하다.

　더하여 이번 장에서는 역사와 추리를 결합시키는 방법과 그 둘의 시너지 효과를 내는 법에 대한 오랜 경험과 노하우를 적었다. 물론 나의 방식이 누구에게나 적용된다고는 생각하지 않는다. 하지만 적어도 이 글을 읽으면 내가 겪은 시행착오는 겪지 않을 것이다. 글을 쓴다는 건, 특히 복잡한 트릭과 살인의 동기를 장착시켜야만 하는 미스터리 소설을 쓴다는 건, 굉장히 어려운 일이기 때문이다. 그래서 엄청난 노력과 많은 행운이 필요하다. 그 노력과 행운에 도움이 되기를 바라는 마음으로 이 글을 쓴다.

미스터리와 추리

'미스터리(mystery)'의 사전적인 의미는 정상적으로는 도저히 이해하거나 설명할 수 없는 일이나 사건을 의미한다. 또는 고대 그리스와 로마의 밀교 의식을 뜻하기도 한다. 아울러, 발생한 범죄에 대해 조사하고 추리하는 과정을 담으며, 결말에 범인을 잡거나 범죄 과정을 확인하는 소설을 뜻하기도 한다.

'추리(推理)'는 알고 있는 사실들을 바탕으로 알지 못하는 것을 풀어내는 것을 의미한다. 논리학의 범주에 들어가기 때문에 미스터리와는 살짝 거리가 있으며 영어로는 '리즈닝(reasoning)'이라고 번역된다.

하지만 우리는 미스터리와 추리를 같은 범주, 혹은 한쪽이 다른 한쪽의 하위 장르쯤 되는 것으로 인식하고 있다. 물론 이런 분류는 스파이더맨의 거미줄처럼 얽히고설킨 미스터리의 하위 장르들을 생각한다면, 그리고 그 구분점의 희미함을 떠올린다면 더없이 복잡해질 수밖에 없다. 물론 연구자나 평론가라면 이 장르의 거미줄을 하나씩 뜯어내서 분류하고 분석해야 하지만, 해당 장르를 쓰는 작가들은 굳이 그런 수고를 할 필요가 없다. 실제로 장르의 분류에 집착하는 작가들을 볼 때마다 그럴 필요 없다고 얘기한다. 작가가 집중해야 할 것은 장르에 대한 정보보다는 이해이며, 그걸 바탕으로 좋은 작품을 써야 한다는 사실이다. 따라서 미스터리나 추리 중 어떤 명칭으로 불러도 상관없다. 개인적으로는 미스터리라는 명칭을 더 좋아하지만 추리라고 불러도 상관없다고 본다.

우리는 왜 살인을 이야기할까?

추리나 미스터리를 규정짓거나 구분하는 수많은 이야깃거리 사이에는 한 가지 공통점이 있다. 바로 '살인'에서 시작된다는 점이다. 미스터리와 추리는 사전적인 의미가 다른 반면 살인이라는 씨앗을 함께 품고 있다. 두 장르에서는 범인과 트릭, 탐정을 핵심적인 요소로 보는데, 범인이 저지른 사건, 특히 살인사건은 이야기를 시작하는 데 가장 매혹적인 시작점으로 꼽는다. 아울러, 이 사실은 미스터리와 추리 소설이 다른 소설들과 결정적인 차이를 만들어내는 지점이기도 하다.

로맨스를 비롯한 다른 장르에서는 등장인물의 소개, 이야기의 무대가 되는 장소, 주변 인물의 등장이라는 전형적인 기승전결 구조로 진행된다. 물론 그 안에서 사건이 벌어지기는 하지만 그것은 등장인물들의 성격을 드러내거나 남녀주인공을 이어주는 연결고리 역할을 하는 데 그친다.

반면 미스터리와 추리 소설은 대부분 첫 장면에서 살인이 벌어지거나 사건을 의뢰하며 시작된다. 나 역시, 이야기의 공간을 짤 공간이 부족한 단편소설의 경우에는 아예 살인이 벌어진 현장에서 시신을 보면서 시작할 때가 있다.

미스터리나 추리 소설을 쓰는 작가라면 항상 챙겨봐야 할 두 개의 홈페이지가 있다. 바로 경찰청과 검찰청 홈페이지다.

 경찰청에시는 미스터리와 추리 소설에 양념처럼 등장하는 경찰 조직에 대한 정보를 알 수 있으며, 사용하는 장비들도 확인할 수 있다. 경찰청 홈페이지 주소다. 상단 기관소개 카테고리에 들어가면 경찰 조직도와 장비, 계급 등에 관한 정보들을 얻을 수 있다.

 검찰청 홈페이지에서는 각종 사건 사고에 관한 통계 자료를 볼 수 있다. 살인에 관한 통계도 PDF 파일을 통해 확인할 수 있다. 검찰청 홈페이지이며 상단 정보자료 카테고리의 범죄분석 챕터로 들어가면 살인을 비롯한 각종 범죄에 대한 통계와 분석 자료를 볼 수 있다. 일단 2019년 한 해 동안 우리나라에서는 874건의 살인범죄가 발생했다.[10]

10 ——— 출처_ 검찰청 2019년 살인범죄 통계자료

이 얘기는 874명, 혹은 그 이상의 희생자가 발생했다는 것이 아니라 874건의 살인과 관련된 사건이 경찰에 의해 밝혀지고 검찰이 기소를 했다는 것을 의미한다. 이 중에는 실제 살인사건뿐만 아니라 살인미수와 음모, 방조죄 역시 포함되어 있으며, 자살교사와 영아살해, 그리고 타인에게 살인을 의뢰하는 촉탁살인도 들어있다. 통계상 실제로 살해된 사람은 283명으로, 밝혀진 살인사건을 기준으로 한다면 하루에 한 건에도 미치지 못한다.

구체적으로 살펴보면 범죄 발생 시간은 저녁 8시부터 다음날 새벽 4시 사이가 35.5퍼센트를 차지하며, 정오부터 오후 6시까지가 27.9퍼센트다. 피해자는 56.8퍼센트가 남성이었고, 43.2퍼센트가 여성이었다. 범죄자는 83.1퍼센트가 남성이었으며, 16.9퍼센트가 여성이었다. 범죄자의 대부분은 피해자와 아는 사이이다. 타인이 23.4퍼센트이며 기타가 17퍼센트로 분류되는데, 이외에는 27.1퍼센트가 친족이며, 18퍼센트가 안면이 있는 지인이나 이웃이다. 그 밖에도 연인이나 직장 동료, 상사 혹은 거래처 사람들이 있었다.

남성을 기준으로 51세에서 60세가 가장 많이 살인을 저지르며, 41세에서 50세, 61세 이상이 각각 그 뒤를 따르고 있다. 여성 역시 비슷한 상황이지만 31세에서 40세 사이의 연령대 비율이 높게 나타난다. 피해자는 남성과 여성 모두 40대 이상의 비율이 높은 편이다. 영화나 드라마, 소설에서는 팔팔하고 혈기 왕성한 젊은이가 주로 살인을 저지르지만 실제로는 중년과 노년에 의한 살인이 다수이며, 타인의 치밀한 계획보다는 가족이나 지인 사이의 치유할 수 없는 갈등이 살인으로 가는 문을 열었다.

그러니까 우리가 사는 현실세계에서는 하루에 두 건이 조금 넘는 살인미수, 살인방조, 살인의뢰가 일어나고 있고, 이 중에서 실제 살인으로 이어지는 경우는 36.3퍼센트 정도 된다. 살인자의 대부분은 남성이며 피살자도 절반 이상이 남성이다. 피살자는 남성이나 여성 모두 대부분이 40대 이상으로 우리 예상보다 나이가 많은 편이다. 절반이 넘는 살인자가 자신이 아는 사람을 죽이며, 피살자 역시 아는 사람의 손에 희생될 확률이 높다.

물론 밝혀지지 않은 살인사건들도 존재하긴 하겠지만 좁아터진 대한민국에서 누군가가 감쪽같이 사라지거나 갑작스러운 죽음이 의혹을 받지 않기란 거의 불가능하다. 예를 들어 몇 년 전부터 신학기가 되어서도 학교에 학생이 오지 않으면 자동으로 수색 영장이 발부된다. 여러 가지 이유로 학생이 사망했음에도 부모가 사망신고나 실종신고를 하지 않는 일이 많기 때문이다. 성인의 경우에도 사망 원인이 명확하지 않으면 반드시 부검을 하게 되어있다. 예전에는 담당 의사와 보증인만 있으면 원인이 불분명해도 사망 처리가 되는 경우가 많았다. 그러나 지금은 그렇지 않다.

따라서 현실 속에서는 영화나 드라마처럼 살인청부업자가 활동하거나 시신을 손쉽게 처리하고 넘어가는 것은 거의 불가능하다. 이렇게 복잡하고 딱딱한 수치를 보여주는 이유는 이야기를 구성하는 데 도움이 되기 때문이다. 연쇄살인마나 킬러를 이야기에 등장시킬 때도 현실이 어떤지를 알아야만 좀 더 리얼한 이야기를 쓸 수 있다.

이러한 현실에도 불구하고 우리가 읽는 미스터리와 추리 소설의 대부분, 그리고 범죄 영화나 드라마의 대부분은 살인을 다루고 있다. 그곳에서는 살인자가 여러 건의 살인을 저지르고도 아주 멀쩡하게 활동하고 있으며, 심지어는 주인공 역시 비슷한 방식으로 범인을 응징하는 사례도 존재한다. 미스터리나 추리 소설의 여러 하위 장르들 대부분은 살인과 연관되어 있다. 살인자를 쫓거나 혹은 살인자에게 쫓기거나, 살인자라는 누명을 쓰고 그것에서 벗어나기 위해 안간힘을 쓰는 장면들이 이어진다. 최근 들어 사이버 범죄와 성폭력, 금융 범죄들을 다루는 범주가 늘어나긴 했지만 그 와중에도 늘 살인이 끼어있다. 미스터리와 추리 장르에서 살인이 차지하는 비중이 결코 적지 않다는 뜻이다. 물론 코지 미스터리(cozy mystery)나 소프트보일드(softboiled)처럼 살인이 아닌 가벼운 사건들을 해결하는 하위 장르도 존재한다. 하지만 현실에서 살인을 주축으로 하는 추리나 미스터리가 압도적으로 많다는 점은 그만큼 우리가 살인에 관심이 많다는 걸 의미한다. 작가나 독자 모두 말이다.

살인의 이유

살인이 우리를 매혹시키는 이유는 역설적으로 그 처참함과 희귀함 때문이다. 의료 체계가 발달하고, 영양을 충분히 공급받게 되면서 사람들의 평균수명은 대폭 늘어났다. 아울러, 수사 기법이 발달하고 경찰력이 확충되면서 예전처럼 미해결 살인사건이 대량으로 발생하지도 않으며, 범죄자들이 범행이 발각될 것을 우려해 범행을 포기하는 일이 늘어나 범죄율 자체가 줄고 있다. 사생활 침해 논란이 있긴 하지만 곳곳에 설치된 CCTV와 자동차의 블랙박스 덕분이며 밤중이 대낮처럼 환해진 것도 범행이 줄어든 한 가지 원인일 수 있다.

그럼에도 불구하고 지금 이 시간에도 누군가는 타인을 죽이기 위해 계획을 짜고 있으며, 실행에 옮기고 있을 수도 있다. 살인은 인간이 가질 수 있는 가장 극적인 감정의 밑바닥에서 비롯된다. 사람은 살인을 결심하기까지 여러 단계를 거친다. 그 단계들을 다 지나면 실제로 사람을 죽이게 되는데, 그 과정이 주는 처참함과 아이러니, 그리고 사건이 해결되었을 때의 카타르시스가 미스터리와 추리 소설의 이야기를 완성시켜주는 연료 역할을 한다. 그래서인지 최근의 미스터리와 추리 소설들은 탐정이나 해결사보다는 살인을 저지르는 범죄자에 초점을 맞추는 경우가 많다. 탐정이나 형사가 주인공이라고 해도 살인자가 더 매혹적으로 비춰지는 상황도 발생한다.

그것은 역설적으로 우리 곁에서 살인이 사라지고 멀어졌다는 것을 의미한다. 자연사나 타살 자체를 직접 목격하지 못하기 때문에 그것이 주는 섬뜩함에 빠져드는 것이다. 역설적으로 살인이 줄어들었기 때문에 우리는 살인에 더 매혹되는 것이다. 죽음이 일상적이고 흔했을 때는 살인 자체가 주는 흥미보다는 사건을 풀어가는 과정과 범인이 밝혀지는 지점이 하이라이트였지만, 지금은 살인 그 자체의 무게감이 늘어났다고 볼 수 있다.

범죄자에 초점을 맞춘 대표적인 국내 작품으로는 서미애 작가의 《잘 자요, 엄마》가 있다. 장르의 특성상 스포일러를 할 수 없지만, 2010년에 출간된 작품이 2018년에 재출간되고 여러 국가에서 번역되어 판매될 만큼 인기 있는 작품이다. 심리 스릴러라는 타이틀을 가지고 있는데 사실 이 심리라는 것이 결국은 '범죄자의 심리'를 뜻하고 있다.

따라서 미스터리와 추리 장르를 쓰고 싶다면 반드시 살인에 대해서 써야만 한다. 물론, 취향이 나뉠 수는 있지만 그 중심에는 살인이 존재할 수밖에 없다. 인간을 그만큼 매혹시키는 범죄는 없기 때문이다. 가장 먼저 현실 속의 살인에 대해서 이해하고 파악해야 한다. 그 후에는 그걸 토대로 나만의 이야기를 만들어내야 한다. 이것이 뒤죽박죽이 되거나 제대로 쌓이지 않을 경우 이야기는 잘 진행되지 않는다. 설사 후반부까지 끌고 간다고 해도 완성시키지 못하는 경우가 많다. 미스터리와 추리는 초반부터 후반까지 정교하게 조립해야만 마지막 부분에 독자에게 카타르시스를 줄 수 있다. 그래서 나도 미스터리와 추리 장르를 쓸 때는 다른 장르보다 시놉시스를 좀 더 정교하게 짜거나 아예 트리트먼트를 써놓기도 한다.

소설에 등장시킬 사건에 대한 힌트는 역시 언론만한 게 없다. 다만, 최근 사건을 쓰게 될 경우 피해자와 그 가족들에게 본의 아니게 정신적인 상처를 줄 수 있다는 점을 명심해야만 한다. 그렇다면 살인은 어떤 방식으로 소설 속에 녹여내야 할까?

추리 소설에 살인을 녹여내는 법

먼저, 살인의 이유를 명확하게 해야 한다. 예전만큼은 아니지만 아직도 대부분의 미스터리와 추리 소설은 후반부에 탐정이 범죄자를 앞에 두고 살인에 대한 분석을 한다. 이 때 작가의 실력 차이가 나타난다. 중언부언하거나 헷갈리거나 아무리 봐도 납득이 안 가는 경우가 발생하면 안 된다. 물론, 사람의 심리는 복잡하기 때문에 연필 하나 빼앗긴 것으로도 살인을 감행하고, 사소한 오해로도 피를 부르기도 한다. 하지만 그런 상황이라면 더더욱 꼼꼼하게 살인자의 심리를 독자들에게 이해시켜야 한다. 예를 들어 빼앗긴 연필에 집착해야만 하는 성격이나 상황을 넣어야 하고, 사소한 오해가 큰 피해나 오해로 이어져서 원한을 품게 만드는 과정을 보여주든지, 혹은 나중에 설명을 해야만 한다.

그리고 이 과정과 관련해서 작가의 머리에 있는 생각들을 충분히 보여줘야 한다. 마지막에 이걸 범인이나 탐정의 입으로 말하게 하면 너무 길어지고 중후반부가 지루해진다. 살인의 이유에 접근할 수 있는 장치들을 보여주고 납득시켜야만 마지막에 범인이나 탐정의 입에서 살인의 전말이 나왔을 때 독자들이 '아!' 하면서 무릎을 치게 된다.

또 하나 중요한 점은 살인의 과정이나 장면을 지나치게 사실적으로 묘사하지 말아야 한다는 것이다. 작가들은 글을 쓸 때마다 사실적으로 보여줘야 한다는 생각과 함께, 어렵게 얻은 자료들을 써먹고 싶어 할 수도 있다. 하지만 이 과정이 지나치게 사실적일 경우 두 가지 문제가 발생한다. 하나는 관련된 사건의 피해자나 가족에게 의도치 않게 상처를 줄 수 있다는 것이고 다른 하나는 살인 자체에 무게감을 줄 경우 탐정의 캐릭터가 지워지는 것은 물론, 미스터리와 추리 장르의 본질이 훼손될 수 있다는 것이다. 추리 소설에서 살인은 이야기의 시작점 혹은 연결고리로 기능해야 한다. 살인자의 캐릭터를 보여주거나 새로운 방식의 살인 방법을 보여주는 것은 칭찬 받을 일이지만 선을 넘지 않아야 한다는 것을.

마지막으로 캐릭터를 낭비하지 말아야 한다. 애거사 크리스티의 《그리고 아무도 없었다》에서처럼 탐정이나 범인이 아닌 등장인물은 죽음을 피해갈 수 없는 운명이다. 그래서 추리 소설가들은 작품 초반에 가급적 많은 등장인물을 보여준다. 그 중에 살인자와 피살자가 들어있어야 하기 때문이다. 하지만 등장인물을 기껏 만들어놓고 허무하게 죽이게 되면 한참 읽고 있는 독자들은 힘이 빠지게 마련이다. 탐정을 제외한 모든 등장인물들은 피해자일 수밖에 없지만 이름도 없이 죽이거나, 뭔가 있을 것처럼 잔뜩 띄웠다가 허무하게 죽이는 건 피해야 한다.

피살자들의 캐릭터를 잘 만든 것은 역시 요코미조 세이시의 '긴다이치 코스케' 시리즈만한 게 없다. 특히 《옥문도》나 《팔묘촌》 같이 마을 자체에 뭔가 있을 것 같은 느낌을 줄 때는 캐릭터 하나하나에 신경을 써야 하고, 언제 어떻게 죽일지에 대해서도 세심하게 고민해야 한다. 이런 경우 전체 시놉시스에서 살인이 발생하는 타임라인을 따로 정하거나 이야기를 풀어갈 때 중간에 누군가 죽어야 할 타이밍을 정하고 나서 캐릭터를 만드는 것도 한 가지 방법이다. 초반에 죽는 사람과 후반에 죽는 사람의 역할에 무게를 달리하는 것은 물론, 왜 죽어야 하는지도 명확히 해야 한다. 또한 범인이 의심받지 않거나 단서를 남길 만한 여지가 있는지에 대해서도 세심하게 생각해야 한다. 독자가 마지막에 이해하고 납득할 수 있을 정도로 말이다.

방관자이자 해설자

살인 연금술사·· 탐정

사실 대부분의 탐정은 살인을 막지 못한다. 다만 살인의 방정식을 풀어낼 뿐이다. 그 대표적인 인물이 바로 요코미조 세이시가 창조한 더벅머리 명탐정 긴다이치 코스케다. 정말 좋아하는 캐릭터이지만 탐정이라고 하기에는 너무나 유유자적하고 타인의 목숨에 대해서 관심이 적은 편이라고 자신 있게 말할 수 있다.

'긴다이치 코스케' 시리즈의 대표작으로, 전쟁이 끝나고 귀환선 안에서 죽은 전우의 부탁으로 그의 이복여동생들의 죽음을 막기 위해 섬으로 가는《옥문도》가 있다. 섬으로 가긴 하지만 전우의 세 이복여동생의 죽음을 막지는 못한다. 세 명이 목표물이라는 건 초반에 밝혀지기 때문에 경호를 철저히 하거나 그들을 아예 섬 밖으로 보내면 되지만 긴다이치 코스케는 조사만 하다가 희생자가 나올 때까지 기다리고, 희생자가 어떻게 죽었는지를 해석하는 데 주력한다. 그래서 나는 종종 긴다이치 코스케가 탐정이 아니라 방관자 혹은 해설자라고 농담조로 얘기하곤 한다.

이런 버릇은《팔묘촌》에서도 반복된다. 저주받

은 마을이라는 타이틀에 어울리게 연쇄살인이 벌어지지만, 긴다이치 코스케는 초반에 범인을 대략 짐작하고도 물증이 없다는 이유로 지켜보기만 한다. 결국 마을 사람들 상당수가 죽어나간 다음에야 범인을 지목한다. 그것도 애꿎은 등장인물이 범인으로 몰려서 마을 사람들 손에 죽기 일보 직전에야 말이다. 그의 선배 격이라고 할 수 있는 셜록 홈스가 〈얼룩끈의 비밀〉에서 위기에 처한 헬렌 스토너를 지켜주기 위해 그녀의 방에 잠입하는 모험을 감행한 것과 여러모로 비교가 된다. 그럼에도 불구하고 비듬이 있는 머리를 벅벅 긁으며, 형편없는 패션 스타일을 고수하는 긴나이치 코스케는 미스터리 장르를 대표하는 탐정 중의 한 명이다.

참고로 얘기하자면 탐정은 우리나라에서는 민간 조사업자, 혹은 흥신소 직원으로 대체되며 사실상 존재하지 않는 직업이기도 했다. 2020년 들어서 탐정이라는 직업이 허용이 되긴 했지만 어떤 권한이 있고 어디까지 수사할 수 있는지에 대해서는 아직 결정된 바가 없다. 어쨌든 지금은 탐정이라는 명칭을 쓸 수 있다는 것만으로도 한 걸음 나아갔다고 볼 수 있다.

왜 탐정일까?

사실 미스터리와 추리에서는 범죄와 트릭, 그리고 탐정이 가장 중요한 요소이다. 앞서 얘기한 것처럼 최근에는 범인에게 초점을 맞추는 경향이 늘어나고 있지만 역시 미스터리와 추리 장르의 핵심은 바로 탐정이라고 할 수 있다.

그런데 왜 '경찰'이나 '형사'가 아니라 탐정일까? 그것은 미스터리의 고향인 영국의 상황과 깊은 연관이 있다. 코넌 도일이 셜록 홈스를 탄생시킬 무렵인 19세기 후반 영국의 치안은 시궁창이라는 표현이 부족하지 않을 정도였다. 오늘날 영국 경찰국의 전신이라고 할 수 있는 스코틀랜드야드는 1829년에 내무부 장관인 로버트 필의 주장으로 창설되었다. 하지만 경찰은 오랫동안 제 역할을 하지 못했는데 특히 1888년의 '잭 더 리퍼 사건' 때 속수무책으로 살인을 지켜보기만 했다. 거기다 경찰의 처우가 좋지 않아서 오히려 범죄자의 돈을 받은 일까지 발각되었고 영국 경찰은 시민들에게 무능함과 부패의 상징으로 비쳤다.

따라서 1886년에 집필하고 그다음 해에 출간된 《주홍색 연구》의 시대에는 영국 경찰은 도저히 미스터리나 추리 소설을 이끌어 갈 만한 존재로 묘사될 수가 없었다. 실제로 영국 경찰은 살인사건을 해결하기도 했고, 변장하고 범인을 추적하면서 사복 경찰인 형사의 탄생을 가져오기도 했다. 하지만 셜록 홈스가 활약하는 소설 속의 경찰들은 레스트레이드 경감처럼 기껏해야 불도그처럼 잘 문다는 칭찬에 만족해야만 했다. 따라서 코넌 도일은 소설에서 경찰은 배제하고 정신 나간 것 같은 괴짜이지만 천재인 셜록 홈스를 주인공으로 삼았다. 또한 혹시나 독자들이 그의 눈높이를 따라오지 못할까 봐 해설자 역할을 할 수 있는 평범한 능력치의 왓슨 박사를 조수로 만들었다.

사실 탐정들은 스코틀랜드야드가 탄생하기 이전에 이미 부족한 경찰력을 대신해서 활약했다. 물건을 잃어버린 사람들에게 돈을 받고 물건을 찾아주기도 했고, '잭 더 리퍼 사건'에서는 신문사의 의뢰를 받아서 경찰이 알지 못했던 단서를 찾아내기도 했다. 따라서 셜록 홈스가 탄생했을 때에는 경찰보다는 탐정이 사건을 해결할 확률이 높았다.

이런 설정은 후대에 막대한 영향을 끼쳤다. 만약 경찰이 주인공이었다면 미스터리나 추리는 지금처럼 사랑을 받지 못했을 것이다. 조직에 속한 인물은 반항적이거나 순종적으로밖에 그릴 수 없고, 사건을 해결해야 하는 게 당연하기 때문에 초반의 긴장감을 불어넣는 것이 불가능하다. 반면, 탐정들은 자유로운 영혼으로 설정할 수 있고, 다양한 캐릭터로 만들 수 있다.

그래서 셜록 홈스 이후, 정말 다양한 탐정들이 등장했다. 과묵한 탐정과 말 많은 탐정은 물론, 뚱뚱한 탐정과 마른 탐정, 나이든 할머니 탐정과 어린 탐정, 여성 탐정은 말할 것도 없고, 오랫동안 멍청한 선입견 때문에 악당으로나 등장하던 흑인 탐정도 나온다. 머리보다는 주먹이나 권총으로 추리를 하는 탐정도 나오고, 인종차별의 대상이긴 했지만 신비로운 능력이 있는 것으로 포장된 동양인 탐정도 이른 시기에 나왔다. 게을러서 안락의자에서 내려오지 않는 탐정도 존재한다. 직업도 다양한데 의사나 변호사는 물론, 목사나 수도사, 할 일이 없어서 심심해하는 부자 탐정도 볼 수 있다. 심지어 엉덩이 탐정이나 좀비 탐정, 뱀파이어 탐정, 자신을 죽인 범인을 찾는 유령 탐정도 나온다. 당신이 상상할 수 있는 모든 종류의 탐정은 이미 존재한다고 볼 수 있다.

그럼에도 불구하고 앞으로도 끊임없이 새로운 탐정들이 나올 것이다. 탐정이야말로 죽음의 연금술사이자 해설가이며, 미스터리 장르를 이끌어가는 가장 핵심적인 존재이기 때문이다. 따라서 당신이 독자들의 사랑을 받을 미스터리 소설을 쓰기 위해서는 매력적인 탐정은 반드시 창조해내야만 한다. 거기에 대한 몇 가지 힌트는 아래와 같다.

탐정의 조건

일단은 뭔가 어설퍼야 한다. 사건을 완벽하게 해결하는 탐정과 허술함은 거리가 제법 멀다. 하지만 사건을 해결할 때 보여주는 완벽함은 자칫하면 독자에게 거리감을 줄 수 있다. 그래서 사건을 해결하는 부분을 제외하고는 탐정에게 뭔가 약점이나 핸디캡을 줘야만 한다.

셜록 홈스는 사건을 해결하는 것 외에 다른 분야에는 전혀 관심을 가지지 않고, 벽에다가 총질을 해대고 괴상한 실험을 해서 방을

홀랑 태워 먹기도 한다. 긴다이치 코스케 역시 머리에는 비듬이 잔뜩 있고, 말을 더듬는다. 그 밖의 다른 탐정들도 크고 작은 약점들을 가지고 있다. 이런 설정은, 어떻게 보면 범인보다 더 냉혹해 보이는 탐정 역시 피가 흐르는 인간이라는 것을 일깨워준다. 물론 가장 중요한 건 핵심이 되는 사건이지만 그 양쪽 끝에는 매력적인 탐정과 범죄자가 존재해야 한다. 그래도 아직까지는 탐정에 좀 더 눈길이 가는 편이긴 하다. 탐정은 뛰어난 능력치만큼이나 인간적인 면모를 가지고 있어야 하고 그래야 이야기가 좀 더 매끄럽게 풀릴 수 있다. 미친 듯이 추리를 하다가 옆으로 삐지면서 소소한 웃음을 주는 장면을 만들 수 있는 장치이기도 하다.

또한 탐정에게는 사건을 해결해야만 하는 이유를 주어야 한다. 사실, 경찰이나 형사가 미스터리 장르의 주연이 될 수 없는 결정적인 이유는 바로 그 '직업' 때문이다. 사건을 해결해야 하는 직업이기 때문에 이야기의 시작점에서 흥미를 끌만한 요소를 주지 못한다. 그게 직업이고 일이니까 말이다. 따라서 주인공이 경찰이나 형사라면 일이라는 측면 외에 다른 이유를 주어야 한다. 예를 들어 오래전에 실종된 아버지에 대한 단서가 나온다든지, 사랑하는 사람의 죽음과 연관이 있다는 식으로 말이다. 사건이 벌어지고 마치 기다렸다는 듯 조사에 착수하는 건 가장 중요한 지점인 이야기 초반대의 흥미를 떨어뜨릴 수 있다.

마지막으로 탐정은 역시 탐정다워야 한다. 탐정은 여러 가지 핸디캡이 있고, 난관 앞에서 허둥대거나 범인이 파놓은 함정 앞에서 좌절하기도 하지만 결국에는 범인을 찾고 사건을 해결해야만 한다. 최근에는 캐릭터가 독특해야 한다는 이유로 이런 부분에 대한 설정들이 약해지는 경우가 있다. 재미를 위해서 여러 가지 장치를 만드는 것은 상관없지만 미스터리와 추리는 본질적으로 탐정이 살인사건을 해결해서 범인을 찾는 내용이다. 따라서 여기서 벗어난다면 미스터리와 추리 소설이 될 수 없다는 점을 생각해야 한다.

패배할 수밖에 없는 운명

탐정의 라이벌 : 범인

미스터리와 추리 장르에서 범인은 마지막에 탐정의 제물이 될 수밖에 없는 운명이다. 아무리 교묘하게 신분을 감추고, 타인을 방패로 내세운다고 해도 결국 정체가 밝혀질 수밖에 없다. 심지어 애거서 크리스티의 《애크로이드 살인사건》처럼 의뢰인이 범인이라고 해도 탐정의 눈길을 피할 수는 없다. 범죄를 저지르는 이유가 아무리 타당성 있고, 사무치는 원한에서 비롯되었다고 해도 탐정은 반드시 범인을 찾아 그가 자백을 하거나 처벌을 받도록 해야 한다. 간혹 그런 규칙을 깨는 것에 흥미를 느끼는 작가가 있는데 완벽하게 설득할만한 장치가 없다면 포기하는 게 좋다.

사실 미스터리와 추리 소설은 다른 장르에 비해서 중간 부분이 굉장히 지루할 수밖에 없다. 범인을 등장시키지 못하고 살인과 조사가 반복되기 때문이다. 따라서 독자들은 마지막에 누가 범인으로 밝혀질지를 기대하면서 그 지루함을 참고 견딘다. 재미난 것들이 넘쳐흐르는 유튜브의 평균 시청 시간이 몇 분도 아닌 수십 초라는 점을 생각한다면 이는 정말 대단한 참을성이자 애정이라

고 할 수 있다. 따라서 살인자가 누구인지 밝히지 않거나 열린 결
말로 이야기를 마무리짓는 건 독자와 장르에 대한 배신이라고 할
수 있다.

물론 범인이 주인공이거나, 자신보다 더 큰 범죄를 저지르는 자
를 막는다는 설정 정도는 괜찮다. 그리고 누명을 쓴 범인이 진범을
추격하거나, 범인이 밝혀진 후, 뭔가 배후가 더 있을 것 같은 뉘앙스
정도는 괜찮다. 아니면, 아예 처음부터 범인이 승리할 수밖에 없는
구도라면 모르겠지만 말이다. 따라서 패배할 수밖에 없지만, 범인
이 얼마나 매력적으로 그려지느냐에 따라 작품의 성패가 갈린다.

앞서 얘기한 대로 탐정은 이제 등장할법한 캐릭터는 모두 등장
했다. 따라서 새로운 탐정 캐릭터가 나온다고 해도 독자들에게 신
선한 충격을 주는 정도는 아닐 것이다. 도마뱀처럼 생긴 외계인 탐
정이 나오지 않는 이상 말이다. 그래서 최근 미스터리와 추리 소설
에서는 범인 쪽으로 살짝 무게 추가 기울어졌다. 예전에는 피도 눈
물도 없는 악당으로 나왔지만, 지금은 나쁜 놈이지만 사연이 있다
는 정도로 지위가 격상된 것이다. 이런 흐름은 새로 글을 쓰는 작
가들에게 기회가 될 수 있다.

사연을 만들다

핑계 없는 무덤이 없다는 말처럼 유치장이나 법정 같은 곳에 가
보면 수감자들이 하는 말들의 잔치를 들을 수 있다. 가만 들어보면

맞는 말 같기도 한데 알고 보면 엉터리 변명인 경우가 많다. 예를 들어, 술에 취해서 남의 집에 잘못 들어갔다고 하던 한 범죄자가 있었다. 하지만 곧바로 무단침입과 강도 전과가 아주 많다는 사실이 밝혀졌다. 그 사람은 자신이 술에 취해서 실수한 것이라고 강변했다. 물론 나를 포함한 방청객 대부분은 같은 실수를 열 번 넘게 저지른 것에 대해서 몹시 미심쩍어했다.

범죄자의 심리를 깊숙이 파고들지는 못하겠지만, 내가 보기에 그들은 자신에 대해서 몹시 관대하고 포용력이 넓은 경우가 대부분이다. 자신이 죄를 저지른 건 가정이 돌봐주시 않고, 사회가 잘못한 것이고, 오해에서 비롯된 일이며, 주변의 모함과 질투 때문이라고 생각한다. 타인에 대한 배려와 사회에 대한 책임감은 찾아볼 수 없다. 그러니까 범죄자의 마음에는 '우리'나 '사회' 대신 '나'만 존재한다. 미스터리와 추리 소설을 쓰기 위해서는 이런 범죄자의 마음을 잘 표현해야 한다.

이것은 탐정이라는 캐릭터의 성격과도 연관이 깊다. 탐정은 특성상 속마음을 잘 드러낼 수 없다. 그게 자칫하면 범인을 알 수 있는 단서가 될 수 있기 때문이다. 김탁환 작가의 '백탑파' 시리즈에서 그 부분이 아주 잘 드러난다. 셜록 홈스 포지션인 김진은 항상 한발 앞서서 범인을 쫓고 왓슨 박사 포지션인 이명방은 따라다니기 바쁘다. 아마 이명방의 시선과 움직임이 딱 독자가 따라갈 수 있는 정도일 것이다. 미스터리와 추리 소설은 중반부에서 희생자들을 보여주면서 범죄가 발생하는 흐름을 따라가야 한다. 따라서 탐정은 물론이고 범인도 속마음을 드러내거나 행동으로 보여줘서는 안 된다. 하지만 탐정의 시선이나 범인의 행동은 나중에 사건이 밝혀졌을 때 독자들이 무릎을 치고 이마를 짚으면서 감탄하게 만들어야 한다.

범인 캐릭터에는 두 가지 분기점이 있다. 하나는 사이코패스로 설정해서 이유 불문하고 살인을 저지르는 쪽으로 만드는 것이고, 다른 하나는 누가 봐도 공감할만한 사연을 만들어서 독자들을 설득하는 것이다. 어느 쪽으로 가든 작가의 선택이지만 그 끝에는 주인공인 탐정에 버금갈만한 캐릭터가 존재해야만 한다.

모리아티와 《커튼》의 X

불멸의 명탐정 셜록 홈스에게는 모리아티 교수라는 라이벌이 있다. 갑작스럽게 등장해서 엄청난 악당이라는 느낌만 풍기다가 라이헨바흐 폭포에서 허망하게 사망하지만, 짧은 등장만으로도 어마어마한 포스를 남겼다. 돌이켜보면 우리가 명작이라고 생각하는 소설이나 드라마, 영화에서는 늘 포스 넘치는 악당이 등장한다. 대표적으로 〈스타워즈〉 시리즈를 관통하는 명대사 "내가 네 아버지다"라는 말을 남긴 다스 베이더나 배트맨의 숙적 조커가 떠오른다. 미스터리와 추리 소설의 대표적 악당으로는 모리아티 교수를 비롯해, 세계 3대 명탐정 캐릭터 에르퀼 푸아로의 마지막을 장식한 《커튼》의 범인이 있다. 해당 작품의 특성상 범인이 누구인지는 말할 수 없어서 그냥 X라고 부르겠지만, 어둠 속에서 사람을 조종해서 살인을 저지르는 끝판왕 악당이라고 할 수 있다.

범인의 정체가 밝혀지는 건 마지막의 결정적인 순간이다. 작품 전체에서 매력을 드러낼 수 있는 탐정에 비해서 범인은 불리할 수밖에 없는 포지션이다. 따라서 범인 캐릭터를 만들 때는 탐정만큼이나, 혹은 탐정보다 더 신경을 써야 한다.

범인에 대한 설정이 가장 잘 되어있는 작품으로는 애거사 크리스티의 《그리고 아무도 없었다》와 《오리엔트 특급 살인》이 있다. 일본 추리 소설 역시 범인에 대한 설정이 잘 되어있는 편이긴 하지만 과하다는 느낌을 지울 수 없다. 반면, 위의 두 작품은 각기 다른 측면에서 범인에 대한 이야기를 잘 풀어낸다. 두 작품 모두 범인이 왜 살인을 저지르는지에 대한 당위성을 충분히 드러냈다. 그래서 후자의 작품에서 주인공 에르퀼 푸아로는 평소 자신의 신념과는 다른 결정을 내리기도 했다. 작가인 애거사 크리스티조차도 싫어했을 정도로 너무나 완고한 성격의 소유자였음에도 불구하고 말이다.

범인은 범죄가 밝혀지는 순간 소멸할 수밖에 없다. 따라서 범인은 탐정의 매력을 극대화하는 장치로서 존재해야 한다. 범인이 얼마나 잘 포장되느냐에 따라 탐정의 캐릭터가 살기도 하며, 나아가 작품의 완성도가 높아지기도 하기 때문이다. 그렇다면 범인을 만들 때는 어떤 점을 유의해야 할까?

범인의 탄생과 작가의 책임

범인은 탐정의 그늘이자 패배자가 되는 운명을 가지고 있다. 범인이 동정심을 유발하게 만들려면 최대한 사연을 주어야 하고, 그렇지 않고 피도 눈물도 없는 살인마로 만들 생각이라면 일절 감정을 주어서는 안 된다. 그렇다고 전자의 사연을 설명하느라 마지막을 질질 끄는 건 피해야 하고, 살인마를 로봇처럼 묘사해서도 안 된다.

어느 시점에서 얼마만큼 풀어낼지는 전적으로 작가의 몫이긴 하지만 신중해야 한다고 말하고 싶다. 왜냐하면 작가가 만든 탐정은 오랫동안 구상되고 다듬어지는 반면, 범인의 경우 급조되는 경우가 많기 때문이다. 따라서 범인에 대한 설정을 탄탄하게 하려면 작품에는 등장하지 않는 과거사나 가족에 관한 이야기를 만들어보기를 권한다. 일종의 이력서 만들기라고 보면 될 거 같은데 어떤 사연을 가지고 범죄를 저질렀는지를 설명하는 것이다. 물론, 상당 부분 공개되지는 않겠지만 적어도 작가는 범죄자를 좀 더 잘 이해할 수 있게 될 것이다. 탐정과 맞대결하는 캐릭터라면 그 중요성은 아무리 말해도 부족하지 않다.

범인에게 사연을 만들어주되, 지나치게 감정이입을 해서는 안 된다. 조커 같은 경우 최근에 나온 영화에서 사연이 있는 것으로 나오기는 하지만 특수한 경우에 해당된다. 앞서 얘기한 것처럼 실제 범죄자들은 대개 자신의 잘못을 뉘우치거나 인정하지 않는다. 다만, 그런 척을 해야 처벌을 덜 받기 때문에 연기하는 것에 가깝다.

따라서 범인을 잘 창조해내는 게 중요하지만 무턱대고 사회의 버림을 받고, 가정에서 보살핌을 받지 못했다는 식으로 몰아가는 건 피해야 한다. 현실에서는 어려운 가정에서 태어나고 사회의 보살핌을 받지 못 했어도 범죄를 저지르지 않는 사람들이 압도적으로 많다. 따라서 범인의 범죄 행위를 지나치게 사회와 가정 탓으로 몰아가는 건 실제로 그런 삶을 이겨내고 잘 살아가는 대다수의 사람들을 모욕하는 행위이다. 아울러, 그런 식으로 창조된 범인은 다수의 선한 사람들에 대한 잘못된 선입견을 심어줄 수 있다.

거듭 얘기하지만 작가는 자신이 쓰는 글에 대해서 책임을 지는 자세가 필요하다. 비록 책이 예전보다는 덜 팔리고 주목을 받지 못한다고 하지만 사회에 미치는 파급력이 적지 않기 때문이다.

낯선 세계들의 만남

역사와 미스터리 장르는 출발점과 지향점, 주 독자층이 모두 다르다. 그럼에도 불구하고 역사 추리물, 혹은 팩션이라는 장르가 존재한다. 심지 어 많은 작품들이 등장해서 사랑을 받고 있다. 전 혀 다른 것 같은 역사와 미스터리는 왜 결합되었 고, 어떤 장점을 가지고 있을까?

먼저 팩션이라는 용어를 살펴보면 두 장르가 어떤 식으로 결합되어 있는지를 알 수 있다. 팩션 (faction)은 팩트(fact)와 픽션(fiction)을 합성한 단 어로 역사 속의 실존인물이 어떤 사건에 휘말리면 서 겪는 이야기를 뜻한다. 최근에는 실존인물의 등장 유무를 떠나서 한 시대를 특정할 수 있다면 대개 팩션으로 분류하는 편이다.

팩션의 대표작으로는 국내에서 2004년에 출 간된 댄 브라운의《다빈치 코드》를 꼽을 수 있다. 예수의 탄생을 둘러싼 비밀이라는 민감하고도 눈에 확 띄는 주제를 가지고 나와서 엄청난 인기 를 끌었고 영화로도 만들어졌다. 그러면서 낯설 었던 팩션이라는 용어가 우리 귀에 익숙해지게 되었다.

이 때를 기점으로 국내에서도 팩션 붐이 일었다. 대표적인 작가로는 《뿌리 깊은 나무》와 《바람의 화원》을 쓴 이정명 작가와 '백탑파' 시리즈를 쓴 김탁환 작가가 있다. 삼국시대부터 일제강점기를 무대로 여러 실존인물을 등장시키는 팩션이 계속 출간되고 있다. 2000년대 초반만큼은 아니지만 현재도 많은 팩션 작품이 출간되고 있으며, 이런 흐름은 앞으로도 계속될 것으로 보인다.

왜 팩션을 써야 하는가?

물론, 미스터리나 추리물을 쓴다고 모두 다 팩션을 써야 하는 건 아니다. 하지만 팩션을 쓰는 이유는 명확하다. 첫 번째는 '경쟁력'이다. 우리가 미스터리나 추리 소설을 쓰게 되면 다양한 경쟁자들과 만나야 한다. 유튜브와 인터넷은 말할 나위도 없고, 책으로 범주를 좁혀도 스티븐 킹부터 미야베 미유키 같은 거물들은 물론, 끝판왕이라고 할 수 있는 코넌 도일과 애거사 크리스티와도 경쟁해야만 한다. 서점에 가보면 알겠지만 책 가격은 끝판왕들 것이나 경쟁자들 것이나 내 것이나 다 비슷하다. 그렇다면 독자들은 익숙한 작가인 그들에게 끌리게 마련이다. 내가 독자였던 시절도 그랬으니까 말이다. 따라서 작가로서 경쟁력을 가지기 위해서는 그들이 손대지 못하는 분야, 즉 틈새시장을 노려야 한다. 미야베 미유키가 우리나라를 배경으로 팩션을 쓸 필요는 없으니까 말이다.

더하여 팩션을 쓰게 되면 역사 소설을 좋아하는 독자층도 흡수

할 수 있다. 작가가 글을 쓰는 이유는 다양하다. 그리고 자신이 좋아하는 글을 쓰는 것은 작가의 권리라고 생각한다. 하지만 세상 모든 일이 그렇듯, 내가 좋아하는 일을 하기 위해서는 돈과 시간이 필요하다. 세상을 살아보니까 돈이 있으면 시간은 자연스럽게 생기게 된다. 물론 억지로 할 필요는 없지만 평생 글을 쓰고 싶다면, 특히 미스터리나 추리물을 쓰는 작가로 생계를 유지할 생각이라면 팩션을 쓰는 건 중요하고 결정적인 지점이 될 수 있다. 글을 쓸 때 가장 중요한 것은 '뭘 할 수 없다'는 조심성이 아니라 '뭐든지 할 수 있다'는 자신감이다. 그런 자신감을 갈고닦아야만 좋은 글이 만들어진다.

사람은 끊임없이 뭔가를 못하는 이유를 찾는다. 그리고 그걸 타인에게 설명하고 납득시킴으로써 자신의 결정에 당위를 부여한다. 대단히 잘못된 일이다. 글을 쓰는 건 새로운 걸 창조하는 것이고, 끊임없이 앞으로 나아가는 일이다. 실패가 당연할 수밖에 없는 일이다.

지금 이 글을 쓰면서도 백스페이스키를 눌러서 여러 번 문장을 지우고 새로 글을 썼다. 아마 초고를 다 쓰고 나서도 퇴고를 거칠 것이고, 퇴고 이후 출판사에 보낸 다음에도 여러 번 수정할 것이다. 그런 과정들을 모두 낭비이자 실패라고 생각한다면 작가는 결코 글을 완성할 수 없고, 책을 낼 수도 없을 것이다. 많은 이가 그런 과정을 겪는 걸 두려워하며 끊임없이 못하는 이유를 찾고, 그걸로 타인을 설득시키려고 한다. 그래놓고는 타인이 이해한다고 해주면 자신의 선택이 맞았다고 위안을 삼는다. 그러나 인간은 기본적으로 타인에게 큰 관심이 없다. 그래서 누군가 자신을 설득할 때 이익과 결부되지 않는다면 대충 고개를 끄덕이게 마련이다. 남이 글을 못 쓰겠다고 징징거리면 대부분 하고 싶은 대로 하라고 하지 다시 글을 써보라고 하지는 않는다. 귀찮고 관심이 없으니까 말이다. 나 역시, 가깝지 않은 사람에게는 쉽사리 글을 쓰라고 조언하지 않는다. 책임져야 할 일이 생길지도 모르는 데다가 글쓰기가 얼마나 어려운지 잘 알고 있기 때문이다.

팩션의 미래와 나의 미래

잔혹하게 얘기하자면 작가는 '종신 비정규직'이다. 아주 특별한 경우를 제외하고는 월급이라는 걸 받을 수 없는 처지다. 물론 정년이 없다는 장점이 있긴 하지만 60~70대까지 활동할 수 있는 작가가 극소수라는 점을 감안하면 크나큰 장점이라고 보기도 어렵다. 따라서 작가의 미래는 늘 불안할 수밖에 없다.

예전에는 그나마 다른 책들이 경쟁 대상이었지만 지금은 유튜브와 인터넷 같은 체급 자체가 다른 경쟁자들이 등장했다. 사실 경쟁이라는 표현을 쓰기가 민망할 정도로 격차가 벌어졌으며 앞으로 더 벌어질 예정이다. 기껏 열심히 글을 써서 작가가 되었는데 출판계 자체의 생태계가 흔들려버리는 아이러니한 상황이 벌어진 것이다.

하지만 희망은 있다. TV가 나왔을 때 다들 라디오는 끝이라고 생각했다. 하지만 TV를 볼 수 없는 운전자를 비롯해서 라디오의 감성에 새롭게 눈을 뜬 청취자들 덕분에 라디오는 아직도 살아남아있다. 장차 웹툰과 웹소설, 오디오북이 전성기를 맞이하고, 유튜브와 인터넷이 더욱 더 많은 인기를 끈다고 해도 책 자체는 살아남을 것이다. 문제는 내가 그 안에서 살아남을 수 있느냐다.

흥미로우면서도 슬픈 사실이 바로 작가 지망생들이 계속해서 늘어난다는 것이다. 고액의 교육료를 내면 작가로 만들어주겠다는 광고가 유튜브에 심심찮게 뜨고 있고, 그게 아니라고 해도 작가가 되기 위한 강연들이 계속 이어지고 있다. 책이 안 팔리고 독서 인구가 줄어든다면 작가 지망생 역시 줄어야 마땅하지만 정반대 현상이 벌어지고 있는 것이다. 이 얘기는 당신의 경쟁자들이 늘어난다는 것을 의미한다. 파이는 줄어들고 있는데 먹고 싶은 사람은 늘어나고 있다. 따라서 살아남기 위한 방법을 강구해야만 한다.

일단 잘 써야 하지만 그건 너무 추상적인 이야기다. 작법서 한두 권을 독파하거나 유명한 작가의 강연을 듣는다고 작가가 되는 건 아니기 때문이다. 정확하게는 '작가로서 생계를 유지할 수 있느냐'가 관건이 된다. 글이 아무리 좋아도 내 인생을 꼬라박을 수는 없는 노릇이다. 따라서 작가로서의 미래를 꿈꾸고 싶다면 필연적으로 팩션에 관심을 기울여야만 한다. 그나마 경쟁이 덜하고, 좋은 아이템을 찾을 확률이 높으니까 말이다.

팩션을 쓰기 위한 준비

역사와 미스터리라는 두 개의 장르가 결합된 팩션을 쓰기 위해서는 많은 준비가 필요하다. 미스터리는 물론, 역사에 대해 충분한 지식이 있어야 하고 이해도가 높아야 한다. 여러 가지 충분한 밑바탕이 있어야만 좋은 작품이 나올 수 있다. 이렇게 말하면 매번 똑같은 질문이 쏟아진다.

"저는 학교 다닐 때 역사에 관심이 없었는데요. 과연 팩션을 쓸 수 있을까요?"

그럼 나의 대답은 항상 똑같다.

"그럼 살인에 관심이 많아서 추리물을 씁니까?"

시니컬하게 대답할 수밖에 없는 건 온전하게 대답하면 질문이 도돌이표처럼 반복되기 때문이다. 미스터리나 추리물을 쓰는 작가가 되고, 그걸로 생계를 유지하고 싶다면 팩션에 대한 도전은 필수이다. 이어지는 질문도 비슷하다.

"어떻게 하면 역사를 공부할 수 있습니까?"

우리가 역사를 '공부'해야 한다고 생각하는 이유는 학창 시절의 기억 때문이다. 그 때는 한국사나 세계사 모두 '암기 과목'으로 여겨졌다. 학교에서의 취급이 이러니까 교사들도 뭔가를 새로 가르치기보다는 시험에 나오는 걸 외우라는 식으로 얘기했고, 학생들도 역사 과목은 시험 직전에 벼락치기를 할 대상으로만 본 것이다. 그래서 나 같은 소수의 괴짜들을 제외하고는 대다수의 학생은 역사에 관심을 두지 않았다. 재미없고 따분한 암기 과목이니까 말이다. 이런 기억 때문에 많은 사람들이 역사에 거리감을 느끼고, 성인이 된 이후에는 완전히 등을 진다. 기껏해야 TV에 나오는 사극 드라마를 보면서 관심을 기울이려는 수준이다. 그런 과정 속에서 생긴 희생자가 바로 당신이다.

역사를 아는 방법과 반드시 읽어야 할 작품들

팩션을 쓰기로 결심했다면 일단 해당 시대에 대한 지식부터 쌓아야 한다. 다행히 대한민국은 인터넷 강국이라서 앉아서도 편안하게 자료를 볼 수 있는 방법들이 많다. 미리 얘기해두지만 글쓰기도 그렇고 역사에 대한 지식 역시 빠르고 압축적인 방법 같은 건 없다. 많이 보고, 많이 쓰면서 조금씩 나아가는 수밖에는 없다. 꼼수는 망하는 지름길일 뿐이다.

가장 먼저 해야 할 건 사실, 역사를 공부하는 게 아니라 다른 팩션 작품들을 보는 것이다. 전체적인 팩션의 흐름은 물론이고 그 안에서 읽을 수 있는 규칙들을 익혀야 하기 때문이다.

일단 텍스트는 이미지나 영상에 비해서 불리한 점이 많다. 예를 들어 조선시대가 배경인 드라마라면 준비된 소품을 이용하고, 분장을 통해서 수염을 붙이고, 해당 시대의 의상을 입히는 것으로 분위기를 만들 수 있다. 여기에 배우의 연기와 조명 같은 장치를 더하면 보는 사람들로 하여금 그 시대를 보고 있는 것 같은 착각을 불러일으킬 수 있다. 반면, 텍스트는 그런 부분들을 구구절절하게 설명하는 데에는 한계가 있다. 소설은 대개 대사가 아니라 지문으로 구성되기 때문에 이야기가 무거워질뿐더러, 그러한 묘사가 소설의 스토리 전개와 직접적인 연관이 없어 독자들이 지루함을 느낄 수 있기 때문이다.

거기다 처음에 어설프게 역사를 알게 되는 경우 아는 것을 다 소설에 집어넣으려는 쓸데없는 시도를 하게 된다. 팩션을 쓰는 건 자신의 역사적 지식을 자랑하는 게 아니라는 점을 알아야 한다. 독자는 대단히 영리하기 때문에 작가가 자신을 가르치려고 들거나 머리 위에서 놀려고 하는 시도를 금방 알아차린다. 작품이 재미없다면 다음 기회를 노려볼 수 있지만 이런 식의 시도는 독자에게 매우 안 좋은 인식을 심어줄 수 있기 때문에 피해야 한다.

반대로 귀찮다는 이유로 역사적인 지식을 제대로 알지 못한 상태에서 대충 쓰는 경우도 발생한다. 개인적으로 이런 식으로 쓴 팩션을 몇 권 본 적이 있다. 화가 난다기 보다는 짜증이 나는 편인데 해당 시대를 제대로 묘사하지 못하면 집중이 안 되어서 제대로 읽을 수 없기 때문이다. 예를 들어 담배가 들어오기 이전인 세종대왕 때 곰방대를 물고 있거나, 고춧가루가 들어가 있는 김치를 먹는 식이다.

이 외에 아주 기본적인 실수도 종종 저지르는데, 우리가 아는 세종이나 성종 같은 묘호가 당사자의 사후에 붙여지는 것임을 간과하는 것이다. 당사자들은 자신에게 어떤 묘호가 붙는지 전혀 알지 못한다. 이걸 따로 설명하기도 어렵기 때문에 대략 넘어가지만 읽다 보면 그걸 모르고 쓰는 경우가 보인다. 이런 기초적인 실수를 저지르면 아무리 트릭이 정교하고 등장하는 캐릭터가 멋있다고 해도 작품으로서는 낙제점을 줄 수밖에 없다.

따라서 팩션을 쓰기로 마음먹었다면 다른 작품들을 읽어보는 게 도움이 된다. 개인적으로 감명 깊게 읽었거나, 또는 그와 상관없이 읽어봐야 할 작품들은 다음과 같다.

《다빈치 코드》, 댄 브라운
두말할 필요가 없다. 오래 전 작품이긴 하지만 팩션의 분위기를 느끼기에는 부족함이 없다. 로버트 랭던 교수가 등장하는 다른 작품들도 있지만 이 작품만큼은 반드시 읽어야 한다.

《뿌리 깊은 나무》《바람의 화원》, 이정명

'한국의 댄 브라운'이라는 별명을 가진 작가다. 혜성처럼 등장해서 멋진 작품들을 쏟아냈으며, 탄탄한 스토리를 기반으로 매력적인 캐릭터들을 창조해냈다.

'백탑파' 시리즈, 김탁환

역사추리소설 시리즈로, 탐정인 김진과 의금부 도사 이명방이 투톱으로 등장한다. 김진의 천재성이 너무 강하게 드러나는 점이 아쉽지만 역사적 사실을 토대로 이야기를 풀어내는 실력은 국내에서 따라갈 작가가 없다.

《장미의 이름》, 움베르토 에코

중세의 폐쇄적인 수도원을 배경으로 하고 있다. 종교와 인간에 대해서 깊이 생각하게 만드는 책이다. 반드시 읽어봐야 한다.

《그날 밤의 거짓말》, 제수알도 부팔리노

잘 알려져 있지는 않지만 꼭 읽어야 할 팩션이다. 19세기 말 이탈리아를 배경으로 하고 있으며, 감방에 갇힌 죄수들을 주인공으로 하고 있다. 마지막까지 감방 밖으로는 한 걸음도 나가지 않지만 그 시대를 충분히 보여준다.

《당신들의 조국》, 로버트 해리스

팩션이 아니라 대체역사물이긴 하지만 스릴러로서의 강점을 지니고 있다. 바뀐 시대에 대한 호기심과 그 역사로 인해 벌어질법한 일들을 아주 생생하게 풀어냈다.

《경성 탐정 이상》 시리즈, 김재희

일제강점기 경성을 배경으로 시인 이상이 활약한다. 시대상을 잘 묘사했으며, 이상과 구보의 콤비와 활동상도 눈에 띤다. 이 작품은 무엇보다 실존인물에 탐정이라는 캐릭터를 잘 씌웠다. 캐릭터에 대한 고민이 있다면 반드시 읽어봐야 한다.

그 밖에도 좋은 작품들이 많이 있으니까 쉬지 않고 읽어야 한다. 아주 많은 노력을 기울이지 않는다면 남들보다 좋은 작품을 쓰지 못한다. 간혹 자신은 열심히 하는데 성과가 나지 않는다고 하소연하는 사람을 만난다. 그럴 때마다 내가 하는 말은 거의 비슷하다. 누구나 다 노력한다고 말이다. 작가가 되겠다고 마음먹은 사람 중에 밤새 글 쓰다가 코피 흘려보지 않은 사람이 없다. 글을 쓰다 지쳐 키보드에 머리를 박고 잠을 자는 경우도 있다. 열심히 노력했으니까 성공해야 한다는 생각은 출판의 세계를 너무나 쉽게 보는 것이고, 스스로 아마추어라고 고백하는 것이나 다름없다. 열심히 노력하는 건 기본이고, 그 이상의 것을 해내야만 작가가 될 수 있다. 그러니까 열심히 한다는 것으로 자기 위안을 삼는 건 스스로 무덤을 파는 짓이라는 걸 명심해야 한다.

도움이 될 만한 자료들

그렇다면 어디를 어떻게 들여다봐야 역사적 지식을 쌓을 수 있을까? 일단 어렵고 힘들더라도 1차 사료를 봐야만 한다. 1차 사료란 당대의 인물들이 쓴 기록을 말한다. 아주 간단하게 얘기한다면 임진왜란을 직접 겪은 유성룡이 쓴 《징비록》이나 한말의 상황을 직접 지켜본 매천 황현이 쓴 《매천야록》 같은 책들을 1차 사료라고 부른다.

이런 사료를 작가들이 가공해서 쓴 책이 바로 우리가 아는 역사 대중서이다. 재미와 가독성 측면에서는 역사 대중서 쪽이 훨씬 낫다. 그리고 시작할 때는 이쪽을 보는 것도 나쁘지 않다. 하지만 어느 정도 지식이 쌓인 이후에는 반드시 1차 사료를 봐야 한다. 역사 대중서에는 역사적 사실만큼이나 저자의 가치관이라는 MSG가 들어가 있기 때문이다. 당연히 있을 수밖에 없는 것들이라 피할 방법이 없다. 따라서 이런 함정에서 벗어나기 위해서는 1차 사료를 봐야 한다. 어렵고 힘들다고 해도 말이다.

《조선왕조실록》을 볼 수 있는 사이트다. 조선 왕조가 존속했던 기간 내내 작성된 일종의 '일기'로 사료로서의 가치가 어마어마하다. 예전에는 국립중앙박물관에 영인본이 있었는데 서가 한 면을 다 채웠던 것으로 기억한다. 나중에 고가의 CD로 판매되었다가 지금은 누구나 볼 수 있게 되었다. 사이트에 들어가면 검색을 통해서 볼 수도 있고, 색인별로 볼 수도 있다. 하지만 가장 좋은 건 임금의 재위 기간을 차례대로 들여다보는 것이다.

역사라는 것은 특정한 사건이 아니라 하나의 거대한 흐름이다. 이런 흐름은 한두 번의 자료 검색으로 파악할 수 있는 게 아니다. 예를 들어 조선시대 내내 불교는 탄압의 대상이었지만 대규모 공사가 많았던 조선 초기에는 승려들을 공사에 동원하기 위해 승과를 열어주거나 타협안을 제시하기도 했다. 구료기관인 동서활인원을 실질적으로 운영했던 것도 승려들이었고, 전염병으로 죽은 사람들을 매장하는 일을 한 것도 매골승이라고 불린 스님들이었다. 따라서 조선시대 내내 승려들을 괴롭히고 불교를 탄압했던 것은 아니었다.

《조선왕조실록》을 들여다보면 우리가 단편적으로 아는 조선과 실제가 많이 다르다는 걸 알 수 있을 것이다. 조선시대에는 매우 역동적이고 다양한 사건들이 일어났으며, 여러 방향의 시선들이 공존했다. 이런 지식은 좋은 팩션을 만드는 데 큰 도움이 될 것이다.

따라서 《조선왕조실록》은 조선시대를 배경으로 하는 팩션을 쓴다면 1차로 봐야 한다.

국사편찬위원회에서 운영하는 한국사데이터베이스다. 이곳에서는 《조선왕조실록》을 포함한 각종 1차 사료를 볼 수 있다. 번역이 되어있지 않은 자료들이 많긴 하지만 이 정도만 해도 충분하다고 할 수 있다. 《조선왕조실록》과 더불어서 반드시 봐야 할 기록이며, 특히 개인이 쓴 문집들에 대한 자료도 볼 수 있기 때문에 빼놓지 않고 봐야 한다.

네이버 지식백과에 나와있는 고려사다. 한글로 번역된 것을 볼 수 있으며 세가와 열전, 연표까지 모두 확인할 수 있다. 《조선왕조실록》보다는 분량이 적긴 하지만 고려시대 전체를 한눈에 볼 수 있다. 조선시대보다 분량이 적기 때문에 읽는 데 더 쉬울 수도 있으며, 인물에 대한 행적과 평가를 볼 수 있는 열전이 따로 있어서 보기에 더 편하기도 하다. 고려시대를 배경으로 팩션을 쓴다면 반드시 봐야 할 자료이다.

역시 네이버 지식백과에 나와 있는 《삼국사기》다. 한글로 번역되어 있어서 쉽게 볼 수 있으며, 삼국의 기록을 한눈에 비교하며 역사의 흐름을 파악하는

데 굉장히 큰 도움이 된다. 고려사처럼 열전이 따로 있어서 인물을 파악하기에도 좋다. 신라의 분량이 상대적으로 많은 점이 아쉽기는 하지만 백제와 고구려의 자료를 보기에도 부족함이 없다.

 네이버의 뉴스 라이브러리다. 대략 1920년대부터 1990년대까지의 신문을 모아놓은 것으로, 일자나 키워드 검색을 통해서 볼 수 있다. 신문 자체는 읽기 어렵지만 '텍스트 보기' 기능이 있어서 힘들지 않게 내용을 이해할 수 있다. 일제 강점기부터 1960~1970년대를 배경으로 하는 소설을 쓴다고 해도 꼭 봐야 한다. 무엇보다 통금이나 두발 단속 같은 시대상을 이해할 수 있는 기사들이 많아서 당대의 분위기 자체를 읽을 수 있는 중요한 자료라고 할 수 있다.

위에 언급한 1차 사료들은 해당 시대를 골라서 반드시 보도록 한다. 분량이 방대하기 때문에 언제 보고 언제 끝낸다는 생각은 접고 그냥 매일 조금씩이라도 보는 습관을 들인다. 해당 시대에 대한 흐름을 읽는 데에 성공하면 지금 당장 쓰지는 않는다고 해도 나중에 쓸 때 도움이 된다.

사료를 읽다보면 이야깃거리를 찾을 수 있다. 그리고 이렇게 찾아낸 이야깃거리는 좋은 평가를 받을 확률이 높다. 팩션은 오랜 기간 쌓아올리는 탑처럼 생각해야 한다. 짧은 기간에 준비한다고 작품이 나올 리 없고, 설사 완성된다고 해도 좋은 평가를 받지는 못할 것이다. 장담하건대 이 과정은 굉장히 지루하고 고통스러울 것이다. 하지만 그 과정을 이겨내서 팩션을 쓸 수 있다면 미스터리와 함께 작가로서 세상을 살아갈 수 있는 날개를 하나 더 달게 되는 셈이다. 팩션은 미스터리 장르의 독자들은 물론 역사 소설 쪽 독자들의 관심도 끌 수 있기 때문이다. 따라서 작가로서 롱런하고 싶거나 전업 작가를 꿈꾼다면 반드시 가야만 하는 길이다.

항상 일정한 시간을 두고 자료들을 살펴봐야 한다. 간혹 시간이 없다는 핑계를 내는 사람들이 있는데 글쓰기에서는 타협이 불가능하다. 시간은 누구에게나 24시간 공평하게 주어진다. 따라서 누구는 그것이 가능하고 누구는 불가능하다면 결국은 능력 차이거나 글쓰기에 대한 애정 문제라고 볼 수 있다. 나 역시, 직장생활을 하면서 글쓰기를 할 때는 자는 시간과 먹는 시간을 줄여가면서 자료를 보고 글을 썼다. 따라서 힘들다고 생각할 시간에 자료를 하나라도 더 보고 구상을 하는 게 현명하다. 글쓰기를 계속하고 싶다면 말이다.

그밖에 1차 사료들과 함께 봐야 할 것이 전공자들의 논문이다. 딱딱하고 재미없지만 분량이 짧은 편이고 주제에 대한 해석과 설명이 명확한 편이다. 논문에서는 1차 사료들을 읽고 찾은 주제나 소설의 소재에 관한 자료들을 모을 수 있다. 예를 들어 나는《조선왕조실록》을 읽다가 현재의 변호인에 해당하는 '외지부'라는 직업을 찾아낸 적이 있다. 외지부라는 직업과 그 직업이 존재했던 조선 전기 시대상을 이해하기 위해서 수십 편의 논문을 읽었다. 그렇게 나온 작품이 바로 《조선변호사 왕실소송사건》이다. 이 작품을 쓰면서 역사 속에서 소재를 어떻게 찾고, 분석하며, 소설 속에 녹여내는지를 완벽하게 익히게 되었다.

요즘은 논문을 찾는 것도 쉬워졌다. 예전에는 국립중앙도서관에 가서 일일이 논문을 복사해야 했다. 하지만 지금은 국회전자도서관이나 네이버 학술정보 카테고리에서 검색해서 PDF 파일로 다운받을 수 있다. 1차 사료를 통해서 확인할 수 없었던 관련 정보를 얻을 수 있기 때문에 반드시 봐야 한다.

1차 사료와 논문 못지않게 중요한 것이 바로 박물관이다. 사료를 읽는 동안에도 박물관에서 하는 전시들을 계속 봐야 한다. 당시 사람들이 썼던 물품이나 도구들을 보면 책에서는 느낄 수 없던 당시의 시대상을 읽을 수 있다. 시대의 흐름을 전체적으로 볼 수 있는 1차 사료와는 달리 특정 주제를 가지고 진행되는 기획전시의 경우에는 해당 주제에 대한 깊이 있는 이해도를 얻을 수 있기도 하다.

특히 텍스트로는 느낄 수 없는 그 시대의 모습을 볼 수 있다. 예를 들어, 서울역사박물관 3층에 가면 육조거리와 운종가의 모습이 미니어처로 만들어져있다. 그걸 통해 당시의 번화가를 직접 보면서 소설 속 무대의 동선과 주변 배경을 상상해낼 수 있다. 따라서 몇 개의 박물관은 주기적으로 홈페이지를 체크하면서 관심 있거나 독특한 전시를 하면 가보도록 한다.

　반드시 가봐야 할 곳은 당연히 국립중앙박물관과 서울역사박물관이다. 둘 중에 하나를 가보라고 한다면 후자를 추천한다. 크기가 적당해서 한 번에 돌아보기 좋고 다른 박물관을 가기도 편하기 때문이다.

　대한민국역사박물관은 초반에는 서울역사박물관보다 뒤처지는 느낌이었지만 최근에는 활발하게 기획전시를 하는 중이다. 두 군데의 위치가 가깝기 때문에 하루에 돌아보는 코스를 짜는 걸 추천한다. 그리고 이 두 곳을 간다면 센트로폴리스 지하에 있는 공평도시유적전시관도 가보는 걸 권한다. 빌딩을 지으면서 나온 유적을 보존해 전시하는 곳으로 조선시대 공평동의 모습을 볼 수 있는 자료들이 많이 있다.

　그리고 서울 시민청도 가봐야 할 곳으로 추천한다. 두 가지 이유가 있는데 하나는 이곳에 있는 조선시대 군기시유적전시실 때문이다. 이곳은 조선시대의 무기를 제조하던 공장이었던 탓에 무기류나 망가진 화살촉 같은 것들을 볼 수 있다. 또 다른 이유는 이곳에 있는 서울책방에서 박물관 기획전시 도록을 구매할 수 있기 때문이다. 도록은 나중에 절판되면 다시 구할 수 없는 게 대부분이니까 과감하게 지르도록 한다. 가격이 싼 편이고, 일정 금액 이상을 구매하면 무료로 택배 서비스도 해준다.

박물관들과 함께 가보면 좋은 조선시대 궁궐과 종묘도 둘러보도록 한다. 비록 예전보다 축소되긴 했지만 소설 속의 무대가 되는 경우가 많기 때문에 꼭 가봐야 한다.

물론 이런 것들은 일이 년 사이에 끝낼 수 있는 과제는 아니다. 숨을 쉬고 밥을 먹는 것처럼 반복적으로 해야 한다. 새로운 자료는 끊임없이 발굴되며, 학설은 계속 변하기 때문이다. 2006년에 첫 번째 팩션을 낸 나 역시 지금도 시간이 되면 답사와 자료조사, 박물관 방문을 반복적으로 하고 있다. 그때마다 느끼는 건 아직 봐야 할 자료가 많고 내 지식이 부족하다는 것이다. 그러니까 짧은 시간 안에 성과를 내야 한다는 조바심을 버리는 게 좋다.

이런 노력을 다 한다고 해서 팩션을 쓸 수 있는 여건이 마련된다고 장담할 수는 없다. 하지만 이런 것들을 하지 않고는 팩션에 도전하는 건 불가능하다. 팩션을 쓰기로 마음먹었다면 위에서 얘기한 것들은 반드시 해야만 한다. 그 다음에는 글을 쓰면서 기회가 주어지기를 바라야 한다.

버티는 글쓰기에 대하여

글을 쓰다보면 막히는 순간이 온다. 농담이 아니라 글 한 줄, 대사 한마디 때문에 밤새 끙끙대며 고민을 해야 할 때가 생기는 것이다. 아무것도 모를 때는 그냥 넘어갔던 것들이 어느 정도 알고 나서는 도저히 그냥 넘어갈 수 없게 된 것이다. 만약 당신에게 이런 상황이 찾아온다면 스스로 축하를 해도 된다. 이제 어느 정도 글을 쓸 수 있게 되었다는 것을 의미하기 때문이다. 알면 알수록 두려워지는 것이 바로 글쓰기의 본질이다. 120종의 책을 내고, 15년 넘게 글을 쓰고 있는 나도 그런 경우를 거의 매일 겪는다.

명심해야 할 것은 우리는 무에서 유를 창조한다는 점이다. 당연히 쉬운 건 없다. 미스터리 장르를 쓸 때는 매번 고민하고 또 고민해야 한다. 어떤 방식으로 등장인물을 죽여야 할지, 몇 명이나 죽여야 할지, 주인공이 사랑하는 가족과 여자친구를 죽여야 할지 혹은 살리더라도 후유증을 남겨야 할지 등의 고민 말이다. 그런 고민들은 글을 쓰는 데 당연히 필요한 것들이고 경험이 쌓이고 유명해진다고 그냥 넘어갈 수 있는 게 아니다. 다만 숙련자들은 그런 과정에 익숙하고, 언제 끝날지 알고 있기 때문에 버티는 것뿐이다.

결국 글쓰기라는 것은 '얼마나 잘 버티느냐'에서 승부가 난다고 봐도 될 것이다. 엄청난 천재 작가가 아닌 이상 누구나 다 글을 쓰며 고비를 겪는다. 특히 미스터리 소설에서는 언제 어떻게 사건을 터트리고 트릭을 짜야 하는지 매번 치열하게 고민할 수밖에 없다. 역사물의 경우도 마찬가지다. 어떤 소재를 선택해서 어떤 실존인물을 등장시키고, 고증은 어느 정도 수준까지 맞춰야 할지 끊임없이 질문할 수밖에 없다. 그 과정을 잘 버텨야 한다.

거듭 얘기하지만 정답은 없다. 다만, 우리 모두 고민을 함께할 수는 있다. 책이나 대화를 통해서 서로의 경험과 노하우를 주고받으면 그 과정이 조금은 쉬워질 수 있다. 그러니까 우리가 할 일은 열심히 쓰고, 고민하면서 맷집을 기르는 것이다. 이 책이 당신에게 그런 맷집을 만들어줬기를 바란다.

매일 글을 써라. 강렬하게 독서해라.
그러고 나서 무슨 일이 일어나는지 보자.

- 레이 브래드버리(SF 소설가) -

프로의 장르 글쓰기 특강

초판 1쇄 인쇄 2021년 7월 1일
초판 1쇄 발행 2021년 7월 5일

지은이 | 김선민 김이환 전건우 정명섭 조영주

발행인 | 유영준
편집팀 | 오향림 한주희
디자인 | 김윤남
인쇄 | 두성P&L
발행처 | 와이즈맵
출판신고 | 제2017-000130호(2017년 1월 11일)

주소 | 서울 강남구 봉은사로16길 14, 나우빌딩 4층 쉐어원오피스 (우편번호 06124)
전화 | (02)554-2948
팩스 | (02)554-2949
홈페이지 | www.wisemap.co.kr

ISBN 979-11-89328-43-6 (03800)